Über die Autorin:
Lea Winter hat Rechtswissenschaften und Sprachen studiert und viele Jahre als Rechtsanwältin in einer internationalen Wirtschaftskanzlei in München und Italien gearbeitet, bevor sie sich entschloss, sich ganz ihrer Leidenschaft, dem Schreiben, zu widmen. Heute lebt sie als freie Schriftstellerin mit ihrer Familie in der Nähe von München. Neben Romanen schreibt sie Kurzgeschichten und Theaterstücke.

LEA WINTER

Der Zauber jener Tage

Roman

Das Gedicht »The Summer Day« von Mary Oliver wurde folgender Quelle entnommen: Mary Oliver: New and Selected Poems. Volume One. Bacon Press, Boston, Massachusetts, 1992.
Die Übersetzung auf Seite 11 stammt von Lea Winter.

Besuchen Sie uns im Internet:
www.knaur.de

Wenn Ihnen dieser Roman gefallen hat und Sie auf der Suche sind nach ähnlichen Büchern, schreiben Sie uns unter Angabe des Titels »Der Zauber jener Tage« an: frauen@droemer-knaur.de

Originalausgabe November 2015
Knaur Taschenbuch
© 2015 Knaur Verlag
Ein Imprint der Verlagsgruppe
Droemer Knaur GmbH & Co. KG, München
Alle Rechte vorbehalten. Das Werk darf – auch teilweise –
nur mit Genehmigung des Verlags wiedergegeben werden.
Redaktion: Martina Vogl
Covergestaltung: ZERO Werbeagentur, München
Coverabbildung: donkeysoho / Plainpicture, Shutterstock (3)
Satz: Daniela Schulz, Puchheim
Druck und Bindung: CPI books GmbH, Leck
ISBN 978-3-426-51727-7

2 4 5 3 1

*Dieses Buch ist allen
besten Freundinnen gewidmet.
Hütet euren Schatz!*

Prolog

Als der Brief kam, war es Herbst geworden. Ein ruppiger Wind fuhr durch die Bäume, fegte die stille Straße entlang und ließ den Wetterhahn auf dem Dach der alten Villa lustig kreiseln. In den roten Ästen des Hartriegels saß ein Rotkehlchen und sang. Wie jeden Vormittag ging Fritzi Engel den gewundenen Pfad mit den moosbedeckten Steinstufen hinunter zum Gartentor, um in den altmodischen Briefkasten zu sehen, der, windschief und verbeult, an einem der von Efeu überwucherten, steinernen Pfeiler hing. Ein Windstoß zerzauste ihre Haare und ließ sie frösteln. Mit einer Hand zog sie die unförmige Strickjacke, die ihr bis zu den Knien reichte, am Hals etwas enger zusammen, während sie mit der anderen Hand den Briefkasten öffnete und einen einzelnen Brief herausnahm.

Sie erkannte die große, ausdrucksvolle Schrift sofort, und mit einer Mischung aus Neugier und Beklommenheit riss sie den Umschlag auf noch während sie zurück zum Haus ging. Es war die Einladung zu einem Fest. Gerichtet an die BLUE ROSES. Darunter stand: *Zu Nellys*

Geburtstag. Fritzi blieb stehen. Das Rotkehlchen sang noch immer, doch sie hörte es nicht mehr. In ihren Ohren rauschte es, und ihr Magen machte ein paar nervöse Hüpfer. Nellys Geburtstag.

Wieder kam ein Windstoß, wehte ihr ihre widerspenstigen Locken ins Gesicht und rüttelte an den grünen Fensterläden. Fritzi hob das Kinn und blickte nachdenklich in den unruhigen Himmel. Vor über einem halben Jahr, als sie sich zu jenem denkwürdigen Wochenende getroffen hatten, hatte sie ein ähnlich aufmüpfiger Wind begrüßt. Im Rückblick schien es ihr, als hätten sich darin die bevorstehenden Ereignisse bereits angekündigt. Und jetzt schien der Wind wieder etwas Neues, Unerwartetes zu bringen. Sie konnte es spüren, als sie auf dem Pfad durch den verwilderten Garten zurück zum Haus ging, sah es an den Wolken, die wie fedrige Wattebälle über den spitzen Giebel der alten Villa geblasen wurden, und hörte es am aufgeregten Rascheln der welken Blätter des mächtigen Ahornbaums, die sie erst gestern mit ihrem Mann zu einem halbwegs ordentlichen Haufen zusammengekehrt hatte und die der ungeduldige Wind jetzt wieder durcheinanderwirbelte. Veränderung lag in der Luft.

Tiffi, die dreifarbige Glückskatze, die gleich nach ihrem Umzug von ihrer Tochter Esther angeschleppt worden war, lag auf dem Küchentisch, als sei sie die Frühstücksattraktion. Fritzi kraulte abwesend ihren dicken, weichen Bauch, während sie gleichzeitig nach dem Telefon griff, Julis Geschäftsnummer eintippte und wartete. Sie musste im Laden anrufen, denn unter der Arbeit hörte ihre Freundin ihr Handy meist nicht, und diese Sache konnte nicht warten. Eine junge Verkäuferin war am Apparat, Fritzi kannte sie vom Sehen, und so fragte sie ohne Umschweife nach Frau Schatz. Sie hörte Stimmengewirr durch das Telefon, schnelle Schritte und das Piepsgeräusch einer Kasse.

Als ihre Freundin an den Apparat kam, klang sie atemlos.

»Hast du auch eine gekriegt?«, fragte sie sofort.

Fritzi bejahte, und einen Augenblick lang schwiegen beide.

»Schon krass, oder?«, kam es schließlich leise von Juli, und ihre Stimme hatte einen fast ehrfürchtigen Ton. »Ich meine, da wird einem erst wieder richtig klar, dass das alles wirklich passiert ist.«

*Sag mir,
was willst du anfangen mit deinem einen,
wilden und kostbaren Leben?*

Mary Oliver,
THE SUMMER DAY

Erstes Kapitel

Es war der letzte Tag eines durch und durch verregneten nasskalten Aprils, als der bisher wetterbestimmende Westwind unvermittelt klein beigab und einem Gast aus dem Süden Platz machte: einer übermütigen, frechen Brise, die zusammen mit dem Geruch nach Frühling auch Veränderung und neue Gedanken mit sich brachte. Natürlich konnte man das als Zufall ansehen, doch für die drei Frauen, die genau in dem Moment die weit geschwungene Auffahrt hinauffuhren, als der verhangene, regenschwere Himmel aufriss, war es das keineswegs, auch wenn ihnen dies zu diesem Zeitpunkt noch nicht bewusst war. Keine von den dreien dachte an Windrichtungen und daran, was der Südwind ihnen zu sagen hatte, als sie nacheinander aus dem Auto kletterten und sich, steif von der Fahrt, streckten und die Beine schüttelten. Und trotzdem hoben alle drei fast zeitgleich den Kopf, als der Wind ihre Haare zauste, streckten ihr Gesicht in die plötzlich aufgetauchte Sonne und blinzelten verwirrt, so als glaubten sie, sich an etwas zu erinnern, etwas Bedeutsames, etwas, das der Wind allein ihnen zuflüsterte.

Doch der Augenblick war so flüchtig wie der Wind selbst, einen Wimpernschlag später war er schon wieder vergessen, und Fritzi, Juli und Constanze sahen sich etwas befremdet um. Nur knapp eineinhalb Stunden war dieser Ort von München entfernt, und dennoch hatte man das Gefühl, in einer anderen Welt zu sein. Trutzig und abweisend blickte das Kloster auf das kleine Dorf hinunter, dessen Bauernhäuser sich unter ihren ausladenden Vordächern furchtsam zu ducken schienen. Etwas weiter östlich, umgeben von einem Schilfgürtel, lag ein tiefblauer einsamer See. Es war so still, dass das Zuschlagen der Autotüren als Echo von der schmucklosen Fassade des hohen Gebäudes abprallte. Das Geräusch schreckte ein paar Tauben auf, die in der Dachrinne gedöst hatten. Ihr hastiger Flügelschlag klang unheilvoll, fast bedrohlich.

Fritzis Blick schweifte ungläubig über das Gemäuer. Es wies unübersehbare Spuren des Verfalls auf. Lange Risse zogen sich über das Kirchenportal, der Putz blätterte in Platten ab, und an einer Stelle unter dem Dach wuchs sogar ein kleiner Strauch aus einem zerbrochenen Ziegel heraus. Sie seufzte schwer und wäre am liebsten wieder zurück in Julis Auto geklettert. Das durfte einfach nicht wahr sein. Sie würde nicht wirklich hier, an diesem gottverlassenen Ort, ihren vierzigsten Geburtstag feiern, oder?

Letzte Woche hatte sie eines Morgens urplötzlich ihre Stimme verloren, und bis heute war sie nur sehr langsam und noch immer nicht vollständig zurückgekehrt. Nachdem ihre Ärztin keinen Hinweis auf eine Erkältung oder eine sonstige Ursache für Fritzis plötzlichen Stimmverlust hatte finden können und etwas ungeduldig gemeint hatte, das Ganze sei ja wohl »psychosomatisch«, hatte Fritzis Mann Georg die Initiative ergriffen. Er hatte die bereits geplante Party kurzerhand abgesagt und ihr stattdessen diesen Klostertrip beschert. »Um mal runterzukommen«, hatte er dazu gemeint.

Im Gegensatz zu seiner Frau musste Georg nie *runterkommen*, er war die Gelassenheit in Person. Vielleicht hing das mit seinem Beruf zusammen. Georg war Paläontologe und beschäftigte sich als Dozent an der Universität überwiegend mit versteinerten Schnecken und urzeitlichen Flechten. Da kam so schnell kein Stress auf. Und als ob das noch nicht genug Steinzeit wäre, baute Georg in seiner Freizeit im Auftrag von Museen noch Modelle von Dinosaurierknochen, mitunter sogar ganze Exemplare der Tiere nach. Während diese ungewöhnliche Nebentätigkeit, die dazu führte, dass ihre kleine Stadtwohnung sich langsam, aber sicher in einen Jurassic Park im Taschenformat verwandelte, seine Tiefenentspannung eher noch erhöhte, trieben Georgs endlose Tüfteleien am Küchentisch Fritzi hingegen regelmäßig in den Wahnsinn. Die fast schon meditative Akribie, mit der er stundenlang an winzigen Kunststoffknöchelchen herumfeilen konnte, war ein derart krasser Gegensatz zu ihrer eigenen Arbeit, dass sie allein schon vom Zusehen nervös wurde.

In Fritzis Branche war Entspannung eher ein Fremd- oder besser noch ein Schimpfwort und Hektik und Stress an der Tagesordnung. Fritzi arbeitete bei einem angesagten internationalen Musiklabel und war dort eigentlich für die Pressearbeit zuständig. Tatsächlich aber war sie eher Mädchen für alles, organisierte, plante und verwaltete das allgegenwärtige Chaos. Und sie war gut darin. Praktisch unentbehrlich. War sie doch schon um einiges länger in ihrem Job als ihre gegenwärtige Chefin, kannte die meisten Musiker persönlich, konnte gut improvisieren, beschwichtigen, umdenken, war ständig erreichbar und hatte im Notfall immer einen Plan B parat. Es hatte sie gehörige Anstrengung gekostet, für diese »Geburtstagsüberraschung«, wie ihr Mann den Ausflug zunächst nur geheimnisvoll genannt hatte, überhaupt freizubekommen, zumal sie ihrer äußerst unwilligen Chefin gar nicht hatte sagen können, wofür denn nun eigentlich.

Fritzi hatte anfangs mit einem schicken Wellnesshotel oder vielleicht sogar mit einem Überraschungstrip nach New York oder London gerechnet. Was man eben so zum vierzigsten Geburtstag erwartet, wenn man schon keine Party feiern darf und Panik davor hat, plötzlich zum alten Eisen zu gehören. Doch dann das: ein Wochenende in einem Kloster! Und das auch noch zusammen mit ihren »besten Freundinnen« Juli und Constanze. Ihr war vor Verblüffung der Mund offen stehen geblieben. Georg hatte diesen grandiosen Plan in aller Heimlichkeit ausgetüftelt und dann Juli eingeweiht, die, wie Constanze auch, eine alte Freundin aus Schul- und Studienzeiten war. Allein schon die Idee, Juli zu Rate zu ziehen, mit der Fritzi seit Jahren nur noch oberflächlichen Kontakt hatte, und das auch nur, weil Juli im Gegensatz zu ihr ein sehr sozialer Mensch war, hatte sie an der Zurechnungsfähigkeit ihres Mannes zweifeln lassen.

Nachdem sie sich von ihrem Schock erholt und begriffen hatte, dass das keiner von Georgs seltsamen Scherzen war, hatte Fritzi erst einmal gegoogelt, um herauszufinden, worum genau es sich bei diesem Ort überhaupt handelte. Immerhin hätte es sich ja noch um ein zu einem Luxusressort umgebautes Kloster handeln können, in dem man in gepflegter Abgeschiedenheit im Pool plantschen und bei einem Glas Champagner zu sich selbst finden konnte. Doch bereits die Homepage, die sie erst nach geraumen Suchen fand und die an Kargheit kaum zu überbieten war, hatte sie schnell eines Besseren belehrt. Es war tatsächlich ein richtiges Kloster, mit Nonnen und Kirche und allem Drum und Dran. Ohne Pool und ganz sicher ohne Champagner.

Jetzt, nachdem sie angekommen waren, war die Vorstellung, in diesem in die Jahre gekommenen Klotz könnte sich irgendetwas Luxuriöseres als eine Heizung und fließendes Wasser verbergen, geradezu lachhaft. Fritzi wandte den Blick von dem verkrüppelten Bonsai an der Fassade ab und seufzte schwer. Sie war bisher immer der Überzeugung gewesen, ihr Mann würde sie gut kennen. Doch hier und jetzt, auf dem menschenleeren Parkplatz vor diesem maroden Klostergemäuer am Ende der Welt, wurde ihr klar, dass dem nicht so war. Georg mochte sich mit versteinerten Schnecken und Dinosaurierknochen auskennen, aber sonst hatte er keinen blassen Schimmer von gar nichts. Vor allem nicht von ihr. Das hier war nun wirklich der allerletzte Ort, an dem sie ihren vierzigsten Geburtstag feiern wollte.

Abgesehen davon hätte sie, wenn sie eine Wahl gehabt

hätte, diesen Tag wohl kaum mit Juli und Constanze verbracht. Was zum Teufel hatte sich Georg nur dabei gedacht? Juli sah sie wenigstens noch alle paar Monate einmal bei einem spontanen Kaffee in der Stadt, oder sie tauschten ein paar schnelle WhatsApp-Nachrichten aus, aber zu Constanze hatte sie seit Jahren überhaupt keinen Kontakt mehr gehabt. Im Grunde verband sie drei nichts mehr als die blassen Erinnerungen an eine längst vergangene Zeit. Es stimmte schon, sie waren einmal beste Freundinnen gewesen, doch das war lange her. Und überhaupt. Was hieß das schon, *beste Freundinnen?* So etwas sagte sich leicht, wenn man jung, idealistisch und voller Träume war. Aber die Zeit ging weder mit Träumen noch mit Idealen gnädig um. Sie schliff sie ab und bleichte sie aus wie Kiesel am Strand, bis am Ende nur eine vage Ahnung von dem zurückblieb, was einmal so unglaublich bedeutsam erschienen war. Diese vage Ahnung von irgendetwas aus einer längst vergangenen Zeit erschien Fritzi wahrlich nicht genug, um zusammen ausgerechnet jenen Tag zu feiern, vor dem sie sich schon seit Monaten fürchtete. Im Gegenteil: In Gegenwart ihrer früheren *besten Freundinnen* fühlte sie sich schon jetzt uralt.

»Scheiße noch mal!«

Juli war in ihrem Bemühen, in ihrer Handtasche nach einem Feuerzeug zu suchen, über das von Constanze bereits ausgeladene Gepäck gestolpert, und Fritzi fuhr mit einem erschrockenen Krächzen aus ihren trübsinnigen Gedanken. Sie musste sich zusammenreißen. Irgendwie würde sie diese Tage schon überstehen. Juli hatte inzwischen ihr Feuerzeug gefunden und sah sich, bedächtig rauchend, auf dem Vorplatz um, der sich zum Dorf hinunter öffnete.

»Es hat was, oder?«, fragte sie, an niemand Bestimmten gewandt.

Fritzi folgte ihrem Blick. Der Platz, auf dem sie standen, lag etwas erhöht und war nach Süden hin von einer niedrigen Steinmauer begrenzt, die auf der rechten Seite von der Straße durchbrochen wurde, auf der sie eben gekommen waren, und links an einem hohen, von Kletterrosen bewachsenen Tor endete. Dahinter befand sich offenbar der Klostergarten. Fritzi konnte niedrige, kreisförmig angelegte Buchsbaumreihen und allerlei Stauden und Gewächse erkennen. Gleich neben dem Tor gab es noch einen weiteren, kleinen Durchbruch in der Mauer, der zu einer schmalen, steilen Treppe führte. Sie war an beiden Seiten von einer dichten Hecke umschlossen, die sich oben zu einem Dach schloss – ein schattiger, grüner Tunnel, der hinunter zum Dorf führte, das durch eine große Wiese mit verstreuten Obstbäumen vom Kloster getrennt war.

Wie das Kloster selbst, wirkte auch das Dorf wenig anheimelnd. Wie Soldaten reihten sich die Häuser in Reih und Glied eine einzige Straße entlang. Im Osten war das Dorf vom Schilfgürtel des Sees begrenzt, im Westen lagen weite, brachliegende Felder. Es wirkte einsam und verlassen in der schroffen Landschaft, kein Mensch war auf der Straße zu sehen. Immerhin gab es einen winzigen Lebensmittelladen und eine Wirtschaft, allerdings war beides am Nachmittag geschlossen, was Fritzi nicht entgangen war, als sie zuvor daran vorbeigefahren waren. Und so gab sie nur ein undeutliches Murmeln von sich, was sowohl als Zustimmung als auch als Magenverstimmung gewertet werden konnte.

Constanze dagegen musterte nach wie vor die marode Klosterfassade und meinte nur trocken: »Wir können froh sein, wenn uns kein Dachziegel auf den Kopf fällt.«

»Dreh dich doch mal um«, bat Juli und zupfte sie am Ärmel. »Die Lage ist doch phantastisch, oder nicht?« Ihr Blick flog nervös zwischen ihren beiden Freundinnen hin und her. »Schaut euch nur diesen See an! Ist der nicht *wahnsinnig* schön?«

Fritzi rollte mit den Augen. Es war klar, dass Juli Georgs bekloppten Einfall, sie drei hierher in die Einöde zu schicken, um jeden Preis verteidigen würde. Juli hatte schon früher immer alle verteidigt, auch wenn sie es gar nicht verdient hatten. Sie hätte Anwältin werden sollen.

Constanze tat Juli den Gefallen und drehte sich um. Sie musterte den menschenleeren See und das dunkle Gebirge am anderen Ufer und verzog den Mund: »Etwas zu düster für meinen Geschmack. Gleich wird eine Hohepriesterin in einer Barke angesegelt kommen, um uns auf die Apfelinsel zu holen.« Sie schüttelte sich und schulterte dann mit einem energischen Schwung ihre Reisetasche.

»Apfelinsel?«, fragte Juli verwirrt. »Wo siehst du denn da eine Insel?«

»Das war nur eine Metapher.« Constanze seufzte. »Ich meinte Avalon, du weißt schon, das entrückte Reich der Feen aus der Artussage. Ich glaube, es war auch die Insel der Toten …«

»Insel der *Toten*? Also bitte, was ist das denn für eine bescheuerte Metapher, wir feiern immerhin Fritzis Geburtstag!« Juli war empört, während Fritzi nur müde lächelte. Metaphern waren ihr egal. Schlimmer konnte es ohnehin nicht mehr werden.

Juli warf einen nervösen Blick auf ihre Uhr. »Wir sollten langsam reingehen, damit wir nicht zu spät kommen.«

»Zu spät wofür?«, fragte Constanze alarmiert. »Etwa zum Beten?«

Noch hatte Juli ihren Freundinnen nicht verraten, was Georg weiter geplant hatte. Auch jetzt schüttelte sie den Kopf. »Falsch. Etwas ganz anderes. Wir hatten übrigens unheimliches Glück, so kurzfristig überhaupt noch drei Plätze zu bekommen.«

»Ach, tatsächlich?« Constanze hob eine Augenbraue und sah sich bedeutungsvoll auf dem menschenleeren Platz vor dem Kloster um. Außer Julis kleinem roten Flitzer standen nur noch zwei weitere Autos da. »Sieht eher so aus, als hätte es sich der eine oder andere Gast doch noch einmal überlegt ...«

Juli lächelte, wie immer, wenn sie sich in die Defensive gedrängt fühlte, doch es wirkte gequält. »Ihr werdet sehen, es wird etwas ganz Besonderes werden.«

Constanze warf einen Blick in den Himmel. »Darauf wette ich ...«

Mit einem energischen Räuspern brachte sich Fritzi wieder in Erinnerung. »Aber hallo«, sagte sie heiser, »ich werde vierzig. Wenn das nichts Besonderes ist! Da werden wir einfach diese heiligen Hallen ein bisschen aufmischen ...«

Constanze sah sie strafend an. »Wie hat dein unvergleichlich fürsorglicher Gatte sich ausgedrückt? Ruhe und Entspannung sollst du haben. Vielleicht täusche ich mich, aber von ›Aufmischen‹ war nicht die Rede.«

Fritzi zuckte mit den Schultern. »Er ist nicht hier, oder?« Sie hatten den Platz überquert und standen jetzt vor einer schmucklosen dunkelbraunen Holztür neben den Stufen, die hinauf zu dem barocken Kirchenportal führten. Auf einem schlichten Schild stand: *Pforte. Bitte Türe leise schließen.* Ächzend zog Fritzi die schwere Tür auf. »Außerdem hat Georg mich gar nicht gefragt, was ich will. Wenn er es getan hätte, dann hätte ich mich für Fünf-Sterne-Wellness entschieden, das könnt ihr mir glauben.«

Juli half Fritzi mit der Tür. »Meckert doch nicht die ganze Zeit herum«, bat sie. »Das hier ist wenigstens mal was anderes. Georg hatte vollkommen recht, Wellness kann jeder.«

»Wellness will auch jeder, im Gegensatz zu Klosterurlauben …«, brummte Constanze.

Sie traten nacheinander ein. Als hinter ihnen die Tür mit einem Krachen ins Schloss fiel, zuckten alle drei schuldbewusst zusammen.

»Ups«, machte Constanze, doch es kam leiser, als es sonst ihre Art war.

Sie sahen sich etwas beklommen in der hohen, dämmrigen Eingangshalle um. Hier herrschte die gleiche Stille wie draußen, jedoch war es um einige Grade kälter. Es roch nach Kerzenwachs und Weihrauch. Ein lebensgroßer, geschnitzter Christus, der an einem Kruzifix an der gegenüberliegenden Wand hing, schaute mit schmerzverzerrter Miene auf die drei Frauen herab. Das Kreuz wurde von zwei armdicken weißen Kerzen flankiert, die im plötzlichen Luftzug flackerten. Links vom Eingang gab es wie in einer altmodischen Postfiliale einen kleinen Schalter mit Glasscheibe. Eine alte Nonne in schwarzem Habit und einer dicken, wollig-weißen Strickjacke darüber stand hinter dem Schalter und blinzelte sie aus scharfen Äuglein an. Sie war so klein und krumm, dass sie kaum über den Schalter sah. »Einkehr und Meditatives Malen?«, fragte sie mit der überlauten Stimme einer Schwerhörigen, und ihr Gesicht verzog sich zu freundlichen Falten.

»Meditatives – was? Oh, nein!« Constanze schüttelte energisch den Kopf. »Ganz sicher nicht …«

»Doch!« Juli drängte sich an Constanze vorbei nach vorne zum Schalter. »Wir haben diesen Kurs gebucht. Drei Einzelzimmer.« Sie nannte ihre Namen.

»Moment!« Constanze starrte Juli ungläubig an. »Das ist nicht dein Ernst.«

»Doch.« Juli nickte nervös. »Georg dachte, nachdem Fritzi ja früher gemalt hat …«

»Fritzi hat mit Farbdosen Tische und Wände besprüht. Das kann man doch wohl kaum als Malen bezeichnen!«

»Ich habe nie einen Tisch besprüht!«, widersprach Fritzi empört.

Constanze wandte sich zu ihr um. »Hast du wohl. Und zwar meinen. Erinnerst du dich nicht mehr an den Tisch bei mir im Studentenwohnheim?«

»*Das* war kein Tisch! Das war ein Brett auf ein paar Ziegelsteinen.«

»Aber es war mein Couchtisch! Und nach deiner Aktion musste ich jedes Mal, wenn meine Eltern zu Besuch kamen, eine Tischdecke darüberlegen, um ihnen den Anblick entblößter männlicher Genitalien unter der Kaffeetasse zu ersparen.«

Fritzi musste lachen, und es klang wie das rauchige Krächzen einer Krähe. »Aber man hat sie doch gar nicht wirklich als solche erkennen können. Sie waren lila ...«

»Bitte!« Julis Stimme zitterte ein wenig, und ihr Gesicht war rot angelaufen. »Das ist doch jetzt schon gebucht und ...«

Fritzi lächelte Juli entschuldigend an und sagte: »... und natürlich machen wir das.« Sie nickte der alten Nonne, die ihrem Gespräch schweigend und ohne eine Miene zu verziehen gefolgt war, zu. »Ja. Meditatives Malen«, bestätigte sie. »Und ich kann auch andere Dinge malen als lila Penisse ...«

Juli, deren Gesicht mittlerweile die Farbe einer Aubergine angenommen hatte, sah aus, als würde sie gleich zu weinen anfangen. Die Nonne indes hakte ungerührt ihre Namen auf einer Liste ab, auf der bereits mehrere Namen mit einem Häkchen versehen waren, und reichte jeder von ihnen mit zittriger Hand einen Schlüssel.

»Zweiter Stock links. Ich wünsche Ihnen einen fruchtbaren Aufenthalt in unserem Kloster!«, rief sie laut und nickte mehrmals mit dem Kopf. Dann drehte sie sich um und schlurfte langsam davon, ohne sie weiter zu beachten.

Die zurückgelassenen Frauen sahen sich verblüfft an.

»Einen furchtbaren Aufenthalt?«, fragte Constanze

leise, und Fritzi musste kichern, was in einen heiseren Hustenanfall mündete.

»Fruchtbar, Constanze!«, krächzte sie, als sie sich mühsam wieder gefasst hatte. »Sie hat FRUCHTBAR gesagt!«

»Tatsächlich? Ich könnte schwören, ich hätte *furchtbar* gehört …«, murmelte Constanze und sah der entschwundenen Nonne nach.

»Kommt ihr jetzt oder was?« Juli war schon voraus zur Treppe gegangen und sah die beiden wütend an. »Das nächste Mal, Fritzi, wenn mich dein Mann in so eine Schnapsidee einweiht und mir einbleut, euch nichts zu verraten, dann werde ich ihm den ganzen verdammten Scheiß aber so was von um die Ohren hauen, das kannst du mir glauben.«

»Scht!«, flüsterte Fritzi, packte ihre Tasche und hastete ihr nach. »So schändlich darfst du doch hier nicht sprechen.« Sie griff nach Julis Hand. »Nimm unser dummes Gerede nicht so ernst. Wir sind eben so etwas nicht gewohnt.«

Juli schüttelte die Hand ab. »Aber ich oder wie? Meditatives Malen! Ausgerechnet ich! Wo ich doch noch nicht mal das Haus vom Nikolaus zeichnen kann.«

»Das Haus vom Nikolaus?«, wollte Constanze wissen, die jetzt unter dem Gewicht ihrer überdimensionierten Tasche schnaufend zu ihnen stieß. »Was willst du denn mit dem Haus vom Nikolaus?«

Juli seufzte. »Ach, nichts.« Als sie im zweiten Stock angekommen waren, blieb sie stehen und musterte ihren Schlüssel. »Ich habe Zimmer Kunigunde. Und ihr?« Fritzi und Constanze warfen einen Blick auf ihre Schlüssel.

»Caecilie.«

»Judith.«

»Da steht, was die Namen bedeuten.« Juli deutete auf die kleinen Schilder, die neben den Türen angebracht waren. »Kunigunde war eine kluge Politikerin, sogar einflussreicher als ihr Ehemann ...«, las sie laut vor.

Constanze warf einen Blick auf ihr Türschild. »Und Judith hat Holofernes den Kopf abgeschnitten. Wie passend ...« Sie lächelte etwas rätselhaft.

»Na, wenigstens sind das zwei toughe Frauen gewesen«, seufzte Fritzi. »Meine Caecilie ist die Patronin für Kirchenmusik ... Nicht besonders aufregend ...«

»Passt doch«, lächelte Juli. »Du hast doch auch was mit Musik zu tun ...«

»Ach, Juli!« Fritzi schüttelte den Kopf und sperrte ihr Zimmer auf. »Du musst dir einfach immer alles schönreden, oder?«

»Na wenn schon! Besser, als alles Scheiße zu finden«, gab Juli spitz zurück.

Fritzi sah sie schuldbewusst an. »Hast auch wieder recht. Tut mir leid.«

»Passt schon.« Juli zuckte mit den Schultern und sah dann auf die Uhr.

»In einer halben Stunde ist Willkommenstreffen der Kursteilnehmer im Zeichenraum. Ich hole euch ab.« Sie verschwand in ihrem Zimmer.

»Okay ...« Fritzi nickte abwesend. Mit ehrfürchtiger Fassungslosigkeit starrte sie in ihr eigenes Zimmer. »Das glaube ich jetzt nicht – ich werde meinen vierzigsten Geburtstag in einer Einzelzelle mit Namen Caecilie verbringen«, flüsterte sie. »Meditativ malend.« Ihre heisere Stimme bekam einen leicht hysterischen Unterton. »Sicher gibt es hier nicht einmal Alkohol! Wir werden mit Kräutertee anstoßen müssen ...« Sie verstummte erschüttert.

Constanze warf über ihre Schulter ebenfalls einen Blick in den schlichten schlauchartigen Raum mit dem hohen Fenster, dessen Einrichtung nur aus einem Bett, einem schmalen Schrank und einem winzigen Tisch samt Stuhl bestand, und lachte leise.

»Weißt du, woran mich das erinnert? An unsere Besinnungstage in der Schule.«

Fritzi nickte erschüttert. »Ja, stimmt. Oh, Gott, weißt du noch? Wir wurden jeden Morgen durch die Lautsprecher am Gang mit Marschmusik geweckt. Das fand der Hausleiter witzig.«

Constanze grinste. »Und zu essen gab es so ungemein leckere Dinge wie Backerbsensuppe und gekochten Fisch im Reisring.«

»Grauenhaft.« Fritzi schüttelte sich, doch nach einer Weile musste sie wider Willen lächeln. »Wir hatten einen Riesenspaß.«

Zweites Kapitel

Das Lächeln dauerte noch an, als Fritzi längst die Tür hinter sich geschlossen hatte und allein war. Constanzes Worte hatten sie an ihre gemeinsame Schulzeit erinnert. Sie hatten alle drei ein katholisches Mädchengymnasium besucht, was Anfang der achtziger Jahre das Alleruncoolste gewesen war, was man sich vorstellen konnte. Von ihren Freunden und Bekannten, die auf staatliche Gymnasien gingen, wurde die Schule nur verächtlich »Jungfernbunker« genannt. Seltsamerweise hatte sie das nie gestört. Wenn sie so zurückdachte, fiel Fritzi auf, dass sie eigentlich recht gerne in diese Schule gegangen war. Einmal im Jahr fuhren die einzelnen Klassen zu Besinnungstagen in ein kirchliches Jugendheim mit Gemeinschaftsküche, Tischtennisplatten im Keller und Hauskapelle unter dem Dach. Die Schülerinnen besannen sich allerdings meist nur darauf, möglichst viele unerlaubte Dinge in ihre Reisetaschen zu schmuggeln, wie Chips und Süßigkeiten, Walkman und später Asti Spumante und Martini Bianco. Letzteres mischten sie schon vor der Abfahrt in die mitgebrachten Colaflaschen und kamen sich dabei unglaublich verwegen vor. Wenn sie daran dachte, meinte Fritzi noch immer den künstlichen, süßen Geschmack des Martini auf der Zunge zu spüren. Fast so eklig wie Backerbsensuppe und gekochter Fisch im Reisring.

Wie recht Constanze hatte: Die Zimmer damals hatten genauso ausgesehen wie dieses hier, nur hatten statt eines Einzelbetts Stockbetten darin gestanden, drei oder vier wackelige Dinger aus Metallrohren oder billigem Holzfurnier, aufgereiht an den Wänden wie Gefängnisbetten. Roch es hier nicht sogar genauso? Fritzi schloss die Augen, atmete probehalber tief ein und fühlte sich augenblicklich in ihre Schulzeit zurückversetzt. Es war zweifellos der gleiche Geruch. Ein bisschen abgestanden und säuerlich, eine eigenartige Mischung aus ökologisch korrektem Essigreiniger, Kerzenwachs und Heiligkeit, der einem mit jedem Atemzug ein schlechtes Gewissen einflößte. Fritzi öffnete das Fenster, und frische, noch regenfeuchte Luft strömte herein.

Es war nicht zu fassen, dass sie an einem Ort gelandet war, in dem es genauso roch wie dort, wo sie vor fünfundzwanzig Jahren mit ihrem heißgeliebten Walkman auf den Ohren im Bett gelegen und jeden Abend vor dem Einschlafen »Nothing Compares 2 U« von Sinéad O'Connor gehört hatte. Damals hatte sie mit Vorliebe übergroße, karierte Flanellhemden und ausgefranste Röhrenjeans getragen und dazu Pickel auf der Stirn und den grässlichsten Liebeskummer aller Zeiten gehabt. Überhaupt hatte sie ständig Liebeskummer gehabt. Und wenn es ihr gerade einmal gutging, musste eine

Freundin getröstet werden, die irgendein gedankenloser Schuft versetzt oder gar schamlos betrogen hatte. Und dazu immer Musik. Allen voran U2 und Guns N' Roses.

Wie hatte sie diese Sänger und Bands verehrt – sie hatte seit ewigen Zeiten keine Lieder mehr von ihnen gehört, doch an diesem Ort, in diesem Moment waren sie und all ihre Lieder plötzlich wieder präsent: »With Or Without You«, »Where The Streets Have No Name«, »Knockin' On Heaven's Door«, »November Rain« … Bono war ihr Held gewesen, und The Edge, den Gitarristen von U2, hatte sie über alle Maßen bewundert. Wenn Fritzi jetzt über die Zeit nachdachte, kam es ihr so vor, als hätte sie ununterbrochen Musik gehört. Als wäre Musik das Wichtigste in ihrem von Konflikten, Peinlichkeiten und Unsicherheiten geprägten Teenagerleben gewesen. Das einzig Entscheidende. Sie hatte mit Sinéad O'Connor bitterlich um ihre erste verlorene Liebe geweint, mit Bryan Adams Lied »Everything I Do« aus dem Robin-Hood-Film Kevin Costner angeschmachtet und »Enter Sandman« von Metallica bis zum Anschlag aufgedreht, wenn sie wütend war. Ihr fiel auf, dass sie sich besser als an alles andere aus dieser Zeit an das Gefühl erinnern konnte, das bestimmte Lieder in ihr ausgelöst hatten, die sie immer und immer wieder angehört hatte und die ihr nie über geworden waren. Es hatte mit einem Kribbeln im Bauch begonnen, als die ersten Töne erklangen, und wenn es das richtige Lied war, war das Kribbeln zu einem unglaublichen, alles durchströmenden Gefühl von Stärke, Freiheit und Unbesiegbarkeit geworden, das sich so viel besser angefühlt hatte als all die verlegenen feuchten Küsse und ungeschickten Fummeleien in den dunklen Ecken der zahllosen Partys, die in Jugendzentren, Hobbykellern und ausgeräumten Elternwohnzimmern stattgefunden hatten. Und mit einem Mal erinnerte sie sich auch wieder an das selbstvergessene Tanzen mit geschlossenen Augen, das Wummern der Bässe in den Eingeweiden, das euphorische Kreischen auf Konzerten … und bekam eine Gänsehaut.

Gab es ein spezielles Gedächtnis für solche Gefühle? Konnte es sein, dass sie irgendwo in ihrem Gehirn in einer besonderen Schublade abgespeichert waren, auf immer verbunden mit dem Lied, das sie irgendwann einmal ausgelöst hatte? Fritzi musste wieder lächeln. Der Gedanke gefiel ihr. Sie stellte sich ein kleines Apothekerschränkchen vor, mit vielen Schubladen, und in jedem verbarg sich ein Lied und das dazugehörige Gefühl. Bei Bedarf konnte man es öffnen und eine Prise davon nehmen: eine Dosis Metallica für Gehaltsverhandlungen mit ihrer Chefin, etwas Melancholie von Leonard Cohen für einen stillen Regenspaziergang durch die Stadt, »Light My Fire« von den Doors für wilden Sex auf dem Wohnzimmerteppich …

Sie biss sich etwas verlegen auf die Lippen. Was kamen ihr denn plötzlich für krause Gedanken, nur weil dieses Zimmer nach Kerzenwachs und Essigreiniger roch? Hastig schloss Fritzi das Fenster und sah auf die Uhr. Zeit, sich für ihr meditatives Willkommenstreffen fertig zu machen.

Als Juli kam, um sie abzuholen, lächelte Fritzi noch immer in Gedanken an ihr Apothekerschränkchen für alle Gefühlsnotfälle. Am liebsten hätte sie Juli davon erzählt, doch sie verkniff es sich aus Angst, Juli könnte sie für verrückt halten.

Ihre Freundin musterte sie ohnehin etwas misstrauisch. »Alles in Ordnung mit dir?«

»Ja. Warum nicht?« Fritzis Stimme hatte die halbe Stunde Schweigen, während sie gedankenverloren lächelnd die Tasche ausgepackt und sich umgezogen hatte, gutgetan. Sie klang jetzt fast normal.

»Du grinst so komisch.«

»Ich freue mich. Sei doch froh!« Fritzi drehte sich einmal um sich selbst. »Schau, ich hab mich für unser Willkommenstreffen sogar umgezogen.«

Juli betrachtete den flatternden bunten Kaftan, der Fritzi bis zu den Knien ihrer Jeans reichte, skeptisch. »Das ist irgendwie … ungewöhnlich«, meinte sie. »Du hast doch nie was Buntes an …«

»Stimmt.« Fritzi zuckte mit den Schultern. »Das Teil habe ich aber schon seit einer Ewigkeit.«

Sie hatte den Kaftan, der eigentlich ein Kleid sein sollte, vor Jahren während eines sonnendurchglühten, flirrend sorglosen Urlaubs in der Provence erstanden, aber zu Hause kein einziges Mal getragen. Für die Stadt und vor allem für ihre Arbeit war er viel zu hippiemäßig, zu wenig smart und schick, und sie hatte sich schon beim ersten Anblick im heimischen Spiegel darin vollkommen lächerlich gefühlt. Warum sie ihn gerade für dieses Wochenende eingepackt hatte, konnte sie nicht sagen.

Vielleicht war es die Erinnerung an jenen Urlaub gewesen oder der schwache Geruch nach Lavendel, der dem dünnen, knittrigen Stoff noch immer anhaftete. Oder einfach nur der trotzige Versuch, dem Schreckensgeburtstag irgendetwas Fröhliches entgegenzusetzen, und wenn es nur ein lächerlich buntes Kleidungsstück war.

Als Fritzi es zuvor, noch ganz gefangen von ihren Teenagererinnerungen, aus der Tasche genommen hatte, musste sie an die seltsam gemusterten, glöckchenbesetzten indischen Kleider denken, die sie in jener Zeit neben den Flanellhemden mit Vorliebe getragen hatte. Ihre konservative Mutter hatten diese »Bhagwankutten«, wie sie es nannte, ebenso wie fast alle anderen Kleidungsstücke, die Fritzi liebte, regelmäßig zur Weißglut gebracht. Immer wenn sie ihr zornesrot verbot, *so* aus dem Haus zu gehen, hatte Fritzi scheinbar gehorcht, heimlich jedoch die bunten, knöchellangen Kleider, karierten Hemden, löchrigen Röhrenjeans und das ausgefranste graue Sweatshirt mit dem kiffenden Totenkopf in eine Plastiktüte gesteckt und sich bei einer Freundin oder in der öffentlichen Toilette am U-Bahnhof umgezogen. Es wäre für sie nie in Frage gekommen, sich dem Geschmack ihrer ignoranten Eltern zu beugen.

Als ihre eigene Tochter Esther kürzlich einmal Fritzis alte Klassenfotos betrachtet hatte, hatten ihre Outfits, auf die sie seinerzeit so stolz gewesen war, bei Esther für ungläubige Lachanfälle gesorgt. Fritzi hatte es ihr jedoch nicht übelgenommen. Es sah tatsächlich ein bisschen lächerlich aus, wie sie dort zusammen mit ihren ähnlich gewandeten Freundinnen vor der ehrwürdigen Schulfassade posierte, direkt unter den strengen Augen der Klosterschwestern, die sie unterrichtet hatten.

Doch damals war es für sie nicht lächerlich gewesen, sondern ein Statement. Ein Statement gegen Polohemden, Blusen und Bubikragen, gegen pastellfarbene Lacoste-Pullöverchen, Seitenscheitelbobs mit Spängelchen und Perlenohrringe. Dinge also, die an ihrer katholischen Mädchenschule durchaus beliebt und vor allem gern gesehen gewesen waren. Mittlerweile hatte Fritzi ihren Kleiderstil längst den Gepflogenheiten ihrer Branche angepasst, trug ihre eigentlich lockigen, dichten roten Haare als trendigen, geglätteten Kurzhaarschnitt und kleidete sich hip und gleichzeitig unauffällig in Grau und Schwarz, die Uniform der »Kreativen«. So gesehen war der bunte Kaftan ein Anachronismus, ein Rückfall in naive Flower-Power-Zeiten, die sie längst überwunden geglaubt hatte.

Unter Julis verwunderten Blicken wurde Fritzi daher wieder unsicher. »Vielleicht sollte ich etwas Dezenteres anziehen? Vielleicht etwas, das mehr klösterlich-asketisch wirkt?«, fragte sie.

Juli lachte auf. »Asketisch? Du?« Sie packte Fritzi am Arm und zog sie mit sich. »Das passt schon, wirklich. Sieht super aus.«

Als sie bei Zimmer Judith klopften, klang Constanzes Stimme so dumpf heraus, als steckte sie in einem Kellerloch fest. »Bin gleich da-ha!«

Fritzi fackelte nicht lange und öffnete die Tür.

»Glaub bloß nicht, dass du dich drücken kannst …«, begann sie und verstummte dann abrupt. »Was um alles in der Welt tust du da?«, wollte sie wissen und musterte ihre Freundin verständnislos.

Constanze kniete auf allen vieren vor dem Kleiderschrank, ihr Kopf war in einem der Regalfächer verschwunden. Ein scharfer Geruch nach Desinfektionsmittel erfüllte den Raum. Constanze krabbelte rückwärts und richtete sich dann mit rotem Kopf auf. »Ich habe … also … ähm … nur ein bisschen sauber gemacht«, meinte sie verlegen und strich sich eine ihrer wippenden Locken aus der Stirn.

»Sauber gemacht?« Fritzi riss die Augen auf. »Warum das denn? Hast du etwa ein Kakerlakennest gefunden?«

»Igitt!« Juli schüttelte sich.

»Nein!« Constanze stellte hastig die Sprühflasche ab, auf deren Rückseite ein Totenkopf abgedruckt war. »Es ist nur, man weiß ja nicht, ob hier immer alles wirklich gründlich gereinigt wird …«

»Aha.« Fritzi hob das Kinn und klappte dann nach kurzem Zögern kommentarlos ihren Mund zu.

Constanze starrte auf ihre Hände, die in rosafarbenen Gummihandschuhen steckten, und meinte: »Ich bin in fünf Minuten fertig, okay?«

Juli nickte. »Wir warten so lange draußen.«

Vor der Tür sahen sich Juli und Fritzi an. »Ich hätte nicht einfach so reinplatzen sollen«, meinte Fritzi schließlich zerknirscht.

»Na ja, so schlimm war das jetzt auch nicht. Ich meine, sie hat ja nichts wirklich Peinliches gemacht«, beruhigte sie Juli.

»Nichts Peinliches?« Fritzi warf einen besorgten Blick auf die verschlossene Tür. »Sie putzt. Ich würde ja nichts sagen, wenn das hier ein Stundenhotel wäre, aber wir sind in einem *Kloster!* Und sie putzt den Schrank! In rosa Gummihandschuhen! Das ist doch zumindest bedenklich, oder?«

Juli kicherte. »Also, ich glaube, da gibt es Bedenklicheres ...«

»Und was, bitte schön?«, wollte Fritzi mit hochgezogenen Brauen wissen.

»Fremde Couchtische mit Penissen zu verzieren zum Beispiel ...«, Julis Kichern steigerte sich, »in Lila?!«

»Was ist so lustig?« Constanze stand in der Tür und musterte die beiden misstrauisch. Sie hatte sich umgezogen und trug jetzt einen edlen schwarzen Kaschmirpullover zur schicken Jeans und darüber einen dünnen nougatfarbenen Blazer aus glänzendem Stoff, der ihre blonden, sorgfältig in Form geföhnten Haare leuchten ließ. Ihr Gesicht war noch etwas gerötet von ihrer Putzaktion.

»Oh!« Fritzi musterte Constanzes Outfit erschüttert. »Du bist so schick. Ich glaube, ich muss mich doch noch mal umziehen, sonst sehe ich zwischen euch aus wie eine abgedrehte, neurotische Henne!«

»Du *bist* eine abgedrehte, neurotische Henne«, grinste Constanze. »Warst du immer schon. Also steh gefälligst dazu!«

Fritzi öffnete empört den Mund, doch Juli unterbrach sie hastig: »Wir sprachen gerade über bedenkliche Dinge, die wir in unserem Leben schon gemacht haben.«

»Bedenkliche Dinge?« Constanze runzelte die Stirn. »Was meinst du damit?«

»Fremde Kleiderschränke desinfizieren zum Beispiel!«, sagte Fritzi boshaft. »In rosa Gummihandschuhen.«

Die Röte in Constanzes Gesicht vertiefte sich ein wenig, doch sie machte eine wegwerfende Geste: »Ach, solche Dinge. Ich dachte schon, ihr meintet *wirklich* bedenkliche Sachen ...«

»Die da wären?«

Constanze überlegte, dann hob sie einen Finger: »Mit den Glühbirnen der Weihnachtsbeleuchtung die Fenster vom Finanzamt einwerfen halte ich schon einmal für sehr bedenklich ...«

»Also, das ist doch schon Jahr*hunderte* her ... Und außerdem war ich da betrunken!«, verteidigte sich Fritzi sofort.

»... oder die Nummernschilder meines Fiat 500 mit Fingerfarben verzieren, was mir eine Strafanzeige wegen Urkundenfälschung einbrachte.«

»Das war Julis Idee!« Fritzi deutete anklagend auf ihre Freundin.

Juli schmollte. »Es waren nur harmlose Blümchen zu deinem Geburtstag! Statt einer langweiligen Glückwunschkarte. Der idiotische Polizist hätte das erkennen müssen! Sie wären ja außerdem beim nächsten Regen sowieso wieder weggewaschen worden.« Sie schüttelte den Kopf. »Dieser phantasielose Trottel ...«

»... hat zuerst die Schilder konfisziert und dann mein Auto abschleppen lassen, weil es keine zugelassenen Kennzeichen mehr hatte.«

Fritzi gluckste. »Ja, das war schon blöd. Und dann mussten wir noch zur Polizei und unsere Aussage machen. Wegen rosa Blümchen!«

Inzwischen waren sie im ersten Stock angelangt und standen vor einem Schild, auf dem mit schwungvollem Pinselstrich stand: *Willkommen zur Gruppe Meditatives Malen!*

»Also gut«, sagte Constanze und räusperte sich. »Augen zu und durch!«

Nacheinander traten sie in einen hellen Raum mit hohen Fenstern, aus denen man einen wunderbaren Blick auf den See und die gegenüberliegende Bergkette hatte. Die anderen Kursteilnehmer erwarteten sie schon. Sie saßen in einem Stuhlkreis um eine Kerze am Boden, die auf einem himmelblauen, sorgfältig drapierten Seidentuch stand und mit glitzernden Dekosteinen umkränzt war. Gestaltete Mitte, dachte Fritzi mit einer Mischung aus Grauen und Belustigung. Das hatte es auf ihren Besinnungstagen auch immer gegeben. Und endlos peinliche Gespräche darüber, wie es einem *damit* geht, was auch immer mit *damit* gemeint gewesen war. Die drei Frauen blieben unbehaglich in der Nähe der Tür stehen. Eine sehr kleine, schlanke, etwa fünfzigjährige Frau mit praktischem grauen Kurzhaarschnitt und einer randlosen Brille erhob sich und kam auf sie zu.

»Willkommen, meine Damen. Ich glaube, jetzt sind wir vollständig. Wenn Sie sich einen Platz suchen möchten?« Sie deutete einladend auf den Stuhlkreis, in dem sich noch genau drei leere Plätze befanden. Allerdings nicht nebeneinander. Fritzi setzte sich auf den freien Stuhl, der der Tür am nächsten war, und zupfte nervös an ihrem bunten Kaftan herum. Juli saß Fritzi gegenüber, und ihr Gesichtsausdruck erinnerte an ein verschrecktes Kaninchen. Zwei Stühle weiter nahm Constanze mit ihrem arrogantesten Kommt-mir-ja-nicht-zu-nahe-Blick Platz. Die Kursleiterin stellte sich als Schwester Josefa vor und meinte: »Wir sprechen uns alle beim Vornamen an, das ist einfacher. Ist euch das recht?« Sie sah fragend in die Runde. Niemand antwortete, jedoch nickten einige, einzig Constanze schnaubte verächtlich, aber auch sie hielt den Mund.

Schwester Josefas Blick blieb bei Juli hängen. »Vielleicht möchten unsere Neuankömmlinge gleich mit der Vorstellung beginnen?«, sagte sie freundlich.

Julis ohnehin schon angstvoller Gesichtsausdruck verstärkte sich noch, und an ihrem Hals blühten rote Flecken auf. Sie schluckte. »Ich, ja, also ich heiße Juliane Schatz ...« Sie unterbrach sich und fragte verlegen: »Sie ... äh ... du ... äh ... sind Nonne? Ich meine, Sie ... du ... trägst gar keinen Schleier ...«

Fritzi sah, wie Constanze die Augen verdrehte.

Schwester Josefa jedoch nickte nur und meinte: »Bei uns ist die Ordenstracht freiwillig. Ich für meinen Teil finde Hosen entschieden praktischer. Vor allem im Winter.«

Sie zwinkerte, und in der Runde wurde verhalten gelacht. Der einzige männliche Kursteilnehmer, ein dunkelhaariger, blasser Mann um die dreißig in Birkenstocksandalen und bis oben zugeknöpftem beigefarbenen Hemd, kicherte verschämt.

Juli räusperte sich und nahm einen zweiten Anlauf, sich vorzustellen. »Ich heiße Juliane, ich bin Mutter von zwei Kindern und Hausfrau.« Sie senkte den Kopf.

»Was hat dich zu uns geführt, Juliane?«, hakte Schwester Josefa nach. »Verrate uns ein bisschen mehr von dir: Was sind deine Erwartungen an diesen Kurs?«

»Ähm ...« Julis Blick wanderte an die Decke, und die Röte an ihrem Hals vertiefte sich. »Blümchen«, stieß sie verzweifelt hervor, »also, äh, ich meine, Blumen! Ich male gerne Blumen. Rosa ... ja ... äh ... Blumen ...«

Fritzi musste husten und verbarg ihr Gesicht im Ärmel ihres Kleides, um nicht loszulachen.

»Sehr schön!« Die Miene der Klosterschwester war unverändert freundlich, und wenn ihr Julis Antwort merkwürdig vorkam, so zeigte sie es nicht. Sie richtete jetzt ihre Aufmerksamkeit auf Constanze, die sich kerzengerade aufrichtete und die Kursleiterin warnend anfunkelte.

»Ich heiße Constanze Kummer und bin Export-Vertriebschefin in einem international tätigen Molkereikonzern. Ich bin hier, weil meine beiden Freundinnen hier sind.« Sie verschränkte so unmissverständlich abschließend und endgültig ihre Arme vor ihrem wohlgeformten Busen, dass Schwester Josefa keine weiteren Fragen stellte.

»Fein. Damit wären wir also bei unserem dritten Neuankömmling angelangt. Friederike Engel, nicht wahr?«

Fritzi nickte. »Fritzi«, konkretisierte sie und hörte, wie ihre Stimme bereits wieder heiser wurde. »Ich habe am Sonntag Geburtstag«, begann sie zögernd. »Mein

Mann, Georg, er dachte, dass es eine gute Idee wäre ...« Fritzi schluckte, dann schüttelte sie den Kopf. Sie wollte nicht über ihren Mann sprechen und nicht über ihren verpatzten Geburtstag, über ihre Angst, dass nun die Ära von Gleitsichtbrille und Alpenveilchen begann, und darüber, dass ihre Ärztin sie für eine hysterische Schnepfe mit eingebildeten Krankheiten hielt. Sie wollte ja gar nicht hier sein. Nicht in diesem traurigen Gemäuer, nicht in diesem Raum mit fremden Menschen, um eine gestaltete Mitte geschart. Und sie wollte auch nicht irgendetwas von sich preisgeben. Sie konnte Constanze verstehen, ihre verschränkten Arme vor der Brust und ihren abweisenden Blick.

»Dein Mann hat dir den Kurs zum Geburtstag geschenkt?«, hakte Schwester Josefa nach.

Fritzi nickte ergeben. So leicht kam sie der Nonne offenbar nicht davon. »Er dachte, es wäre schön, den Geburtstag mit meinen alten Freundinnen zu verbringen ...«, schloss sie lahm und vermied es, Constanze und Juli anzusehen.

»Was für eine wundervolle Idee!«, sagte Schwester Josefa lächelnd, und ein paar der anderen Kursteilnehmer nickten zustimmend.

Fritzi erwiderte ihr Lächeln mühsam. Sie fühlte sich elend. Es war, als würde sie erst jetzt begreifen, dass sie tatsächlich in drei Tagen hier, an diesem Ort vierzig werden würde und daran nichts mehr zu rütteln war. Eigentlich hatte sie doch eine große Party feiern wollen, so wie alle anderen ihrer Freunde zum Vierzigsten auch. Eine Mottoparty mit schrillen 80er-Klamotten, Waldmeister-

Bowle und Partyband. Sie hatte sich noch einmal richtig jung und ausgelassen fühlen wollen. Stattdessen hatte sie sich ausbremsen lassen von ein bisschen Heiserkeit und einem überfürsorglichen Mann. Sie hätte Widerstand leisten sollen, sich kategorisch weigern. Aber als sie von dem Plan erfuhr, hatten Juli und auch Constanze schon zugesagt, und da war es zu spät gewesen. Sie hätte nicht mehr nein sagen können, ohne die beiden vor den Kopf zu stoßen.

Fritzi war so sehr in ihre trüben Gedanken versunken, dass sie gar nicht mitbekam, dass die anderen Kursteilnehmer sich ebenfalls vorstellten. Erst als ihre Nachbarin ihr einen Zettel reichte, schrak sie hoch. Es war ein Plan für die kommenden Tage. Fritzi warf einen gleichgültigen Blick darauf und zuckte innerlich zusammen, als sie las: 6.00 Uhr und 17.00 Uhr Meditation. Meditation? Zweimal täglich und dann morgens auch noch so unglaublich früh? Das klang schon sehr nach Askese, und es klang vor allen Dingen nicht nach Fritzi Engel, die sich normalerweise die Nächte um die Ohren schlug und am liebsten bis elf im Bett blieb, wenn sie konnte. Fritzi warf einen unauffälligen Blick in die Runde. Die anderen Teilnehmer sahen nicht überrascht aus, offenbar hatten sie mit solchen Quälereien gerechnet. Constanze allerdings las ebenso ungläubig wie Fritzi und zog dabei die Luft ein wie ein wütendes Nilpferd kurz vor dem Angriff. Juli wirkte ebenfalls nicht glücklich, wich Fritzis Blick aber aus. Offenbar fürchtete sie sich jetzt schon vor den Kommentaren ihrer Freundinnen.

Diese blieben auch nicht aus.

»Wie konntest du nur zulassen, dass Georg so etwas für uns bucht!«, zischte Constanze wütend, als sie nach Ende der Vorstellungsrunde, in der Schwester Josefa sie noch über verschiedene meditative Maltechniken, das »Anzapfen« des Unterbewusstseins und ähnlich beunruhigend esoterisch klingende Dinge aufgeklärt hatte, zum Abendessen gingen. »Es reicht ja schon, wenn ich malen muss, aber dann auch noch meditieren!«

»Es tut mir leid«, flüsterte Juli zerknirscht. »Davon stand nichts im Flyer …«

»Ich kann überhaupt nicht meditieren! Was soll ich denn da tun?«, fragte Fritzi ratlos.

»Na, dasitzen und nichts denken«, schlug Constanze vor.

»Ich kann nicht dasitzen und *nichts denken!* Ich will es auch nicht! Vor allem nicht um sechs Uhr morgens«, sagte Fritzi. »Auf keinen Fall! Da schlafe ich noch.«

»Das merkt doch eh keiner«, höhnte Constanze. »Du darfst nur nicht vom Sitzkissen kippen.«

Juli schwieg.

Drittes Kapitel

»Du hast dich kleingemacht!«
»Hab ich nicht!«
»Hast du doch!«
»Was, bitte schön, hast du gegen Hausfrauen?«
»Ich habe nichts gegen Hausfrauen, aber ich habe was gegen Frauen, die behaupten, Hausfrauen zu sein, obwohl sie es gar nicht sind!«

Es war kurz nach dem Abendessen, und Fritzi, Juli und Constanze saßen etwas unschlüssig in Julis Zimmer herum. Irgendwie war ihr Gespräch wieder auf die Vorstellungsrunde gekommen, und Constanze war ohne Vorwarnung auf Juli losgegangen.

Bisher hatte Juli ruhig geantwortet, doch der letzte Satz schien sie getroffen zu haben. Wütend funkelte sie Constanze an.

»Ich *bin* Hausfrau. Hausfrau und Mutter. Das hat nichts mit Kleinmachen zu tun!«

»Hallo? Geht's noch? Dein Vater hat die größte Buchhandelskette in der Stadt. *Bücher-Schatz*. Kennt jedes Kind. Wie viele Filialen habt ihr? Zehn?«

»Acht.«

»Und du bist seine einzige Tochter. Klug, absolut bücherverrückt und perfekt ausgebildet.« Constanze schnaubte.

»Aber ich arbeite nicht in der Firma. Wir haben einen Geschäftsführer.«

»Das ist es ja, was ich nicht kapiere«, sagte Constanze. Kopfschüttelnd erhob sie sich vom Bett und machte ein paar rasche Schritte durch den Raum. »Warum hast du eigentlich studiert, wenn du jetzt zu Hause sitzt und Däumchen drehst? Das ist doch bescheuert!«

»Bescheuert? Zwei Kinder großziehen? BESCHEUERT??!« Juli wurde dunkelrot vor Zorn und stand ebenfalls auf. »Nur weil du nichts anderes im Kopf hast, als Karriere zu machen! Wenn du nicht Tag und Nacht arbeiten würdest, hättest du vielleicht auch mal Zeit für Kinder gehabt ...«

Juli brach ab und sah plötzlich schuldbewusst aus. Während Fritzi scharf die Luft einzog und Constanze einen schnellen Blick zuwarf, trat diese einen Schritt zurück und starrte Juli mit versteinertem Gesichtsausdruck an, dann sagte sie unvermittelt: »Ich weiß nicht, wie es euch geht, aber ich habe jetzt Lust auf ein Bier.« Damit drehte sie sich auf dem Absatz um und verließ das Zimmer.

»Es tut mir leid ...«, rief Juli ihr hinterher, doch Constanze warf bereits mit einem Knall die Tür hinter sich zu.

Unglücklich ließ sich Juli neben Fritzi aufs Bett fallen. »Ich wollte das mit den Kindern nicht sagen. Ich weiß ja nicht einmal, warum sie keine Kinder hat, vielleicht kann sie ja keine bekommen?«

»Sie hat dich provoziert«, sagte Fritzi tröstend. »Außerdem hast du nur die Wahrheit gesagt. Sie arbeitet ja wirklich Tag und Nacht. Zumindest war das früher so. Da hatte sie nicht einmal Zeit für einen Freund, geschweige denn für so etwas wie Familienplanung.«

»Da hat sich wohl nicht viel daran geändert«, sagte Juli, schien jedoch noch immer nicht ganz überzeugt. »Trotzdem, wir wissen es nicht. Ihren derzeitigen Freund hat sie immerhin schon länger, glaube ich.«

Fritzi hob überrascht die Augenbrauen. »Tatsächlich? Kennst du ihn denn?«

Juli schüttelte den Kopf. »Nein, ich habe ihn nie gesehen, aber irgendwann hat sie mal von ihm erzählt. Ich glaube, da waren sie gerade zusammen im Urlaub. Es klang schon nach einer festen Beziehung.« Sie überlegte eine Weile, dann räumte sie ein: »Das ist aber schon eine Zeitlang her, und ich habe nie mehr nachgefragt, ob es ihn überhaupt noch gibt. Ich weiß nicht einmal mehr seinen Namen.« Sie machte ein schuldbewusstes Gesicht.

»Aber ihr trefft euch immer noch regelmäßig?«, wollte Fritzi wissen. Sie selbst hatte Constanze vor diesem Wochenende schon Jahre nicht mehr gesehen. Seit kurz vor ihrer Hochzeit mit Georg, um genau zu sein. Und das hatte seinen guten Grund.

Deshalb war sie von Georgs Idee, auch Constanze zu diesem Ausflug einzuladen, ziemlich überrascht gewesen. Noch mehr als das hatte sie allerdings verwundert, dass Constanze zugesagt hatte.

»Na ja, so wie wir beide auch, alle paar Monate eben. Constanze hat ja noch weniger Zeit als du ...« Juli lächelte, um ihren Worten die Spitze zu nehmen, und fügte dann noch etwas wehmütig hinzu: »Früher haben wir uns öfter gesehen.«

Fritzi nickte, und ein altbekanntes Schuldgefühl machte sich bemerkbar. Juli hatte recht. Früher hatten sie sich andauernd gesehen, hatten alles voneinander gewusst, und so etwas wie der Name von Constanzes Freund wäre nie vergessen worden. Freundschaften musste man pflegen, sonst verkümmerten sie, vertrockneten wie Blumen in der Sonne, die man nicht gießt. Juli war immer schon die sozialste von ihnen gewesen. Sie rief immer wieder einmal an, schlug Treffpunkte vor, überredete Fritzi, mit ihr ins Kino oder in eine Ausstellung zu gehen, und kam offenbar nie auf den Gedanken, damit aufzuhören, nur weil Fritzi sich so selten bei ihr meldete.

Aber sie hatte einfach zu viel zu tun, sagte sich Fritzi in einem Versuch, sich vor sich selbst zu rechtfertigen. Und es stimmte ja auch: Im Gegensatz zu Juli, die den ganzen Tag bei den Kindern zu Hause war, war Fritzi ständig unterwegs, hetzte oft genug von einem Termin zum anderen, auch abends und am Wochenende. Da vergaß man solche Dinge eben. Sie seufzte leise. Es funktionierte nicht. Sie konnte sich nicht einreden, dass ihre Arbeit der Grund war. Andererseits wusste sie auch nicht, woran es eigentlich lag, dass sie in den letzten Jahren so wenig Interesse daran gehabt hatte, diese Freundschaft aufrechtzuerhalten. Was war passiert? Wann hatten sie damit begonnen, sich voneinander zu entfernen?

Aber vielleicht war gar nichts passiert. Vielleicht war es einfach nur so, dass alle Dinge ihre bestimmte Zeit hatten und irgendwann einfach vorbei waren. So etwas passierte eben. Niemand war daran schuld. Seltsamerweise tröstete sie dieser Gedanke kein bisschen. Im Gegenteil. Eine Welle von Traurigkeit überkam sie so heftig und unerwartet, dass es ihr nur mit Mühe gelang, nicht einfach loszuheulen. Was war nur los mit ihr?

»Was erzählt Constanze bei euren Treffen denn überhaupt so?«, fragte sie hastig, um sich von ihren melancholischen Gedanken abzulenken, und bemerkte dabei, dass ihre Stimme schon wieder leicht heiser klang.

Juli dachte nach. »Nicht viel. Meistens redet sie nur über ihre Arbeit.« Sie zuckte mit den Achseln. »Und da höre ich nie so richtig zu«, gestand sie.

Fritzi schwieg. Sie fragte sich, ob es bei ihr und Juli ähnlich war? Redete sie bei ihren Treffen auch nur über die Arbeit? Und hörte Juli ihr auch nicht zu? Sie konnte sich nicht erinnern, in letzter Zeit mit ihr ein längeres Gespräch über Dinge geführt zu haben, die sie beide wirklich beschäftigten.

Offenbar fasste Juli ihr Schweigen als Vorwurf auf und verteidigte sich: »Das ist so eine andere Welt, in der sie lebt, sie ist ja dauernd in der ganzen Weltgeschichte unterwegs, jettet mal schnell in die USA oder nach China, und dann hat sie diese Wahnsinnswohnung und all die schicken, hochnäsigen Freunde, lauter Singles oder Paare ohne Kinder ... Ich bin mir immer ein bisschen blöd vorgekommen, wenn ich ihr erzählt habe, dass Ben jetzt seine Schuhe schon allein binden kann oder Leonie eine

Eins im Diktat geschrieben hat. Ich meine, wen interessiert das schon außer mich und meinen Mann? Sie erzählt mir dagegen so Sachen wie, wie viele Tonnen Milch jedes Jahr nach China exportiert werden und wie hoch in Asien die Nachfrage nach Babynahrung ist ...«

»Sie exportieren Milch nach China?«, fragte Fritzi verblüfft nach.

»Containerweise.«

»Haben die denn keine eigenen Kühe in China?«

Juli hob die Hände. »Keine Ahnung, da geht es wohl um die Qualität. Darum fliegt sie ja auch immer nach Shanghai.«

Fritzi nickte langsam. »Ach ja, Shanghai. Da war sie auch, als ich geheiratet habe.«

Juli sah sie nachdenklich an. »Es hat dich sehr verletzt, dass sie damals nicht gekommen ist, oder?«

Fritzi hob die Schultern. »Passt schon«, meinte sie leichthin und musste prompt husten.

Juli schwieg einen Augenblick, dann sagte sie mit Nachdruck: »Red keinen Scheiß!«

»Wie?« Fritzi musterte ihre Freundin verblüfft.

»Ist doch wahr!«, sagte Juli unwirsch. »*Passt schon* sage ich auch oft. Und zwar immer dann, wenn etwas ganz und gar nicht passt. *Passt schon. Nicht der Rede wert. Nicht wichtig.*« Juli sah Fritzi zornig an. »Sag das nicht, wenn es nicht stimmt. Nichts passt! Überhaupt nichts!«, sagte sie und begann hektisch, in ihrer großen Handtasche zu kramen, fand schließlich einen halb gegessenen, zerdrückten Riegel Schokolade, wickelte ihn aus und schob ihn sich in den Mund.

Fritzi beobachtete verwundert, wie sie kaute und schluckte und kaute und schluckte und ihre Augen dabei wütend funkelten. So kannte sie Juli gar nicht. »Du hast recht«, sagte sie schließlich leise. »Es hat nicht gepasst. Ich meine, ihr wart meine beiden besten Freundinnen! Und meine Trauzeuginnen! Und dann hat sie am Abend vor der Hochzeit einfach abgesagt. Per SMS. Da saß sie schon im Flugzeug nach Shanghai.«

Fritzi stand auf und ging ans Fenster. Juli folgte ihr und stellte sich neben sie. Sie hatte schon einen zweiten Schokoriegel aus den Tiefen ihrer Tasche gekramt und wickelte langsam und bedächtig das Papier ab.

»War das etwa auch der Grund, warum euer Kontakt damals abgebrochen ist?«, fragte sie leise.

Nach kurzem Zögern nickte Fritzi. »Irgendwie schon. Ich konnte das einfach nicht vergessen.« Sie wischte sich mit einer knappen Handbewegung über die Augen. »Und jetzt lädt Georg sie einfach zu meinem Geburtstag ein. Ohne mich vorher zu fragen. Er muss doch gemerkt haben, dass ich ... seit damals ... dass ich nie mehr etwas mit ihr ...« Sie sprach nicht weiter. Juli brach den Schokoriegel in der Mitte auseinander und reichte Fritzi die eine Hälfte.

»Ich esse keine Schokolade ...«, wollte Fritzi abwehren, doch dann nahm sie ihn doch und biss ein kleines Stück davon ab. Schokolade war eigentlich verboten. Schließlich wollte sie kein »Hüftgold« ansetzen, wie es ihre jungen Kolleginnen immer spöttisch nannten, wenn sie über dickere, ältere Frauen lästerten. Sie biss noch ein Stück ab. Die Schokolade schmolz cremig und warm auf ihrer Zunge. Sie schloss für einen Moment die Augen.

»Hast du denn mit Georg je darüber gesprochen?«, fragte Juli. Fritzi schüttelte den Kopf. »Ich wollte mir davon die Hochzeit nicht verderben lassen. Und danach war es irgendwie kein Thema mehr.«

»Und mit Constanze?«

Wieder ein Kopfschütteln.

»Ich hatte auch keine Ahnung, dass dich das so getroffen hat«, meinte Juli dann, »du hast ja nie mehr ein Wort darüber verloren. Ich habe mich irgendwann gewundert, wieso du einem Treffen mit Constanze jedes Mal ausgewichen bist, wenn ich das vorgeschlagen habe, und warum du auch nie nachgefragt hast, wie es ihr geht. Aber dass das immer noch mit deiner Hochzeit zusammenhängt, wusste ich nicht.«

»Jetzt hältst du mich wohl für einen nachtragenden Elefanten, was?«, fragte Fritzi bedrückt.

»Quatsch!« Juli lächelte und legte kurz ihre Hand auf Fritzis Arm. »Man kann sich seine Gefühle nicht aussuchen. Wenn man verletzt ist, ist man es eben.«

»Unsere Freundschaft hat mir immer so viel bedeutet«, sagte Fritzi mit rauher Stimme. »Und als ich diese SMS bekam, wurde mir klar, dass Constanze das offenbar überhaupt nicht so sieht. Das hat furchtbar weh getan.«

Sie schob sich die restliche Schokolade in den Mund. Juli tat es ihr nach. Eine Weile schwiegen sie beide.

Dann brach Juli die Stille. »Vielleicht war das ja der Grund, warum Georg dachte, dass es dir guttäte, wenn wir drei uns wieder einmal treffen?«, überlegte sie.

»Meinst du?«, fragte Fritzi zweifelnd. Auf diesen Gedanken war sie bisher noch gar nicht gekommen. Sie hatte Georgs Idee mit den »besten Freundinnen« einfach nur für komplett ignorant und ahnungslos gehalten: Ihr Mann, der zerstreute Professor, der nicht mal mitbekommen hat, dass sich die Freundschaften seiner Frau längst verändert hatten. So etwas in der Art.

»Ich würde Georg nicht unterschätzen«, sagte Juli. »Er kommt oft auf ungewöhnliche Ideen ...«

»Hm.« Fritzi sah nachdenklich aus dem Fenster.

Die grandiose Landschaft breitete sich vor ihr aus wie eine Kulisse. Während der Himmel noch in jenem unwirklichen, durchscheinenden Blau der Abenddämmerung schimmerte, war es im Tal bereits dunkel, und vom See zogen dichte Nebelschwaden heran. Auf halber Höhe des düsteren Gebirgszugs am anderen Seeufer leuchtete das einsame Licht einer Berghütte. Fritzi dachte an Constanzes flapsige Bemerkung: wie Avalon. Sie hatte recht gehabt. Es war sehr einsam hier, trotz des kleinen Dorfes, das jetzt schon im tiefen Schatten lag.

Was Georg wohl gerade machte? Wahrscheinlich nutzten er und Esther ihre Abwesenheit dazu, sich etwas absolut Ungesundes, Fettes zum Essen zu bestellen und es vor dem Fernseher zu essen. Salamipizza. Oder Cheeseburger und Pommes. Vielleicht kam eine Quizshow. Ihre Tochter und Georg liebten diese Shows, und sie rieten immer gemeinsam mit und lästerten dabei über die Begriffsstutzigkeit der Kandidaten. Fritzi wunderte sich jedes Mal am meisten über die absolut abwegigen Fragen, die Georg beantworten konnte, während er von so einfachen Dingen wie »Wie viele Bände hat Harry Potter«

oder »Wie heißt die niederländische Königin?« keinen blassen Schimmer hatte und die Spice Girls für eine Gewürzmischung hielt. Dafür wusste er, dass der »Gute Heinrich« eine Pflanze aus der Familie der Gänsefußgewächse war und lateinisch *Chenopodium bonus-henricus* hieß, dass männliche Bienen nach dem Paarungsakt explodierten und Hypatia der Name der einzigen bekannten Mathematikerin der Antike war und sie im Jahre 415 von Christen bei lebendigem Leibe verbrannt wurde. Absolut überlebensnotwendiges Wissen. Ja, Juli hatte recht: Man durfte Georg nicht unterschätzen. Seine Gehirnwindungen verliefen zwar etwas verwinkelter als bei den meisten anderen Menschen, dafür lieferten sie oft genug überraschende Ergebnisse. Gut möglich, dass er tatsächlich aus irgendeinem verworrenen Grund der Meinung war, nur ihre beiden alten, ehemals besten Freundinnen seien in der Lage, ihre verlorene Stimme wiederzufinden und sie überdies ihren Schreckensgeburtstag halbwegs unversehrt überstehen zu lassen.

Fritzi wandte sich vom Fenster ab. »Wir sollten Constanze suchen gehen«, sagte sie leise.

Juli nickte. Gemeinsam verließen sie Julis Zimmer und klopften zur Sicherheit bei Constanze. Doch niemand antwortete, und die Tür war abgeschlossen.

»Wahrscheinlich ist sie in das Wirtshaus im Dorf«, vermutete Juli. »Ich wüsste nicht, wo man hier sonst ein Bier trinken könnte.«

Sie holten ihre Jacken und gingen nach unten. Im Treppenhaus war es totenstill und dunkel, nur eine einzelne Kerze am Treppenabsatz warf unruhige Schatten.

Fritzi drückte hastig den Lichtschalter und überlegte, ob diese Kerzen, die hier überall standen, wohl die ganze Nacht brannten. Es gab vermutlich eine Schwester, die sie überwachte, sie anzündete, den Docht kürzte, wenn sie rußte, und sie auswechselte, wenn sie heruntergebrannt war. Ihr fiel auf, dass sie mit Ausnahme der alten Nonne an der Pforte und Schwester Josefa noch keine der Klosterschwestern gesehen hatte.

Das eher karge Abendessen, das aus Rohkost, Brot, Butter und Käse bestanden hatte, war zusammen mit einigen Thermoskannen Kräutertee vor dem Speisezimmer für sie angerichtet gewesen, und in der Küche nebenan hatte man das Klappern von Geschirr hören können. Aber niemand außer Schwester Josefa, die ihnen kurz guten Appetit gewünscht hatte, war zu sehen gewesen. Als sie nach dem Essen zurück auf ihre Zimmer gegangen waren, hatte Fritzi am anderen Ende des Flurs eine Glastür bemerkt, die den Rest des Flurs abtrennte. An der Scheibe hing ein großes weißes Schild mit der Aufschrift KLAUSUR. Dort musste der Wohntrakt der Schwestern sein. Sie hatte sich flüchtig gefragt, wie es wohl sein mochte, sich für ein Leben hinter Klostermauern zu entscheiden. Ob die Nonnen sich nicht eingesperrt fühlten? Abgeschnitten vom Rest der Welt? Sie selbst jedenfalls fühlte sich jetzt schon ein wenig so.

Vor dem Abendessen hatte sie in Erwartung zahlreicher Nachrichten ihrer Chefin, die sich nie an Urlaubszeiten anderer gebunden fühlte, weil sie selbst offenbar immer im Dienst war, ihr Smartphone eingeschaltet und mit Entsetzen bemerkt, dass es hier überhaupt kein Netz gab. Juli hatte es ihr bestätigt, auch sie hatte keine Verbindung. Fritzi hatte es dennoch nicht glauben können und war nach unten zur Pforte gegangen, um sich zu erkundigen, ob eine Störung vorlag.

Sie musste jedoch nicht auf eine Auskunft der schwerhörigen Nonne warten, ein Aushang, den sie bei der Ankunft nicht bemerkt hatte, informierte sie darüber, dass das gesamte Klostergelände »internet- und mobilfunkfrei« war. Es gab lediglich einen altmodischen Münzfernsprecher, der neben der Pforte an der Wand hing wie ein Museumsstück. Der Anblick dieses wie aus der Zeit gefallenen grauen Kastens brachte Fritzi vollkommen aus der Fassung. Sie konnte sich nicht erinnern, wann sie zum letzten Mal mehr als ein, zwei Stunden ohne Internetverbindung gewesen war. Nicht einmal mehr telefonisch erreichbar zu sein versetzte sie für einen Moment tatsächlich in Panik. Sie fühlte sich, als habe man sie in einen luftleeren Raum gesperrt. Ohne Fenster und Türen. Und ohne Sauerstoff. Abgeschnitten von allem und jedem. Fritzi hatte die Augen geschlossen und einige Mal tief eingeatmet. Als das Gefühl langsam verebbt war, war sie wieder nach oben in ihr Zimmer gegangen und hatte ihr nutzloses Handy ganz zuunterst in ihrer Reisetasche vergraben. Danach war sie noch eine Weile auf dem Bett sitzen geblieben und hatte kopfschüttelnd darüber nachgedacht, wie absolut irrsinnig es doch war, dass ein alter Münzfernsprecher bei ihr so etwas wie eine Panikattacke auslösen konnte.

Als sie jetzt auf dem Weg zum Ausgang wieder daran vorbeikamen, packte sie plötzlich das unbändige Verlangen, den Hörer abzunehmen und irgendjemanden anzurufen. Ihren Mann, ihre Tochter, eine Arbeitskollegin, egal wen. Hauptsache, jemand meldete sich am anderen Ende der Leitung und sagte ihr, dass die Welt, wie sie sie gewohnt war, noch existierte.

»Fritzi?« Julis Stimme drang an ihr Ohr, und sie zuckte beschämt zusammen. Sie hatte so intensiv das Telefon angestarrt, dass sie ihrer Freundin gar nicht zugehört hatte. »Was?«

Juli warf ihr einen verwunderten Blick zu. »Wo warst du denn mit deinen Gedanken? Ich fragte gerade, warum es Constanze wohl so wütend macht, dass ich nicht arbeite?«

»Keine Ahnung ...« Fritzi öffnete die schwere Holztür nach draußen, vermied es dabei aber, Juli anzusehen. »Nimm das nicht so ernst«, sagte sie leichthin. »Sie ist eben total auf ihre Karriere fixiert und versteht nicht, warum andere das nicht sind.«

Tatsächlich aber hatte sich Fritzi auch selbst schon häufiger gefragt, weshalb Juli keinerlei Anstalten machte, in das Geschäft ihrer Eltern einzusteigen. Doch das wollte sie nicht sagen. Nicht jetzt, wo ohnehin schon Streit in der Luft lag.

Vor dem Kloster erwartete sie eine Welt aus undurchdringlichem Grau, das die kleine Lampe oberhalb der Pfortentür kaum erhellen konnte. Der Nebel, der vom See heraufgezogen war, hatte sich verdichtet und das Kloster vollkommen eingehüllt. Von dem nahen Dorf war nichts mehr zu sehen, und auch der Parkplatz und

Julis Auto schienen verschwunden. Die beiden Frauen blieben überrascht stehen. Fritzi überkam erneut das unangenehme Gefühl der Isolation, und sie schüttelte sich wie ein Hund, um es loszuwerden.

»Große Güte!«, sagte sie und lachte etwas zu laut. »Das ist ja wie in einem Schauermärchen. Glaubst du, wir finden den Weg zur Wirtschaft überhaupt? Vielleicht irren wir bis ans Ende unserer Tage hier herum? Ruhelose Geister auf der Suche nach Erlösung ...«

»Huhu!«, machte Juli und kicherte, dann verstummte sie abrupt und sagte in verändertem Tonfall: »Wie damals in Passau. Erinnerst du dich noch an unser allererstes Semester? An diese endlosen Tage im November, als jeden Tag der Nebel bis zum Boden hing?«

Fritzi nickte. »Man konnte vom Fenster aus nicht einmal die andere Straßenseite sehen.«

»Und wir kannten keine Menschenseele, hockten immer beieinander in Constanzes Zimmer ...«

»Es war schrecklich«, bestätigte Fritzi, und ihr wurde in dem Moment schlagartig klar, woher dieses beunruhigende Gefühl von Fremdheit und Einsamkeit kam, das sie an diesem Abend nun schon zum zweiten Mal gepackt hatte. Es rührte von genau jenen Tagen her, als sie drei, kaum neunzehn geworden, allein in dieser fremden Stadt hockten, die sich anfangs von ihrer düstersten Seite gezeigt hatte: feucht, kalt und dunkel, wochenlang eingehüllt in zähen grauen Nebel. Damals hatte es noch kein Internet und keine Handys gegeben, und Telefonieren war teuer gewesen. Zu teuer, um den Eltern andauernd etwas vorzujammern, selbst wenn es der Stolz zugelassen hätte. Sie warf Juli einen dankbaren Blick zu. Offenbar empfand ihre Freundin die Atmosphäre hier ähnlich beklemmend wie sie. Zumindest löste es bei ihr ähnliche Assoziationen aus. Allein dieses Wissen ließ ihr eigenes Unbehagen weniger werden.

Entschlossen nahm sie Julis Hand, und gemeinsam tapsten sie über den Parkplatz in der Hoffnung, die Treppe zu finden, die die Anhöhe hinunter zum Dorf führte. Zum Glück stießen sie rasch auf die Steinmauer. Sie folgten ihr einige wenige Schritte, bis sie zu dem Durchbruch gelangten. Das dichte Pflanzendach über der Treppe hielt den Nebel ab, doch es war stockfinster, und sie mussten vorsichtig gehen, um nicht auf den unebenen Steinstufen auszurutschen.

Nach einer Weile sagte Juli, die hinter Fritzi ging, unvermittelt: »Wenn ihr damals, am Anfang, nicht dabei gewesen wärt, wäre ich nicht geblieben. Ich war immer kurz davor, alles hinzuwerfen und einfach zu verschwinden.«

»Echt?« Fritzi drehte sich erstaunt um. Julis Gesicht war in der Dunkelheit nur als undeutlicher, heller Fleck zu erkennen. »Aber du hattest doch die Idee mit dem Betriebswirtschaftsstudium in Passau?«

»Das war nicht meine Idee«, widersprach Juli heftig, »sondern der Wunsch meiner Eltern.«

Fritzi wunderte sich über den verbitterten Ton in Julis Stimme, der gar nicht zu ihr passte, doch sie kam nicht dazu, nachzufragen, denn jetzt hatten sie den untersten Treppenabsatz erreicht, und ihre Freundin schob sich an ihr vorbei und trat aus dem Blättertunnel heraus. Auf der anderen Straßenseite stand das Wirtshaus, dessen Fenster einladend durch das Nebelgrau zu ihnen herüberleuchteten. Sie überquerten die Straße, und als sie vor der Eingangstür standen, lächelte Juli schon wieder ihr liebenswürdiges, freundliches Lächeln, so als hätte es diesen gallenbitteren Satz nie gegeben.

Viertes Kapitel

Constanze war so wütend aus Julis Zimmer gestürmt, dass sie sogar vergessen hatte, eine Jacke mitzunehmen. Als sie nach draußen trat, erschauerte sie in der kalten Luft, die durch ihre dünne Kleidung drang. Auf ihren Jil-Sander-Blazer, der für Outdoor-Aktivitäten nicht geschaffen war, legte sich der rasch dichter werdende Nebel in zahllosen feinen Tröpfchen. Er würde wellig wie nasses Papier werden, und selbst wenn sie ihn in die Reinigung gab, würde das wohl nichts mehr ändern. Er war ruiniert. Aber das war egal, sie hatte ohnehin keine Gelegenheit mehr, ihn irgendwo anzuziehen.

Constanze rang sich ein bitteres Lächeln ab, während sie den Vorplatz des Klosters überquerte. Das war ihr kleinstes Problem. Ein Scheißblazer, der so viel gekostet hatte, dass Juli dafür locker ihre ganze Familie einkleiden konnte. Und Juli war auch nicht gerade arm. Constanze dachte an ihren soeben geführten Wortwechsel, und die Wut flammte wieder auf. Es war gar nicht Julis Bemerkung über die Kinder gewesen, die sie so in Rage gebracht hatte, dass sie sich auf dem Absatz umgedreht hatte und gegangen war, sondern die Tatsache, dass sie so hartnäckig darauf bestand, Hausfrau zu sein. Als ob das ein Beruf wäre. Wenn sie nicht gegangen wäre, wäre es ziemlich hässlich geworden, dessen war Constanze sich sicher. Sie war immer stolz darauf gewesen, zu sagen, was sie dachte, und dabei keine Rücksichten zu nehmen. Aber manchmal war das nicht der richtige Weg. Das hatte sie erst lernen müssen. Genauso wie die Tatsache, dass ihr im entscheidenden Moment trotzdem niemand geglaubt hatte. Niemand hatte sich erinnert, wie wichtig ihr Ehrlichkeit und Aufrichtigkeit immer gewesen waren. Und wenn sie sich doch erinnert hatten, hatte es niemanden mehr interessiert.

Wie hatte aus Juli nur so ein Mäuschen werden können? Constanze schnaubte empört auf. Sie verabscheute Mäuschen. Ihre Mutter war ein solches Mäuschen gewesen, und der Gedanke daran tat ihr selbst jetzt noch weh. Unterwürfig bis zur Selbstaufgabe, immer demütig und bescheiden und so unsichtbar, dass Constanze bis heute keine Ahnung hatte, was sie gerne gegessen, getrunken, gelesen hatte, wohin sie gerne in Urlaub gefahren wäre und welche Filme im Fernsehen sie gerne gesehen hätte, wenn sie die Oberherrschaft der Fernbedienung einmal hätte an sich reißen können. Doch das wollte sie gar nicht. Selbst wenn Constanzes Vater einmal abends nicht zu Hause gewesen war, hatte sie keinen Blick in das Programm geworfen, sondern sich wie immer die Sendungen angesehen, die der *Papa* gerne mochte. Wie jeden Abend war sie in ihrem Stuhl am Fenster gesessen und hatte nebenbei Socken gestrickt oder gestopft, oder sie hatte gebügelt und ab und zu den Blick auf den flimmernden Bildschirm gehoben, der einen Ehrenplatz in ihrem Eiche-rustikal-Wohnzimmer gehabt hatte. Wenn sie am Bügeln gewesen war, hatte sie den Ton etwas lauter gestellt, um das Zischen des Dampfbügeleisens zu übertönen. Der Vater wurde nach dem Heimkommen mit einer kurzen Zusammenfassung darüber aufgeklärt, was er verpasst hatte. Er ließ sich dann wie immer ächzend auf dem riesigen Sofa nieder, auf dem Constanzes Mutter ihres Wissens niemals gesessen hatte, schnappte sich die Fernbedienung und stellte den Ton leiser. »Bist' taub oder was?«, fragte er, und sie stellte das Bügeleisen beiseite und brachte ihm ein Bier oder kochte ihm, wenn er schon seine üblichen zwei Bier getrunken hatte, einen Pfefferminztee. Constanze wurde immer noch heiß vor Wut, wenn sie so an ihre Mutter dachte. Wie sie tagtäglich in ihrer blauen Schürze am Herd gestanden hatte und »Lieblingsessen« kochte. Lieblingsessen für den Papa und für das Stanzerl, nie gab es einmal ein Lieblingsessen der Mutter.

Constanze hatte ihr als Kind einmal einen Kuchen zum Muttertag backen wollen und sie so unauffällig wie möglich gefragt, was sie denn gerne mal für einen Kuchen essen würde. Ihre Mutter hatte geantwortet: »Der Papa isst gern Sandkuchen.« Und so hatte es am Muttertag Sandkuchen gegeben. Constanze hatte ihn versehentlich anbrennen lassen, und ihr Vater hatte, nachdem er pflichtschuldig ein Stück gegessen hatte, zur Mutter gesagt: »Das nächste Mal machst ihn aber wieder selbst.«

Eines Abends beim Fernsehen hatte ihre Mutter dann

den Schlaganfall gehabt. Das Strickzeug war ihr in den Schoß gefallen, sie war vornüber gekippt und aus dem Lehnstuhl gerutscht. Das alles geschah so leise, dass es Constanzes Vater gar nicht bemerkte. Erst als er sie etwas fragte und keine Antwort erhielt, entdeckte er, dass sie zusammengesunken am Boden lag. Sie hatte keinen Mucks gemacht. In der nachfolgenden Zeit, die ihre Mutter im Krankenhaus verbringen musste, war ihr Vater vollkommen verloren gewesen. Er konnte sich nicht einmal ein Frühstücksei kochen, die Waschmaschine bedienen und weder Hosen noch Hemden bügeln. Constanze hatte versucht, ihn zu überreden, eine Putzhilfe einzustellen und in höchster Panik alle Vorkehrungen für den Tag getroffen, an dem die Mutter aus dem Krankenhaus und der Reha entlassen werden würde. Sie hatte sich bei den Krankenkassen und Behörden erkundigt, mehrere Altenheime angesehen und dann ihrem Vater vorgeschlagen, entweder eine 24-Stunden-Kraft aus Polen einzustellen oder die Mutter in ein Heim zu bringen. Sie hatte ein sehr schönes Pflegeheim in der Nähe ihrer Wohnung gefunden, wo er sie täglich besuchen könnte. Es war nicht billig, und die Rente und Pflegeversicherung ihrer Mutter reichten bei weitem nicht, aber Constanze würde einspringen, sie konnte es sich leisten. »Mach dir keine Sorgen, Papa«, hatte sie gesagt. »Wir kriegen das schon hin.«

Ihr damals sechsundsiebzigjähriger Vater hatte sie verständnislos angesehen und dann den Kopf geschüttelt. Es käme nicht in Frage, die Mama in ein Heim zu geben, wie sie nur auf so etwas kommen könnte. Und eine Hilfe brauche er auch nicht. Schon gar nicht eine aus Polen. Die wüsste doch gar nicht, was die Mama braucht, und außerdem würde man die doch gar nicht verstehen. Überhaupt wolle er keine fremden Personen in der Wohnung, brummelte er. Alle Versuche, ihm die Realität nahezubringen, scheiterten. Er schüttelte nur eigensinnig den Kopf, als Constanze mit einer wütenden Handbewegung auf die völlig verdreckte Küche deutete, ihn darauf aufmerksam machte, dass weder das Bad noch das Schlafzimmer der alten, schwer beheizbaren Postwohnung, in der sie seit fünfzig Jahren wohnten, behindertengerecht seien und der Rollstuhl nicht durch die Küchentür passte. Der Vater blieb bei seinem Kopfschütteln. Und er begann zu lernen. Er holte die Kochbücher der Mutter, die auf einem Regal in der Küche standen, herunter und brachte sich das Kochen bei. Er begann zu putzen und zu bügeln und kaufte selbst ein.

Als die Mutter dann nach Hause kam, war er einigermaßen in der Lage, einen Haushalt zu führen. Er, der niemals eine Klobürste in die Hand genommen hatte und für den es Zeit seines Lebens unter seiner Manneswürde gewesen war, ein Waschbecken zu putzen oder den Boden zu wischen, hielt von nun an nicht nur die Wohnung in Schuss, sondern er pflegte auch seine Frau. Er wusch sie und fütterte sie, und weil der Rollstuhl zu breit für die Küche war, trug er sie jeden Morgen hinein und schnallte sie in ihren alten Wohnzimmersessel, den er eigens dafür umgebaut und mit Rollen versehen hatte. Sie frühstückten gemeinsam, aßen gemeinsam zu Mittag, und bei schönem Wetter schob er sie nachmittags hinaus auf den

Küchenbalkon, stellte seinen Küchenstuhl daneben und las ihr jede einzelne Nachricht aus der Zeitung vor. Und wie früher sahen sie jeden Abend Papas Lieblingssendungen, nur mit dem Unterschied, dass ihre Mutter dann mit aufgestellter Lehne in dem unförmigen Krankenbett lag, das man anstelle der Couch ins Wohnzimmer geschoben hatte, und ihr Vater nebenbei bügelte.

Constanze hatte diese Entwicklung mit gemischten Gefühlen beobachtet. Einerseits war sie beeindruckt und unendlich froh für ihre Mutter und versuchte, in der wenigen Zeit, die sie hatte, die beiden so oft wie möglich zu besuchen und zu unterstützen, auch wenn ihr Vater das gar nicht so gerne sah. Er wollte keine Einmischung. Andererseits erfüllte es sie auch mit Trauer, dass ein Schlaganfall nötig gewesen war, dass ihrer Mutter endlich einmal so etwas wie Respekt und Achtung entgegengebracht wurde und sie erst dann verwöhnt wurde, als das Wort bereits seine Bedeutung verloren hatte.

Ihre Mutter lernte nie wieder sprechen, und sie machte auch sonst fast keine Geräusche, gab nie zu erkennen, ob sie unwillig war, ob ihr etwas weh tat, sie Hunger oder Durst hatte. Nur Constanzes Vater wusste es offenbar genau. Er klärte sie darüber auf, wann ihre Mutter müde war und wann sie etwas Aufmunterung nötig hatte, und er gab ihr Tipps, die Constanze erstaunten. »Sing ihr ein Lied von Connie Francis vor«, riet er ihr einmal. »Das hat sie früher immer gern gemocht.« Constanze kannte kein Lied von Connie Francis, sie hatte auch nicht gewusst, dass ihre Mutter überhaupt Lieder gemocht hatte, und fühlte sich hilflos und nutzlos, jedes Mal, wenn sie an ihrem Bett saß und ihr Vater geschäftig um sie herumwerkelte. Als sie diese Empfindung einmal gegenüber ihrem Vater ansprach, winkte der ab. »Schmarrn, sie freut sich immer schon so drauf, wenn du kommst.« Constanze hatte keine Ahnung, ob das stimmte. Sie konnte in dem reglosen Gesicht ihrer Mutter nichts erkennen. Nur wenn sie die Hand ihrer Mutter nahm, die nicht gelähmt war, spürte sie, wie sie mitunter ihren Druck erwiderte. Und so saß sie da, hielt die Hand ihrer Mutter und erzählte ihr Dinge aus ihrem Leben und ihrer Arbeit, nur die schönen Dinge, und wartete auf einen zustimmenden Druck ihrer Hand.

Constanzes Mutter lebte nach dem Schlaganfall noch fünf Jahre, und ihr Vater pflegte sie die ganze Zeit. Nur im letzten halben Jahr gelang es ihm nicht mehr, sie aus dem Bett zu heben und in die Küche zu tragen. Er war mittlerweile einundachtzig. Sie blieb im Wohnzimmer in ihrem Krankenbett, wurde dort gewaschen und gefüttert, und ihr Vater begann, auch mehr oder weniger im Wohnzimmer zu leben. Der Küchentisch wurde hineingestellt und eine schmale Gästepritsche, auf der er schlief. Er wollte sie nicht mehr allein lassen, bei ihr sein, »wenn's ans End' geht«.

Doch als sie starb, bemerkte er es trotzdem nicht. Sie tat es so leise, wie es ihre Art gewesen war, wachte eines Morgens einfach nicht mehr auf. Als Constanze ihre Eltern am Abend ahnungslos besuchen kam, saß ihr Vater barfuß und im Schlafanzug neben dem Bett und hielt noch immer ihre Hand. Er hatte sich den ganzen Tag nicht von der Stelle gerührt. Einige Wochen später fiel er beim Aufstehen aus dem Bett und brach sich den Oberschenkelhals, wovon er sich nicht mehr erholte. Er starb vor einem Jahr, einem Monat und sechs Tagen, auf den Tag genau zwei Monate nach dem Tod seiner Frau, und Constanze blieb allein zurück, mit einem Gefühl der Unzulänglichkeit und Schuld und einer Menge ungesagter Dinge im Gepäck, die plötzlich keine Bedeutung mehr hatten.

Kurz darauf brach die andere Katastrophe ihres Lebens über sie herein – da hatte sie noch gar keine Zeit zu trauern gehabt, und so trat der Verlust ihrer Eltern einfach nur als dumpfer Schmerz in den Hintergrund, blieb als dunkle Moll-Begleitung präsent und untermalte damit den Scherbenhaufen, der aus ihrem Leben plötzlich geworden war, bis heute.

Die Gastwirtschaft war bis auf den Stammtisch, an dem zwei alte Männer saßen, leer. Sie starrten in ihre Biergläser und unterhielten sich in jenem seltsamen Rhythmus, der alten Männern zu eigen ist. Einer der beiden hatte eine krumme, dünne Zigarre im Mund, die er auch beim Reden nicht herausnahm. Wie festgeklebt steckte sie in seinem Mundwinkel und wippte im Takt der Worte mit. Constanze setzte sich an einen Tisch am Fenster, bestellte sich ebenfalls ein Bier und sah hinaus. Der Nebel war mittlerweile so dicht geworden, dass man die Straße und das nahe Kloster nicht mehr erkennen konnte. Stattdessen spiegelte sich ihr Gesicht fremd und verzerrt in der dunklen Scheibe.

In ihrer Familie hatte nie irgendjemand wirklich Geld

gehabt. Ihr Vater war Zeit seines Lebens ein kleiner Postbeamter, dessen größter Wunsch gewesen war, vor der Pensionierung Filialleiter zu werden. Dieser Wunsch hatte sich jedoch nie erfüllt. Kurz bevor er in Rente ging, war die Filiale geschlossen worden, und der Schreibwarenladen in ihrem Viertel hatte die Postgeschäfte übernommen. Ein Affront, den ihr Vater nie ganz verwunden hatte. Deshalb war er auch so stolz gewesen, als Constanze Exportchefin dieser großen Firma geworden war, die jeder seiner Freunde und Nachbarn kannte. Für ihn hatte das bedeutet, dass sie es »ganz nach oben« geschafft hatte. In einen Bereich, der nicht einmal mehr Teil seiner eigenen kleinen Welt von Postfilialleitern und kleinen Angestellten war, sondern in die Welt derer, die wirklich etwas zu sagen hatten.

Constanze spülte den bitteren Geschmack in ihrem Mund mit einem kräftigen Schluck Bier hinunter. Was sich ihr Vater wohl nie hätte träumen lassen, war, wie schnell man von ganz oben wieder am Boden anlangte. Noch dazu selbst verschuldet. Im Grunde konnte sie nur froh sein, dass ihre Eltern ihren tiefen Fall nicht mehr hatten erleben müssen. Constanzes Magen krampfte sich allein bei der Vorstellung zusammen, sie hätte die Enttäuschung und die Scham ihrer Eltern mit ansehen müssen.

Als sich die Tür öffnete, hob sie erleichtert den Kopf in der Hoffnung, dort Fritzi und Juli zu sehen, doch es waren nicht ihre Freundinnen, die hereinkamen, sondern eine junge, schlanke Frau mit streichholzkurzen Haaren, einer weiten Skaterhose und olivgrünem Parka. Constanze erkannte sie wieder. Sie war eine der Teilnehmerinnen des Malkurses, sie hatte sie bei der Vorstellungsrunde am Nachmittag und auch beim Abendessen gesehen. Constanze versuchte sich an ihren Namen zu erinnern, doch sie war am Nachmittag bei der Begrüßungsrunde so voller Ablehnung und Misstrauen gegenüber dieser albernen Veranstaltung gewesen, dass sie gar nicht richtig zugehört hatte, was die anderen erzählt hatten.

Neben der jungen Frau, die sich jetzt, ohne Constanze zu bemerken, an einen kleinen Tisch ganz am anderen Ende des Gastraums setzte, dort, wo die Tür zur Toilette war, gab es in diesem unsäglichen Malkurs noch drei weitere Frauen und einen Mann. Letzterer war noch relativ jung, um die dreißig, so ein Verklemmter mit hervorstehendem Adamsapfel und schmaler Brust, beim Reden hatte er sich auf seine Hände gesetzt und war vor und zurück gewippt wie ein Kind, das man zu lange gezwungen hatte, stillzusitzen. Die Frauen waren alle etwa zwischen fünfzig und fünfundsechzig und sahen genau so aus, wie man sich die Teilnehmer eines meditativen Malkurses in einem Kloster vorstellte. Eine hatte selbst wie eine Nonne gewirkt, blass und streng gekleidet, eine Kette mit silbernem Kreuz über einer weißen, formlosen und bis oben hin zugeknöpften Hemdbluse, die beiden anderen waren eher von der esoterischen Sorte, Typ Anthroposophen oder sonst irgendwie Erweckte, jedenfalls leicht alternativ angehaucht, in gewebten Gewändern, mit Holzperlen und Ethnoschmuck behängt. Fritzi mit ihren roten Haaren und dem quietschbunten Sackgewand hatte zumindest optisch recht gut dazu gepasst.

Constanzes Blick wanderte erneut zu der jungen Frau am anderen Ende des Raumes, die wie sie selbst in dieser Dorfwirtschaft ziemlich deplaziert wirkte. Gerade als sie überlegte, ob es nicht vielleicht angebracht wäre, zu ihr hinüberzugehen und hallo zu sagen, nahm die junge Frau ihre Tasche, zog ein Buch heraus und begann zu lesen. Constanze wunderte sich ein bisschen, warum sie ausgerechnet hierhergekommen war, um zu lesen, das konnte sie doch in ihrem Zimmer oder im Leseraum der kleinen Bibliothek im Erdgeschoss des Klosters viel besser, aber dann fiel ihr auf, dass es bei ihr ja auch nicht anders war. Warum war sie hierhergekommen? Warum war sie nach der Diskussion mit Juli nicht einfach wütend in ihr Zimmer gegangen und hatte die Tür hinter sich zugeschlagen? Weil sie nicht allein sein wollte. Vielleicht ging es der Frau genauso. Vielleicht fühlte sie sich wie sie selbst unwohl in der vorwurfsvollen Grabesstille hinter diesen dicken Klostermauern. Vielleicht brauchte sie einfach nur Menschen um sich, auch wenn sie mit niemandem sprechen wollte.

Als spürte die junge Frau, dass Constanze sie ansah, hob sie plötzlich den Kopf und sah zu ihr herüber. Sie hatte große, dunkle Augen, und ihr Blick ruhte einen Augenblick unverwandt auf Constanze. Constanze wurde verlegen und hob grüßend die Hand. Sie grüßte zurück, und jetzt erschien ein flüchtiges Lächeln auf ihrem schmalen Gesicht. Es verschwand jedoch so schnell, wie es gekommen war, und sie versenkte sich wieder in ihr Buch. Constanze wandte schnell den Kopf und starrte aus dem Fenster.

Der ernste Blick der jungen Frau hatte sie auf merkwürdige, ihr vollkommen unverständliche Weise berührt. Etwas hatte darin gelegen, was sie direkt ins Herz getroffen hatte. Und dabei war sie keine von denen, die sich gleich von allem und jedem, was ihr vor die Füße fiel, aus dem Gleichgewicht bringen ließ. Sie gab nichts auf Bestimmung, Seelenverwandtschaften und all diesen sentimentalen Quatsch. Das Leben war, wie es war, und es lag kein Geheimnis darin. Jeder musste einfach nur versuchen, über die Runden zu kommen, und das war schon schwer genug. Wenn diese junge Frau sie mit einem so seltsamen Blick betrachtet hatte, dann konnte das tausend Gründe haben, die gar nichts mit ihr zu tun hatten. Vielleicht hatte sie gar nicht wirklich sie angesehen, sondern nur nachgedacht, vielleicht über etwas, das sie gerade gelesen hatte. Sicher sogar war es so gewesen. Sie kannten sich ja gar nicht. Etwas in dem Buch hatte sie innehalten und aufblicken lassen. Constanze hätte plötzlich zu gerne gewusst, was die junge Frau da las. War es ein Roman oder ein Sachbuch? Etwas Kompliziertes, Wissenschaftliches? Vielleicht war sie Studentin und hatte sich hierher zurückgezogen, um sich in Ruhe auf eine Prüfung vorzubereiten. Sie wirkte ein bisschen wie eine Studentin. Aber warum dann der Malkurs? Das Buch sah eigentlich auch nicht wie Fachliteratur aus. Für einen Roman hatte es allerdings auch nicht das richtige Format. Es war dünn, dabei großformatiger, und auf dem Cover war etwas abgebildet, das aussah wie ein Schwarzweißfoto. Vielleicht war es ein ausländisches Buch.

Am einfachsten wäre es gewesen, hinüberzugehen und

zu fragen. Oder, wenn das zu aufdringlich war, auf den Weg zur Toilette ein paar unverbindliche Worte mit ihr zu wechseln und dabei einen schnellen Blick auf das Buch zu werfen. Man konnte sich ja schließlich mal kurz unterhalten, das taten höfliche Menschen. Doch Constanze traute sich nicht. Das war schon wieder etwas Ungewöhnliches. Es gab normalerweise kaum etwas, was sie sich nicht traute, und ein bisschen Smalltalk mit einer Kursteilnehmerin verlangte nicht gerade besondere Tollkühnheit. Die junge Frau hatte aber etwas an sich, was sie zurückhielt. Sie konnte nicht sagen, was es war, vielleicht nur ihre Haltung, die deutlich zeigte, dass sie allein sein wollte, oder aber es war dieser Blick gewesen, der sie so irritiert hatte. Und wie immer, wenn Constanze etwas verunsicherte und sie keine Antwort wusste, wurde sie wütend. Mit einer hastigen Geste griff sie nach ihrem Bier und trank es in zügigen Schlucken aus. Dann hob sie herrisch die Hand, um bei der schläfrigen Bedienung, die hinter dem Tresen lehnte und ins Leere starrte, ein neues Glas zu ordern. Unwillig setzte diese sich in Bewegung in Richtung Zapfhahn.

In dem Moment, in dem sie mit dem frischen Bier in der Hand an Constanzes Tisch kam, öffnete sich erneut die Tür, und diesmal kamen Fritzi und Juli tatsächlich herein. Sie brachten einen Schwall feuchter Abendluft mit und winkten Constanze fröhlich zu, während sie sich aus ihren Jacken schälten. Julis Nasenspitze war gerötet, und Fritzis kurzes rostfarbenes Haar, vom Nebel gekräuselt, stand in alle Himmelsrichtungen ab. Ihr Kaftan leuchtete mit Julis tintenblauem Blümchenrock um die Wette. Constanze war so erleichtert, sie zu sehen, dass sie fast losgeheult hätte. *Das* hätte ihr jetzt gerade noch gefehlt: zu heulen wie ein Mäuschen. Sie sprang auf und hätte dabei fast das volle Bier umgestoßen. »Hi! Da seid ihr ja endlich. Ich dachte schon, der Nebel hätte euch verschluckt.«

Fünftes Kapitel

Fritzi und Juli bestellten beide ebenfalls Bier, und als sie ihre Gläser vor sich stehen hatten, sagte Juli zerknirscht zu Constanze: »Es tut mir leid. Ich hätte das mit den Kindern nicht sagen dürfen.«

Constanze schüttelte brüsk den Kopf. »Blödsinn. Du hattest recht. Ich hatte ja wirklich nie Zeit für Kinder, und irgendwann dann ist es eben zu spät … Vielleicht fehlt mir deshalb manchmal das Verständnis.« Sie senkte ihren Blick in ihr Bierglas und schwieg.

Fritzi und Juli sahen sich überrascht an. Aus Constanzes Mund war das eine astreine Entschuldigung gewesen.

Fritzi hob ihr Glas. »Wir haben gerade über Passau gesprochen. Erinnerst du dich an unser erstes Semester im Nebel, Constanze?«

Ihre Freundin hob den Kopf. »Natürlich erinnere ich mich. Es war grauenhaft.« Dann verzog sich ihr Gesicht zu einem seltenen Lächeln. »Aber dann, als wir die Kneipe entdeckten, wurde es besser.«

Juli nickte eifrig. »Oh, ja, die Kneipe. Die war wunderbar.«

Fritzi grinste. »Sie hat uns das Leben gerettet. Noch einen Tag länger auf Constanzes durchgesessenem Uraltsofa, und wir wären gemeinsam in den Inn gesprungen.«

Alle drei lächelten versonnen, als sie sich an das Studentenlokal in dem alten Passauer Universitätsgebäude erinnerten, das von allen nur »Die Kneipe« genannt worden war. Nachdem sie sie in jenem ersten dunklen Winter endlich entdeckt hatten, trafen sie sich fast jeden Abend dort, hockten bis spätnachts an zerfurchten Holztischen in dem vom Ruß der Kerzen und unzähliger Zigaretten geschwärzten Gewölbe und begannen sich dabei Schritt für Schritt von ihrer behüteten und geregelten Schulzeit zu lösen.

Jene zahllosen Stunden in der Kneipe, die spontanen Jam-Sessions, die es dort manchmal gab, weil irgendjemand eine Gitarre oder Bongos mitgebracht hatte, die Bekanntschaften, die sie machten, die Diskussionen, die sie führten – all dies ließ sie langsam begreifen, dass ihr altes Leben unwiederbringlich vorüber war. Niemand sagte ihnen mehr, was sie zu tun und zu lassen hatten, niemand sah auf die Uhr und kontrollierte, wann und ob sie überhaupt nach Hause gingen, ob sie lernten oder nicht und mit wem sie ins Bett gingen und wie oft. Die Welt gehörte von nun an ihnen. Es war ein berauschendes Gefühl von Freiheit, das sich nach und nach einstellte, doch wie jedes große und wichtige Gefühl hatte es anfangs etwas Beängstigendes, ja Bedrohliches. Weil sie aber zu dritt waren und nicht allein, hatten sie trotzdem den Mut, zuzugreifen …

»Und dann kam der Sommer«, sagte Constanze, und ihre Stimme klang ungewöhnlich weich, fast verträumt.

Juli und Fritzi sahen sich an. »Der Sommer war jedes Mal der Wahnsinn«, bestätigte Juli, und Fritzi nickte.

Im Sommer, wenn es in den alten Räumen der Kneipe zu stickig und zu dunkel war, stellte man einfach einige alte Campingstühle und Tische nach draußen und traf sich dort, zwischen hohem Gras, Heckenrosen und Löwenzahn, direkt am Inn, der goldgrün und erhaben an der gesamten Universität vorbei in Richtung Donau floss. Die ganze Stadt war dann wie verwandelt, bekam etwas Leichtes, Italienisches, und vergessen waren die feuchten, dunklen Wintertage. Überall war das Wasser zu spüren, die drei Flüsse, die die Stadt wie eine Insel einschlossen, glitzerten im Sonnenlicht, und man hatte das Gefühl, auch das Blut flösse leichter durch die Adern, und die Gedanken wurden schwerelos.

»Wir haben ständig die Vorlesungen geschwänzt«, sagte Fritzi, »um an den Stausee zu fahren.«

»Und danach in den Biergarten«, bestätigte Juli.

»Ein Wunder, dass wir überhaupt irgendeine Klausur bestanden haben«, grinste Constanze und trank noch einen herzhaften Schluck von ihrem Bier. Sie wirkte jetzt gelöster als die ganze Zeit vorher. Die angespannte Gereiztheit, die sie den ganzen Nachmittag und Abend wie eine Giftwolke umgeben hatte, schien verschwunden.

»Im nächsten Herbst war der Nebel dann gar nicht mehr schlimm. Im Gegenteil, ich habe ihn eigentlich ganz gerne gemocht«, sagte Fritzi leise, als spräche sie zu sich selbst. Und sie dachte an die eiskalten Nebeltage in den darauffolgenden Wintern, Wochen, in denen es nicht hell werden wollte und die Stadt wieder vollständig im Nebel versank. Jeden Morgen hatte sie über einen schmalen Steg den Fluss überquert, von ihrem winzigen, eiskalten Zimmer in der Innstadt hinüber zur Universität auf der anderen Seite. An manchen Tagen hatte man nicht einmal das Ende des Stegs sehen können. Sie war wie blind darübergelaufen, die Hand am weißgefrorenen Geländer, und man hatte nichts gehört als das Geräusch ihrer Schritte auf den eisbedeckten Holzplanken. »Nachdem wir uns erst mal eingelebt hatten, war es wunderschön dort«, schloss sie seufzend. »Zu jeder Jahreszeit. Einfach immer!«

Juli nickte. »Sogar trotz dieses Scheißstudiums!« Als Constanze ihr einen ähnlich verwunderten Blick zuwarf wie schon Fritzi auf dem Weg zur Wirtschaft und etwas einwenden wollte, schüttelte Juli den Kopf.

»Wir hätten nicht von dort weggehen sollen. Nicht nach vier Semestern«, sagte sie, schwieg einen Augenblick und fügte dann hinzu: »Vielleicht gar nicht. Vielleicht wäre dann alles anders geworden.«

Constanze hob das Glas. Es war schon fast leer, und ihr Gesicht war leicht gerötet. »Auf die Vertreibung«, sagte sie leise. »Die Vertreibung aus dem Paradies.«

Sie stießen schweigend an, und Fritzi hatte für einen Moment das Gefühl, in Constanzes sorgfältig geschminkten Augen Tränen glitzern zu sehen. Als sie wenig später zahlten und aufstanden, hielt Constanze noch einmal inne und ließ den Blick suchend durch den leeren Gastraum schweifen.

»Hast du was vergessen?«, fragte Fritzi, die mit Juli schon an der Tür stand.

»Nein, ich dachte nur, ich hätte gerne …« Constanze schüttelte den Kopf und kam zu ihnen. »Passt schon«, sagte sie. »Wir können gehen.«

Passt schon?, dachte Fritzi irritiert und sah Juli an. An deren Blick sah sie, dass auch sie an ihr Gespräch von vorhin in ihrem Zimmer dachte. Gab es auch bei Constanze etwas, was ganz und gar nicht passte?

Schweigend trotteten sie zurück ins Kloster. Kein Geräusch war zu hören außer ihren Schritten auf dem feuchten Asphalt, als sie die Straße überquerten und schließlich in den dunklen Laubengang traten. Dort hüllte die Stille sie vollkommen ein. Vorsichtig stiegen sie die brüchigen Steinstufen hinauf zum Kloster und mühten sich mit der schweren Pfortentür ab. Vor Julis Zimmertür, die dem Treppenhaus am nächsten lag, wünschten sie sich eine gute Nacht. Der Geruch nach Weihrauch war stärker geworden, als benötigte er die Stille der Nacht, um sich ganz zur Entfaltung zu bringen. Am Treppenabsatz brannte noch immer die Kerze.

Sechstes Kapitel

Als Fritzi am nächsten Morgen um kurz vor sechs aus dem Fenster sah, war die Welt grau. Der Nebel hing noch immer über dem See, und Fritzi fröstelte beim Anblick der verschwommen wirkenden, kahlen Äste des Baumes vor ihrem Fenster. »Meditation«, brummte sie mürrisch vor sich hin, während sie ein paar dicke Wollsocken aus der Tasche kramte und sich zur Sicherheit noch einen Wollpullover überzog. Sie hatte nicht besonders gut geschlafen, die angespannte Stimmung gestern nach dem Abendessen war ihr trotz des versöhnlichen Ausgangs des Abends aufs Gemüt geschlagen, und sie hatte sich gefragt, wie sie die nächsten Tage zusammen hier aushalten sollten, ohne in Streit zu geraten. Dreimal hatte sie ihr Handy herausgezogen und auf den leeren Netzbalken gestarrt, und ebenso oft hatte sie es wieder zurück in ihre Tasche gesteckt. Einmal war sie sogar versucht gewesen, hinunter in die Eingangshalle zu schleichen und Georg anzurufen. Doch als sie auf die Uhr gesehen hatte, hatte sie es gelassen. Es war zu albern, ihren Mann nach Mitternacht noch aus dem Schlaf zu klingeln, nur weil sie es nicht aushielt, keine Netzverbindung zu haben. Mit einem Seufzen machte sie sich auf, den Meditationsraum zu suchen.

Eine weiße Wand konnte beängstigend sein. Vor allem dann, wenn man direkt davorsaß und nichts anderes zu tun hatte, als fünfundzwanzig Minuten daraufzustarren. Fritzi zwinkerte nervös. Nicht denken, zwang sie sich und versuchte, sich auf ihren Atem zu konzentrieren, wie es Schwester Josefa ihnen geraten hatte. Einatmen, ausatmen, die Wand anschauen. Hinter ihr hustete jemand. Sie kam aus dem Takt, versuchte es von neuem: einatmen, ausatmen. Die weiße Wand kräuselte sich vor ihrem starren Blick, flimmerte, bekam seltsame Muster. Fritzi schloss die Augen. Einatmen, ausatmen. Nichts denken. Georg fiel ihr ein. Wahrscheinlich würde er heute wieder in das Haus fahren. Vielleicht kam Esther mit, vielleicht fuhr er aber auch allein.

Ihr Mann hatte vor einiger Zeit von seiner Großtante ein altes Haus geerbt, in einem Dorf eine gute Stunde östlich von München. Es war eigentlich sogar eine kleine Villa mit einem Turm und spitzen Giebeln, allerdings ziemlich baufällig, mit undichten Fenstern, einem morschen Treppenhaus und ohne Zentralheizung.

Manchmal überredete er Fritzi, am Wochenende mit ihm und Esther gemeinsam hinauszufahren. Dann saßen sie und Georg auf alten Gartenstühlen zwischen Brennnesseln und Giersch, tranken Kaffee und aßen Kuchen aus der Dorfbäckerei. Esther streunte währenddessen durch die leeren Räume, kramte in alten Truhen herum, fand das ganze alte Zeug irgendwie krass und fotografierte es mit dem Smartphone für ihre Freundinnen in der Stadt. Irgendwann fing Georg jedes Mal an, an einer Ecke den Rasen zu mähen und das Unkraut aus den Beeten zu rupfen, und manchmal half ihm Fritzi dabei, allerdings eher halbherzig, denn sie wusste, wenn sie größeren Eifer an den Tag legen würde, würde die unvermeidliche Frage kommen. Sie kam ohnehin meistens, und Fritzi fürchtete sie wie der Teufel das Weihwasser, denn darauf gab es für sie nur eine einzige Antwort: niemals!

Sie konnte nicht auf dem Land leben. Das war unmöglich. Am Abend trugen sie die Stühle wieder in den Schuppen, verriegelten Türen und Fenster und fuhren zurück in die Stadt, und sobald die ersten Hochhäuser in Sichtweite kamen, verspürte Fritzi jedes Mal große Erleichterung. Wenn sie dann nach einigen Wochen des Drängens nachgab und sie wieder gemeinsam zur alten Villa fuhren, war das Gras, das Georg beim letzten Mal gemäht hatte, wieder so hoch wie beim letzten Mal, und das Unkraut hatte die Beete aufs Neue überwuchert.

Einatmen, ausatmen. Die Beine taten ihr weh. Sie war es nicht gewohnt, reglos auf einem Kissen am Boden zu hocken. Und das auch noch im Schneidersitz. Von Yogasitz konnte gar nicht die Rede sein, da würde sie sich die Beine brechen. Sie bewunderte Schwester Josefa, die, obwohl gute zehn Jahre älter, ohne Probleme beide Füße auf den Oberschenkeln liegen hatte, ganz so, als ob es das Leichteste auf der Welt sei. Aus den Augenwinkeln warf sie einen Blick zu ihr hinüber. Vollkommen symmetrisch sah es aus und vollkommen ruhig. Einatmen, ausatmen.

Nicht zu viel wollen, hatte Schwester Josefa gemeint. Absichtslos sein. Fritzi verstand nicht, was das bedeuten sollte: absichtslos. Wie sollte das gehen? Der Vorsatz, absichtslos zu sein, war ja bereits eine Absicht. Sie verlagerte ihr Gewicht und spürte, wie ihr rechtes Bein taub wurde. Das war sicher nicht gesund.

Einatmen, ausatmen. Fritzi wagte es nicht, auf ihre Armbanduhr zu sehen, es wäre zu verräterisch gewesen. Wieder hustete jemand. Dieses Mal kam es von der anderen Seite. Dann hörte sie die Glocke der Klosterkirche. Sie schlug ein Mal. Viertel nach sechs. Eine Viertelstunde war also vorüber. Erst eine Viertelstunde! Große Güte. Das bedeutete, noch zehn Minuten ausharren, dann fünf Minuten dämliche Gehmeditation im Schneckentempo mit eingeschlafenen Füßen und noch einmal fünfundzwanzig Minuten die Wand anstarren. Und das Gleiche erneut vor dem Abendessen. Panik machte sich in Fritzi breit. Sie hielt es nicht mehr aus, reglos hier zu sitzen. Keine Minute. Am besten, sie ging einfach auf die Toilette und kam nicht wieder. Dann könnte sie schnell nach unten laufen, ihren Mann anrufen und ihn bitten, sie abzuholen.

Aber er würde sie ja doch nicht holen. Vielleicht ging ein Bus ... sie hatte gar kein Kleingeld für dieses blöde Telefon ... musste erst wechseln gehen ... Oder vielleicht wartete sie wenigstens noch die zehn Minuten ab. Einatmen, ausatmen. Dann, endlich, halleluja, der Gong.

In ihrem ganzen Leben hatte sich Fritzi noch nie so auf ein Frühstück gefreut. Zumindest kam es ihr so vor, als sie eine gute halbe Stunde später mit den anderen auf dem Weg zum Speisesaal war und Kaffeegeruch in ihre Nase stieg. Zu Hause aß sie morgens kaum etwas, hatte keinen Hunger, keine Zeit, keine Nerven, weil das Telefon klingelte oder sie vor der Arbeit noch schnell etwas erledigen musste. An freien Tagen riss sie sich zusammen. Überhaupt musste man sich beim Essen zusammenreißen, wenn man auf die vierzig zuging. Schließlich konnte sie es sich nicht leisten, plötzlich dick und behäbig zu werden. Nicht in ihrem Job, wo sie ständig mit mindestens fünfzehn Jahre jüngeren hippen, coolen Typen zu tun hatte. Es fiel ihr aber auch nicht schwer, sich zu beherrschen, denn sie hatte eigentlich selten großen Hunger. Georg pflegte immer zu sagen, sie habe nicht mehr Appetit als ein Caudipteryx. Auf Fritzis säuerliche Frage, was zum Teufel das sein sollte, klärte er sie auf: Ein Caudipteryx war ein sehr kleiner, geflügelter Dinosaurier gewesen, ein Zwischending zwischen Vogel und Erdentier, über dessen wahre Natur sich Forscher seit Jahren in die Haaren gerieten. Letztendlich bedeutete es aber nichts anderes, als dass Fritzi – im Gegensatz zum Rest ihrer Familie – aß wie ein Spatz.

Heute jedoch hatte ihr Magen schon bei der zweiten, doch noch durchgestandenen Meditationsrunde so laut geknurrt, dass sie Angst gehabt hatte, die anderen könnten es hören, und sie beschloss daher, dass ein Klosteraufenthalt zum vierzigsten Geburtstag Grund genug war, sich einmal nicht zusammenzureißen. Wenn schon Meditation und Malen mit dem Unterbewusstsein statt Party angesagt war, musste sie sich nicht auch noch in Askese üben. Anders als beim gestrigen kargen Abendessen gab es heute Morgen frische, noch warme Brötchen und Croissants, offene, sahnige Butter, mehrere selbstgemachte Marmeladen, Honig von einem Imker aus dem Dorf, Schinken, Käse, Obst, Kaffee, Tee, Saft ... Fritzi wurde ganz schwach vor Hunger und konnte es kaum aushalten, zu warten, bis ihre Freundinnen auch saßen. Stumm und konzentriert schmierte sie sich ein Brötchen und begann zu essen, während sich die beiden anderen über die Meditation unterhielten.

»Mir sind beide Beine eingeschlafen«, klagte Juli, »ich konnte kaum mehr aufstehen.«

»Ich frage mich, was es soll, eine Stunde lang eine weiße Wand anzuschauen«, brummte Constanze. »Wie soll man denn da eine Erleuchtung bekommen?«

»Es geht nicht um Erleuchtung«, wandte Fritzi kauend ein.

»Ach, nicht?« Constanze trank einen Schluck Kaffee und blickte sie skeptisch an. »Worum denn bitte dann?«

Fritzi zögerte. Sie hatte eigentlich keinen blassen Schimmer, worum es ging. Absichtslos sein. Was bedeutete das?

»Was soll das denn eigentlich sein, Erleuchtung?«, fragte Juli dazwischen. »Sieht man da ein Licht, oder fängt man an zu schweben? Die indischen Gurus, können die nicht schweben?«

»Quatsch!« Constanze schüttelte den Kopf. »Das bilden die sich ein. Die sind schon halb im Nirwana, weil sie nur Bambussprossen essen. Da würde ich auch glauben, schweben zu können.«

Juli kicherte. »Meine Tante Schippi war so klein und

dünn, die konnte auch fast schweben. Einmal hat sie sogar ein Windstoß umgeworfen.«

»Echt?«

Juli nickte. »Sie hat sich dabei den Arm gebrochen.«

»Das hat aber mit Erleuchtung eher weniger zu tun. Sie hätte einfach mehr essen sollen.«

»Vielleicht geht es bei der Meditation auch einfach darum«, schlug Fritzi vor.

»Worum?« Zwei Augenpaare waren jetzt überrascht auf sie gerichtet.

Fritzi wurde rot. »Ich meine ... dass man isst, wenn man Hunger hat, und sich nicht so viele Gedanken macht ...« Sie brach ab. Es war zu albern, was sie hier von sich gab.

Constanze warf einen Blick auf Fritzis vollen Teller. »Na, bei dir scheint es ja zu wirken. Ist das etwa schon deine dritte Semmel?«

Fritzis Röte vertiefte sich. »Ich komme zu Hause so selten dazu, ordentlich zu frühstücken.«

»Stresst dich dein Mann etwa so?«, wollte Constanze wissen.

»Nein ... äh, eher die Arbeit. Ich stehe meistens zu spät auf und habe keine Zeit mehr, und oft klingelt dann auch schon das Telefon, weil es eine Planänderung gibt und ich zum Flughafen muss, um jemanden abzuholen, oder selbst wegfliegen muss ...«

»Du musst jemanden abholen?«, staunte Juli. »Kann das denn nicht irgendein Praktikant machen?«

Fritzi zuckte mit den Schultern. »Na ja, ich kenne die meisten Musiker persönlich ...«, sie sah ihre Freundinnen an und lachte etwas verlegen, »die sind furchtbar anspruchsvoll, Künstler eben ... Und meine Chefin ist oft etwas verplant ...« Sie verstummte.

»Chefin?«, hakte Juli nach. »Ich dachte, du hattest immer einen Chef?«

»Der ist vor einem halben Jahr zu unserem Hauptsitz in die Staaten gegangen.«

»Und dir hat man eine neue Chefin vor die Nase gesetzt?«, empörte sich Constanze. »Wärst nicht du einmal an der Reihe gewesen, aufzurücken? Immerhin arbeitest du schon seit deinem Studium dort.«

»Ach, mir macht mein Gebiet ja Spaß«, wich Fritzi aus. »Ich will gar nicht mehr Verantwortung.«

»Du lässt dich ausnutzen«, stellte Constanze erbarmungslos fest. »Wahrscheinlich ist deine neue Chefin zehn Jahre jünger als du.«

Fritzi schwieg. Constanze hatte in ihrer unnachahmlich direkten Art den Nagel auf den Kopf getroffen. Anna de Witt, die darauf bestand, englisch »Änna« ausgesprochen zu werden und alle duzte, war neunundzwanzig.

»Also habe ich recht«, bohrte Constanze weiter, als von Fritzi keine Antwort kam, »wahrscheinlich ist sie noch nicht mal dreißig, hat zwei M.A.s, promoviert und schon in New York, London und Kapstadt gearbeitet. Und wiegt vierunddreißig Kilo.«

»Size Double Zero.« Fritzi musste lächeln.

»Sag ich doch. Eine absolut hassenswerte Person.« Constanze goss sich noch eine Tasse Kaffee ein und sah Fritzi strafend an. »Und von einer Double-Zero-Ziege lässt du dich herumkommandieren?«

»Sie kommandiert nicht. Sie braucht mich. Ich bin ja schon so lange dabei und kenne mich besser aus ...«, versuchte sich Fritzi zu verteidigen und spürte selbst, wie falsch das klang.

»Eben«, meinte Constanze. »Du kennst dich aus. Du bist seit über fünfzehn Jahren in der Firma und holst immer noch Leute vom Flughafen ab? Wahrscheinlich kochst du sogar noch Kaffee für Miss Double Zero ...«

»Hör auf!« Fritzi wurde wütend. Tatsächlich war sie für die Kaffeemaschine in ihrem Flur zuständig. Änna hatte keine Ahnung, wie sie funktionierte. »Du weißt doch gar nicht, wie das in meiner Branche funktioniert! Im Musikgeschäft gilt nicht, wie lange man schon da ist oder was man geleistet hat, da interessiert nur der schöne Schein. Das, was man vorgibt zu sein, ist viel wichtiger als das, was man kann und was man ist.«

Constanze zuckte mit den Schultern. »Wenn du dir das einfach so gefallen lässt ...«

»Einfach? Was glaubst du denn, was hier einfach ist?«, schnappte Fritzi wütend, und ihre Stimme klang jetzt wieder heiser und angestrengt. Sie spürte, wie der Ärger, der sich angestaut hatte, seit Änna sich als ihre neue Chefin vorgestellt hatte, sie zu überwältigen drohte, hier an diesem üppigen Frühstückstisch, vor ihren ahnungslosen Freundinnen. Juli und Constanze konnten nicht wissen, was es bedeutete, mit den ständig jünger werdenden Kollegen mithalten zu müssen, immer up to date zu bleiben, immer cool und lässig zu sein und doch immer stärker das Gefühl zu haben, längst nicht mehr wirklich dazuzugehören. Und da sie auch keine Lust hatte, es den beiden zu erklären, fauchte sie stattdessen Constanze an: »Nur weil bei dir immer alles glattläuft, hast du nicht das Recht, alles und jeden zu kritisieren ...«

Zu Fritzis Überraschung begann Constanze zu lachen. Aber es war kein fröhliches Lachen.

»Ja, Fritzi, genau, bei mir läuft immer alles glatt. Superglatt!« Ihr Lachen wurde lauter, fast schrill.

Juli hob beschwichtigend die Hände. »Jetzt beruhigt euch mal. Wir müssen uns doch nicht schon beim Frühstück streiten. Was ist nur los mit uns? Wir sind doch Freundinnen! Wir kennen uns schon mehr als fünfundzwanzig Jahre.«

Constanzes bitteres Lachen verstummte abrupt. »Wir sind aber nicht mehr die Gleichen wie vor fünfundzwanzig Jahren.«

»Aber ...«, sagte Juli, sie wirkte jetzt verstört, »das ändert doch nichts an unserer Freundschaft?«

Constanze schnaubte verächtlich. »Was soll denn das für eine Freundschaft sein, in der niemand mehr etwas von der anderen weiß? Ich habe Fritzi seit Jahren nicht mehr gesehen, und du hattest doch auch keine Ahnung von Fritzis neuer Double-Zero-Chefin. Wir haben alle drei keinen blassen Schimmer davon, wie es der anderen gerade geht. Kaffeetrinken alle paar Monate mal, wenn überhaupt, nichts weiter als ein paar Belanglosigkeiten austauschen, das ist doch keine Freundschaft!«

»Es tut mir leid, wenn ...«, begann Juli zerknirscht, doch Constanze unterbrach sie rüde.

»Das muss dir nicht leidtun. Ich bin auch nicht besser. Wenn ich eine echte Freundin wäre, hätte ich es nie und nimmer widerspruchslos zugelassen, dass du dich zu Hause verkriechst und einen auf Hausmütterchen machst, anstatt endlich das zu machen, wovon du seit Jahren träumst.«

»Wieso denn jetzt auf einmal ich?«, empörte sich Juli. »Es ging doch gerade um Fritzi. Warum hackst du jetzt schon wieder auf mir rum?«

»Weil ich es nicht mehr ertragen kann, dir dabei zuzusehen, wie du dich verbiegst. Du und dein Mann, ihr macht es doch auch nicht anders als Fritzi mit ihrem Scheißjob.«

»Spinnst du? Was redest du denn da für einen Mist?«

»Constanze hat recht«, sagte Fritzi, die dem Schlagabtausch gebannt gelauscht hatte. »Du spielst seit Jahren Vogel Strauß und ziehst deinen Mann mit hinein.«

Juli runzelte die Stirn. »Wieso Vogel Strauß? Und bitte, was meinst du mit *hineinziehen*?«

»Dein Mann ist Koch«, sagte Constanze.

»Ja, und? Er kocht ja auch.«

»In einer Kantine. Ich bitte dich!«

»Er ist Chef dort. Er leitet die Kantine. Verdient gutes Geld und hat regelmäßige Arbeitszeiten.«

»Und ist mit Sicherheit kotzunglücklich dabei.«

»NEIN! Wir sind glücklich. Sehr sogar!« Julis Stimme zitterte jetzt, und an ihrem Hals erschienen hektische rote Flecken. »Er hat sich entschieden, diese Arbeit anzunehmen, als ich mit Ben schwanger wurde.«

»Das ist aber schon über fünf Jahre her. Glaubst du nicht, er würde lieber wieder etwas Richtiges kochen?«

»Könnte er doch, wenn er wollte. Er ist ein freier Mensch.«

»Frei? So wie du, oder? Für dich haben doch immer nur deine Eltern entschieden. Deine Eltern waren bestimmt auch der Meinung, dass du es nicht packst, eure Buchhandlungen zu leiten.«

»Aber ...«

»Und das, obwohl du ein BWL-Studium absolviert und sogar nebenbei noch eine Buchhändlerlehre gemacht hast.«

»Das ist nicht ...«

»Es war ja wohl die Idee deines Vaters, einen Geschäftsführer einzustellen, obwohl du den Abschluss schon in der Tasche hattest, oder etwa nicht?«

»Ich war schwanger ...«, protestierte Juli nur noch schwach, sie war jetzt weiß wie die Wand, die sie vor kurzem alle noch angestarrt hatten, doch Constanze achtete nicht darauf. Sie hatte sich in Rage geredet.

»Du hast dich jahrelang darauf vorbereitet, das Geschäft zu übernehmen. Warum lässt du jetzt einen dämlichen Geschäftsführer die Arbeit machen, anstatt dich – verdammt noch mal! – endlich selbst darum zu kümmern?«

Sie war laut geworden, und prompt zog sich Juli noch weiter in die Defensive zurück. »Einer muss sich schließlich um die Kinder kümmern«, sagte sie leise und sah aus, als ob sie gleich in Tränen ausbrechen würde.

Constanze schwieg und starrte auf die Brösel auf ihrem Teller. Nach einer Weile sagte sie steif: »Natürlich. Entschuldige. Die Kinder.«

Eine Nonne schlich heran, den Geschirrwagen vor sich herschiebend wie einen Rollator. Fritzi war fast erleichtert zu sehen, dass es sich um eine Schwester handelte, die sie noch nie gesehen hatte. Offenbar gab es doch mehr Bewohnerinnen in diesem Klostergemäuer als Schwester Josefa und die Nonne an der Pforte.

»Liaba Madla«, begann sie stark schwäbelnd, und ihre runzeligen Wangen spannten sich zu prallen Apfelbäckchen. »'s Frühschtück isch jetzt leider vorbei. Müssts halt drausse weiterschwätze, gell?«

Die Frauen sahen sich erstaunt um. Sie waren allein im Frühstücksraum. Sie hatten gar nicht bemerkt, dass die anderen Kursteilnehmer längst gegangen waren. Unter dem wachsam-freundlichen Blick der Nonne räumten sie gehorsam ihr Geschirr auf den Wagen und stopften ihre Servietten mehr recht als schlecht in die dafür bereitliegenden, mit Namensschildchen versehenen Stofftaschen. Constanze und Fritzi hatten sich bereits am Abend über diese altmodischen Täschchen lustig gemacht, die mit Sicherheit von den Nonnen selbst genäht worden waren. »Aus einer alten Tischdecke«, wie Constanze angesichts des steifen Stoffes und des verschnörkelten Blumenmusters vermutet hatte. Es bedurfte einer ausgeklügelten Technik, die Serviette so zu falten, dass sie in die Tasche passte. Keiner der drei Frauen gelang es, sie so ordentlich und flach hineinzubugsieren, wie sie sie erhalten hatten. Als sie die Taschen nach vergeblichen Mühen zu den anderen auf das dafür vorgesehene Tablett legten, hatten alle drei ausgeprägte Beulen und sahen aus wie Georgs Caudipteryx, der gerade etwas verschluckt hatte, was definitiv zu groß für ihn gewesen war.

Siebtes Kapitel

Ihnen blieb noch eine Stunde bis zum Beginn des Malkurses, doch keine von ihnen hatte Lust, ihr Gespräch von gerade eben fortzusetzen. Schweigend und jede in ihre eigenen Gedanken versunken, gingen sie den langen, kühlen Flur entlang zum Treppenhaus. Dabei kamen sie an einem Kaffeeautomaten und einem Kühlschrank vorbei, wo man sich außerhalb der Essenszeiten Kaffee und Getränke holen konnte. Neben einem Korb für das Geld stand dort ein weiterer Korb mit Fair-Trade-Schokoriegeln. Juli stoppte abrupt und nahm fünf Riegel auf einmal.

Als sie das Geld in den Korb legte und die Riegel in ihre Handtasche stopfte, bemerkte sie Constanzes Blick. »Was?«, herrschte sie ihre Freundin an.

Constanze hob beide Hände. »Nichts. Gar nichts.«

Sie vereinbarten, sich in einer Stunde wieder zu treffen, und gingen auf ihre Zimmer. Es war fast, als flüchteten sie voreinander.

Juli hatte die Tür noch nicht ganz geschlossen, da wickelte sie schon das Papier von dem ersten Schokoriegel und schob ihn sich in zwei Bissen in den Mund. Warum nur musste Constanze immer darauf herumhacken, dass sie nicht arbeitete? Was ging sie das überhaupt an? Sie hatte sich so in die Ecke gedrängt gefühlt, dass sie Fritzi und Constanze fast die Wahrheit gesagt hätte. Gott sei Dank war die Schwester gekommen und hatte sie unterbrochen. Sie wickelte einen zweiten Riegel aus. Der Gedanke, dass sie heute beinahe ihr über die Jahre so gut gehütetes Geheimnis gelüftet hätte, verstörte sie. Sie wollte nicht hier sein, wollte sich nicht vor Constanze und Fritzi rechtfertigen müssen. Sie wollte nicht erinnert werden. Im Übrigen ging es die beiden überhaupt nichts an, wie sie ihr Leben lebte. Dazu waren sie schon viel zu weit voneinander entfernt. In diesem Punkt hatte Constanze recht gehabt, auch wenn Juli es in dem Moment nicht hatte zugeben wollen: Es verband sie tatsächlich nichts mehr als ein paar verblasste Erinnerungen an alte Zeiten. Das konnte man nicht mehr Freundschaft nennen. Sie hatte sich etwas vorgemacht, genauso wie Fritzis Mann Georg, der sie noch immer für beste Freundinnen hielt, das begriff sie jetzt. Dieser ganze Ausflug war eine einzige Farce.

Julie packte den dritten Riegel aus. Und dafür hatte sie ausgerechnet das verlängerte Wochenende geopfert, an dem ihr Mann mit Freunden eine Motorradtour machte und sie deshalb ihre ohnehin ewig vorwurfsvolle Mutter bitten musste, auf die Kinder aufzupassen. Sie sah auf die Uhr. Was sie wohl gerade machten? Ob alles in Ordnung war? Es machte sie plötzlich nervös, dass es im ganzen Kloster kein Handynetz gab. Da konnte ja sonst was passieren, und sie erfuhr es nicht. Unten in der Eingangshalle gab es allerdings einen Münzfernsprecher. Ob sie von dort kurz zu Hause anrufen sollte? Nur, um sich zu vergewissern, dass alles in Ordnung war?

Nach ein paar Minuten des Abwägens klaubte Juli ihr Kleingeld zusammen und ging hinunter in die Halle. Ben war nach dem ersten Klingeln am Apparat. »Mami! Mami!«, kreischte er begeistert ins Telefon, so als wäre sie bereits seit Monaten verschollen. Es versetzte ihr sofort einen Stich. Sie ließ sich geduldig erzählen, wie er gestern im Kindergarten ein Bild von seinem Kuscheltier gemalt, sein Freund Emil ihn mit seiner Wasserflasche vollgespritzt und er abends noch mit Oma Kuchen gebacken hatte. Mit Kirschen und Puuzucker. Die Centstücke ratterten durch den Automaten. Dann kam Leonie an den Apparat und maulte, dass Oma ihr verboten hatte, heute Nachmittag mit ihrer Freundin zu spielen. Juli ließ sich ihre Mutter geben.

»Warum lässt du Leonie nicht mit Emma spielen?«, fragte sie.

»Wir machen heute einen Ausflug ins Deutsche Museum«, gab ihre Mutter zurück. »Stimmt es, dass die beiden noch nie im Deutschen Museum waren? Das kann ich gar nicht glauben. Was *unternehmt* ihr eigentlich gemeinsam? Es ist wichtig, dass die Familie ...«

»... Mutter, ich habe Leonie versprochen, dass sie heute zu Emma darf«, begann Juli, doch ihre Mutter sprach einfach weiter, so als hätte sie gar nichts gesagt: »Ich habe gestern Abend noch Kuchen gebacken, du kannst dir gar nicht vorstellen, was für einen Spaß wir drei zusammen hatten. Bäckst du eigentlich nie Kuchen mit ihnen?«

»Mutter, Leonie hat sich mit Emma fest verabredet, ich habe es mit ihrer Mutter besprochen. Sie holen sie ab und bringen sie um sechs wieder nach Hause ...«

»Ich habe dieser Frau schon abgesagt. Die Nummer konnte ich mit einiger Mühe in deinem Durcheinander an dieser schrecklichen Pinnwand in eurem Flur finden.«

»Aber ...«

»Geht es dir gut, Schätzchen? Amüsierst du dich? Du klingst etwas merkwürdig. Genieße doch deinen Urlaub. Ich habe übrigens heute Morgen schon deine Fenster geputzt, man konnte kaum noch raussehen.«

»Du musst doch nicht meine Fenster putzen!«, rief Juli wütend. »Ich dachte, du hast solche Rückenschmerzen.«

»Habe ich auch. Aber wie sieht denn das aus, wenn jemand vorbeigeht und bemerkt, dass bei euch die Fenster so verdreckt sind? Am Montag gehe ich eben mal wieder zur Massage. Die werde ich sowieso brauchen. Ich bin schließlich auch nicht mehr die Jüngste, und deine Kinder sind schon sehr anstrengend, das kann ich dir sagen ...«

Juli hätte einwenden können, dass es nicht die Kinder waren, die anstrengend waren. Dass niemand sie gebeten hatte, Kuchen zu backen oder die Fenster zu putzen und sie keinesfalls mit ihnen ins Deutsche Museum gehen musste. Dass sie selbst außerdem in penibler logistischer Kleinarbeit für Leonie ein Wochenendbeschäftigungsprogramm ausgearbeitet hatte, um ihre Mutter zu entlasten. Doch sie blieb stumm. Als die letzten Cents durch den Automaten ratterten, wünschte sie ihrer Mutter und den Kindern einen schönen Tag, hörte Leonies wütendes Aufheulen im Hintergrund, als ihr klar wurde, dass an den Nachmittagsplänen nichts mehr geändert werden würde, und legte auf. Dann ging sie nach oben, packte ihre letzten beiden Schokoriegel aus, legte sie zur Beruhigung neben sich.

Wie von selbst kamen ihr die Zeilen jenes alten Liedes in den Sinn, die sie immer dann heraufbeschwor, wenn Schokoriegel allein nicht mehr halfen und sie etwas brauchte, an das sie sich festhalten konnte. Eine Erinnerung an etwas, das ihr einmal alles bedeutet hatte. Sie wusste jede Zeile, jedes Wort noch immer auswendig, nach all den Jahren noch so, als wäre es gestern gewesen, und leise, kaum hörbar, begann sie zu flüstern:

»*River's song, golden and green ...*«

Constanze wischte mit einem Finger prüfend über die Böden ihres Schranks. Sie zerkrümelte imaginären Staub zwischen ihren Fingern und widmete sich dann dem nächsten Regalboden. Der Schrank war leer. Ihre Kleider befanden sich noch alle in der Reisetasche. Noch einmal fuhr sie mit den Fingern über die ohnehin makellose Fläche des Regalbrettes. Kein Widerstand. Das furnierte Holz war glatt und staubfrei. Sie wandte sich vom Schrank ab und ging zu dem schmalen Einzelbett, das sich gegenüber dem Fenster befand. Es war ordentlich gemacht, die weiße Bettwäsche faltenlos, die Decke Kante auf Kante zusammengelegt. Constanze setzte sich an den Rand, zupfte ein wenig an den Ecken herum, klopfte mit der flachen Hand auf eine kleine Beule, dort, wo ihr Nachthemd unter der Decke verborgen lag, und ließ sich schließlich mit einem Seufzer in das Kissen sinken. Sie starrte an die hohe weiße Decke, bis ihre Augen brannten.

Die Stille um sie herum machte sie wahnsinnig. Wie konnte man so etwas nur aushalten? Kein Radio, kein Fernseher, nichts als Stille. Wie lebendig begraben sein war das hier. Eingesperrt hinter meterdicken Mauern. Man bekam kaum Luft zum Atmen. Was hatte sich Georg nur dabei gedacht, sie hierherzuschicken? Er war doch eigentlich ein ganz vernünftiger Mann? Zumindest war er das früher gewesen. Constanze stand wieder auf, ging unruhig ein paar Schritte in dem kleinen Zimmer hin und her, sah auf die Uhr, deren Zeiger sich so qualvoll langsam fortbewegte, und ging dann ins Bad. Eine blasse Frau starrte sie aus dem Spiegel an. Constanze erschrak ein wenig, so fremd sah sie in dem nüchternen Licht dieses winzigen, fensterlosen Badezimmers aus. Sie hätte längst schon zum Friseur gemusst, der dunklere Ansatz ihrer natürlichen Haarfarbe war am Scheitel bereits zwei Finger breit zu erkennen. »Spülwasserblond« nannte ihre Friseurin diese Farbe, und Constanze konnte ihr nur beipflichten. Ohne platinblonde Strähnen und der regelmäßigen, dezenten Gesamtaufhellung würde sie aussehen wie ein Straßenköter. Sie zwickte sich in die Wangen, bis sie sich zu röten begannen, und biss sich ein paarmal auf die Lippen. Warum war sie nur so blass? Das musste das Licht sein. Ein grässliches Licht. Die Wimperntusche hatte sich außerdem verabschiedet und bildete kränkliche graue Schatten unter den Augen. Sie rieb ein wenig daran herum, was jedoch nichts brachte, und erwog, sich zu waschen und neu zu schminken. Doch merkwürdigerweise konnte sie sich dazu nicht aufraffen.

Was war nur los mit ihr? Sie ließ sich doch sonst nicht so gehen? Das musste dieses verdammte Kloster sein. Dieses ganze christliche Getue um Demut und Bescheidenheit war wie ein Gift, das in einen eindrang, wenn man nur einen Fuß über die Schwelle setzte. Ganz unvermittelt stahl sich erst eine, dann eine zweite Träne in ihre Augenwinkel, und sie musste zwinkern. Constanze tupfte sich mit einem Stück Toilettenpapier vorsichtig die Augen. Heulen war so gar nicht ihre Art. Sie war doch eine Kämpferin. Immer schon gewesen. Doch hinter ihren Augen brannte es, und sie musste heftig schlucken, um die Schluchzer zu unterdrücken, die in ihrer Kehle saßen. Es war dieses Kloster. Es saugte ihre ganze verbliebene Energie ab, und das war ohnehin nicht mehr viel.

Mit dem seelischen Gleichgewicht von Juli und Fritzi schien es im Augenblick allerdings auch nicht gerade weit her zu sein, beide hatten ganz offensichtlich mehr Probleme am Hals, als sie vor sich selbst zugeben wollten. Umso wichtiger war es, dass wenigstens sie den Anschein wahrte. Abgesehen davon würden die beiden sie ohnehin nicht verstehen. Sie konnte ihre ungläubigen Blicke förmlich vor sich sehen. Vielleicht würden sie sie sogar auslachen. Und sie hätten recht damit. So dumm, wie sie gewesen war, durfte man einfach nicht sein. Und wenn, dann war man selbst schuld. Doch es strengte sie immer mehr an, die Fassade aufrechtzuerhalten, und sie wusste nicht, wie lange sie es noch durchhalten konnte. Eine weitere Träne tropfte herunter und hinterließ eine grauschwarze Spur auf ihrer Wange. Diese verdammte billige Wimperntusche war nicht einmal wasserfest. Und jetzt waren ihre Augen auch noch hässlich gerötet. So konnte sie keinesfalls unter die Leute gehen.

Constanze drehte das Wasser auf und ließ es über ihre Hände laufen, bis es so heiß war, dass sie es kaum noch aushalten konnte. Dann beugte sie sich über das Waschbecken und begann, sich mit wütenden Bewegungen das Gesicht zu waschen. Als sie sich abgetrocknet, eingecremt und neu geschminkt hatte, war es noch immer zu früh, um in den beschissenen Malkurs zu gehen. Sie wollte nicht wie bestellt und nicht abgeholt vor der Tür stehen, bis diese süßlich lächelnde Nonne kam und sie in ein Gespräch verwickelte. Am Ende musste sie noch über Gott reden. Oder gar über sich. Diese Kirchenleute waren so. Übergriffig. Sie kannten keine Grenzen, alles musste immer ausgebreitet werden.

Doch in dieser Gefängniszelle hier konnte sich auch nicht länger bleiben. Hier würde sie in den nächsten fünf Minuten die Wände hochgehen. Sie zog sich ihre Jacke über und warf einen Blick nach draußen. Der Morgennebel hatte sich aufgelöst, und die Sonne strahlte vom

Frühlingshimmel. Sie würde sich draußen noch eine halbe Stunde die Beine vertreten. Man konnte sich den alten Kasten ja etwas genauer anschauen, wenn man schon mal da war.

Das Kloster bestand aus zwei Flügeln, die die barocke Kirche in der Mitte einrahmten und sich hinter der Kirche wieder zu einem Gebäude vereinten. Constanze ging über den Vorplatz des Klosters und blieb vor einem hohen, mit Kletterrosen bewachsenen Tor stehen, das sie gestern bei der Ankunft schon bemerkt hatte. Da es unverschlossen war, schlüpfte sie neugierig hindurch. Ein von Ruhebänken gesäumter Kiesweg führte zum Klostergarten mit einem kleinen, adretten Gewächshaus und von dort weiter um das gesamte Kloster herum. Constanze folgte dem Weg und gelangte zur Rückseite des Gebäudes. Hier ging die Anhöhe, auf der das Kloster stand, in eine sanft abfallende Wiesenfläche über, auf der sich mehrere Wirtschaftsgebäude befanden. Dahinter erstreckten sich hügelige Felder und eine Weide, auf der Kühe grasten. Diese Flächen, die sich nahtlos an den Klostergrund anschlossen, hatten wohl auch einmal zum Kloster gehört oder taten es noch immer. Wahrscheinlich waren sie an Landwirte im Dorf verpachtet – zumindest vermutete das Constanze, der erst jetzt klar wurde, dass ein Kloster nicht nur aus dicken Mauern bestand, die die Bewohner von der Welt da draußen abschirmen sollten, sondern eine komplett eigene kleine Welt für sich darstellte. Wider Willen beeindruckt von der durchdachten Struktur der Anlage und der friedlichen Ordnung, die sie ausstrahlte, ging Constanze weiter.

Kurze Zeit später gabelte sich der Weg. Flache Stufen führten zu einem kleinen, von dunklen Eiben eingerahmten Friedhof etwas unterhalb des Klosters, der andere Weg wand sich zum Hauptgebäude und wieder zum Klostergarten zurück, von dem sie gekommen war. Constanze entschied sich für den Rückweg. Auch wenn der Friedhof in der Morgensonne recht malerisch wirkte, hatte sie keine Lust, so kurz nach dem Frühstück schon mit Tod und Vergänglichkeit konfrontiert zu werden. Sie war noch nicht weit gegangen, da entdeckte sie in der ansonsten schmucklosen Wand des Klosters einen etwas versteckten Torbogen mit einem schmiedeeisernen Tor, das jedoch verschlossen war. Die Hände um die kühlen Gitterstäbe gelegt, warf Constanze einen Blick in einen schattigen Innenhof, in dem sich ein kunstvoll angelegter Rosengarten befand.

Es war noch zu früh im Jahr für die Rosen, doch man konnte sich vorstellen, dass die säuberlich beschnittenen und geometrisch angelegten Beete im Sommer wunderbar blühen und wohl auch duften würden. Jetzt gab es nur grüne Blätter und vereinzelt winzige Knospen zu sehen. In der Mitte des kleinen Gartens plätscherte ein Brunnen. Constanzes Blick glitt die Fassaden entlang, die den Garten von vier Seiten umschlossen, und blieb dann an einer Tür hängen, die sich auf der anderen Seite des Gartens befand. Sie fragte sich, wohin sie wohl führte. Sie hatte den Rosengarten von keinem der Fenster aus gesehen, an denen sie bisher im Kloster vorbeigekommen war. Alle Fenster des Gästebereichs waren zum See und Dorf hin ausgerichtet. Vermutlich war dies hier der Wohntrakt der Nonnen. Constanze versuchte sich zu erinnern, ob die Glastür, an der man auf dem Weg zum Zeichenraum vorbeikam und die in die Klausur führte, in dieser Himmelsrichtung lag, aber räumliches Vorstellungsvermögen war noch nie ihre Stärke gewesen.

Gerade als sie sich abwenden wollte, öffnete sich die Tür auf der anderen Seite, und eine alte Nonne trat heraus. Constanze erkannte die schwerhörige Pförtnerin wieder und wich unwillkürlich ein wenig in den Schatten des Torbogens zurück, um nicht entdeckt zu werden. Die Schwester hatte eine grüne Gärtnerschürze umgebunden und eine Gießkanne dabei. Langsam schritt sie auf dem Weg zwischen den Rosenstauden entlang zum Brunnen, füllte die Kanne und begann, die Rosen zu gießen. Sie tat es sehr bedächtig, immer nur eine Staude, und danach ging sie jedes Mal zurück zum Brunnen, um die Gießkanne erneut zu füllen. Bestimmt füllte sie die Kanne nur halb, weil sie ihr sonst zu schwer war. Es würde eine Ewigkeit dauern, den Garten auf diese Weise zu gießen. Mit einem Schlauch oder einem Sprenkler würde die alte Dame sehr viel Zeit sparen, dachte Constanze. Doch andererseits – Zeit wofür? Vermutlich hatte die Schwester alle Zeit der Welt. Es sah auch nicht so aus, als würde sie nur schnell mal die Blumen gießen wollen. Es wirkte vielmehr so, als hielte sie Zwiesprache mit jeder einzelnen Staude, begutachtete sie, berührte ihre Knospen vorsichtig und blieb immer noch einen Moment stehen, nur um sie zu betrachten, bevor sie sich auf den Weg zurück zum Brunnen machte. Constanze zog sich lautlos zurück. Die Situation erschien ihr so privat, als stünde sie bei der Klosterschwester im Zimmer.

Auf dem Rückweg zum Haupteingang dachte sie darüber nach, wie es wohl war, ein ganzes Leben in einem Gebäude wie diesem zu verbringen? Jeden Tag die gleiche Routine aus Beten, Arbeiten, Essen, Beten, Schlafen. Jeden Tag von den wenigen, immer gleichen Mitschwestern umgeben. Immer in dem Bewusstsein, dass der eigene Weg einmal auf dem kleinen Friedhof hinter dem Kloster enden würde. Man musste doch verrückt werden, oder zumindest sehr seltsam, wenn man so gar nichts von der restlichen Welt mitbekam. Was brachte jemanden nur dazu, sich so auszuklinken?

Das Wort *ausklinken* klang unerwartet verlockend in ihr nach. Nicht dass sie sich jemals hätte vorstellen können, in ein Kloster einzutreten, ihr reichte schon dieses elend lange Wochenende, aber sich *auszuklinken,* die alten Verbindungen, die ohnehin nichts mehr taugten, einfach zu kappen und radikal von der Bildfläche zu verschwinden, eine andere zu werden, so wie diese Nonnen, die einen anderen Namen annahmen und sich aus ihrem alten Leben vollkommen herauslösten, schien ihr plötzlich eine sehr reizvolle Alternative zu ihrem so erbärmlich versandeten Leben zu sein. Doch ausklinken wohin? Nonnen hatten ja ein Ziel, sie glaubten an Gott.

Constanze glaubte an nichts mehr und am allerwenigsten an einen Gott. Früher einmal hatte sie wenigstens an sich selbst geglaubt. Aber dieser Glaube war ihr zuallererst abhandengekommen, als alles um sie herum zusammengebrochen war. Es war schließlich ihre Schuld gewesen, sie, die es hätte besser wissen müssen, war blind und naiv in die Falle getappt und hatte auch noch andere mit hineingezogen. Es gab keine Entschuldigung für ihre grenzenlose Dummheit. Und deshalb konnte sie sich selbst auch nicht mehr vertrauen und konnte nicht mehr an sich glauben. Das am allerwenigsten. Als sie den Klostergarten durch das Tor an der Vorderseite wieder in Richtung Parkplatz verließ und auf die Pforte zusteuerte, nahm sie aus den Augenwinkeln eine Gestalt wahr. Sie blieb stehen und drehte sich um. Einige Meter hinter ihr am Rand der Treppe, die hinunter ins Dorf führte, stand die junge Frau aus dem Kurs, die sie gestern im Wirtshaus gesehen hatte. Heute beim Frühstück hatte sie sie gar nicht bemerkt. Sie trug wieder den alten Bundeswehrparka von gestern Abend, dazu Jeans und schwere Stiefel, und ihr blasses Gesicht leuchtete fast durchscheinend.

»Guten Morgen!« Sie hob eine Tüte und einen Kaffeebecher hoch. »Ich hab heute Morgen verschlafen und mir noch schnell in dem kleinen Lebensmittelladen Croissants und einen Cappuccino gekauft.« Sie lächelte.

»Guten Morgen.« Constanze lächelte auch.

Die junge Frau kam näher und gab ihr die Hand. »Ich bin Nelly.«

»Constanze.«

Die Hand der Frau war kalt und so schmal, dass Constanze sich vorkam, als wäre ihre eigene Hand eine Bärenpranke.

»Ich habe dich aus dem Garten kommen sehen und

mir gedacht, wenn du auch noch ein bisschen Hunger hast, können wir teilen«, sagte Nelly und deutete hinunter auf die von Obstbäumen gesäumte Wiese, die sich zwischen dem Kloster und der Straße erstreckte. »Dort unten gibt es einen schönen Platz, um sich für meditatives Malen zu stärken.« Sie zwinkerte verschmitzt.

Constanze wollte ablehnen, abwehrend den Kopf schütteln. Sie hatte keinen Hunger, und es war schon spät, der Kurs würde gleich beginnen, aber sie tat nichts dergleichen. Stattdessen nickte sie. »Warum nicht?«

Sie gingen die Treppe hinunter, und Nelly zeigte ihr am unteren Absatz einen fast zugewachsenen Durchgang, der nach links auf die Wiese führte. Unter einem blühenden Apfelbaum stand eine verwitterte Bank. Sie setzten sich, und Nelly teilte ihr Croissant und ihr Schokoladenbrötchen schwesterlich mit Constanze. Nach einer Weile deutete sie kauend nach vorne auf die Wiese. »Weißt du, was das ist?«

Constanze folgte ihrem Finger. Dort war nicht viel zu sehen. Ein paar Steine und unterschiedlich hohes Gras, das man offenbar beim Mähen vergessen hatte. »Keine Ahnung. Was soll da sein?«

Nelly schob sich den Rest ihres Croissants in den Mund, leckte sich die Finger ab und sprang auf. »Das ist ein Labyrinth. Komm mit, ich zeig's dir.«

Als sie näher kamen, sah Constanze, dass an dieser Stelle, schützend umgeben von hohem Gras, aus runden Steinen und kurzgeschnittenen Graswegen tatsächlich ein Labyrinth geformt war. Es war wie ein Mandala auf der Wiese angelegt, ziemlich groß, kreisrund, und es hatte nur einen einzigen Zugang. Nelly ging einen Schritt hinein.

»Komm!«, sagte sie.

Constanze zögerte. Es kam ihr albern vor, auf einer Wiese im Kreis zu laufen, nur weil ein paar Steine ihr dies vorgaben. Doch Nelly ließ sich von ihrem Zaudern nicht beirren. Sie lachte und winkte energisch. »Komm schon! Das ist lustig.«

Constanze folgte ihr, und sie gingen eine Weile dem geschwungenen Pfad nach. Es dauerte länger als gedacht. Der Weg war eng, und es gab keine einzige Abzweigung, keine Wege, die in die Irre führten, keine Sackgassen. Nur diesen einen Weg, der sie beständig den Kreis herum zur Mitte führte. Doch immer wenn man sich dem Ziel nahe sah, machte der Weg eine unerwartete Biegung, und man musste wieder die Richtung wechseln. Constanze fand es nicht lustig, sondern hatte vielmehr das Gefühl, in Wahrheit keinen Schritt weiterzukommen. Sie würden noch endlos so weitergehen, Windung für Windung, und die Mitte nie erreichen.

Nelly vor ihr ging langsam und bedächtig, als befänden sie sich auf einer Schatzsuche und durften den Pfad nicht aus den Augen verlieren. Immer wenn eine neue Biegung anstand, drehte sie sich um und rollte mit den Augen, als ob diese Kurve eine Riesenüberraschung wäre. Dann gingen sie ein paar Schritte lang aneinander vorbei, beide in entgegengesetzte Richtungen. Irgendwann musste Constanze lachen. Sie waren unmittelbar vor dem inneren Kreis angelangt, und wieder führte der Weg sie ganz zurück an den Anfang. Es war wie verhext.

Doch dann, als sie eine ganze Weile wieder am äußersten Rand entlanggegangen waren, führte sie der Weg plötzlich geradewegs in die Mitte. Nelly lief die letzten Meter, und Constanze, die ihrer Erinnerung nach schon seit Jahren nicht mehr gerannt war, und wenn, dann nur hinter einem Bus her und sicher nicht über eine Wiese, folgte ihr. Sie lachten beide, als sie in der Mitte ankamen. Nellys Wangen waren gerötet, und sie atmete heftig, doch ihre Augen blitzten vergnügt. Mit einer theatralischen Geste breitete sie die Arme aus.

»Schau! Schau dich um! Was siehst du?«

Constanze sah sich unsicher um. Sie standen in einem kreisrunden, von Steinen gesäumten Feld in der Mitte des Labyrinths. Es gab nichts zu sehen außer Gras und graue Steine. »Ich sehe nichts Besonderes«, sagte sie zögernd.

Nelly lachte auf. Sie hatte ein tiefes, rauhes Lachen, das besser zu einer verruchten Bardame gepasst hätte als zu einer zierlichen jungen Frau, die sicher noch keine dreißig war. »Genau! Du hast es erfasst. Da ist gar nichts. Man läuft und läuft, um in die Mitte zu kommen, und am Ende ist man da, und es gibt nichts zu sehen. Nada!«

Nellys Lachen wurde lauter, und es war so ansteckend, dass Constanze mitlachen musste. Sie fand es plötzlich zum Schreien komisch, morgens auf einer Wiese mitten im Nirgendwo zu stehen, in einem Labyrinth, das ins Nichts führte, zusammen mit einer jungen Frau, die sie gar nicht kannte. Als sie zurückgingen, einfach über die Steine stiegen und quer über die Wiese stapften, hatte Constanze noch immer ein Lächeln im Gesicht.

Sie waren noch auf der Wiese, als die Glocken zweimal läuteten. Es war halb zehn, und der Kurs fing an. Nelly und Constanze grinsten sich an wie zwei Schulschwänzerinnen und liefen nebeneinander zum Gebäude zurück.

Achtes Kapitel

Der Kursraum wirkte an diesem Morgen strahlend hell und von Leichtigkeit erfüllt. Durch die hohen Fenster drang die Morgensonne, und das Bergmassiv am anderen Seeufer schien so nah, als könnte man es mit den Händen greifen. Die weißen Konferenztische, die gestern noch am Rand gestanden hatten, waren zu einer großen Tischfläche zusammengeschoben, auf der Papier, Pinsel, Farben und Wasserbecher standen. Als Constanze und Nelly zur Tür hereinkamen, standen die Teilnehmer noch etwas unsicher herum und warteten darauf, dass ihnen jemand sagte, was zu tun war. Juli und Fritzi hatten sich in einigem Abstand zu den anderen direkt neben der Tür positioniert, als wollten sie sich den Fluchtweg frei halten. Fritzis bunter Kaftan und ihr rotes kurzes Haar leuchteten im Morgenlicht um die Wette. Constanze trat zu ihren Freundinnen, die sie etwas überrascht musterten.

»Wo warst du denn?«, fragte Fritzi. »Wir wollten dich abholen, aber dein Zimmer war schon abgeschlossen.«

»Spazieren«, gab Constanze zurück und lächelte Nelly

zu, die sich zu einer der esoterisch wirkenden Frauen mit dem Ethnoschmuck, einer blonden, kräftigen Person, gesellt hatte und ebenfalls zu ihr herübersah. Constanze fühlte sich wie elektrisch aufgeladen durch die frische Luft und hatte das Gefühl, dass ihr befreiendes Lachen in ihr noch nachglühte wie Wetterleuchten.

Juli hob die Augenbrauen. »Man sieht's.« Sie deutete nach unten, und Constanze folgte ihrem Blick.

»Oh.« Ihre Schuhe, teure, taupegraue Wildlederstiefel, waren über und über mit Erde und Schlamm verkrustet, und an den dünnen Sohlen klebten sogar noch einige Grashalme. Das empfindliche Leder war wohl dauerhaft ruiniert. Daran hatte sie gar nicht gedacht, als sie Nelly in das Labyrinth gefolgt war. Und es war ihr auch jetzt merkwürdig egal. Sie zuckte mit den Schultern. »Hab wohl den Fußabstreifer übersehen. Gibt es hier überhaupt einen?«

Fritzi schüttelte irritiert den Kopf. »Ich glaub nicht, aber …«

Doch Constanze hörte gar nicht mehr zu, sie ging bereits zur Tür und hinterließ dabei eine Spur aus kleinen Erdkrümeln auf dem makellosen Boden.

»Ich komm gleich wieder.«

Als sie mit sauberen Schuhen an den Füßen wieder zurückkam, hatten sich die Teilnehmer bereits um die große Tischfläche verteilt, und Schwester Josefa begann gerade mit der Begrüßung. Constanze sah sich um. Der einzige noch freie Platz war zwischen Juli und der älteren Esoteriktante mit der Vogelnestfrisur. Constanze warf einen Blick zu Nelly, spürte ein flüchtiges Bedauern darüber, dass sie sich nicht neben sie setzen konnte, und schämte sich zugleich für dieses Gefühl. Sie war schließlich mit ihren Freundinnen hier. Leise zog sie den Stuhl heraus und setzte sich auf den freien Platz.

Die Frau mit dem Vogelnestdutt lächelte ihr milde zu. Sie trug wie gestern schon ein unförmiges buntes Wollkleid und dazu eine lange Kette mit einem grünlich lasierten Engel aus Ton, der aussah wie ein verschimmeltes Weihnachtsplätzchen. Während dicke Bögen Aquarellpapier ausgeteilt wurden, flüsterte sie Constanze ins Ohr: »Ich bin Ida Keller-Mayer. Studienrätin im Ruhestand.« Außerdem erfuhr Constanze noch, dass Ida sich ihren Ruhestand damit versüßte, dass sie in der Volkshochschule Tänze für Senioren unterrichtete, jedes Jahr einen Workshop für Aquarellmalerei in der Toskana besuchte und einen Hausgebetskreis leitete. Constanze nickte abwesend. So genau hatte sie es gar nicht wissen wollen.

Dann ging es los. Schwester Josefa gab eine Einführung in die Aquarelltechnik und erklärte, worauf es ankam. Ida ergänzte die Erklärungen gegenüber Constanze mit oberlehrerhaften Erfahrungsberichten aus ihren Toskanakursen, und Constanze spürte, wie die Hochstimmung, die sie in dem Labyrinth erfasst hatte, verflog. Warum zur Hölle musste sie nur hier herumsitzen? Sie konnte nicht malen. Sie wollte nicht malen. Sie wollte sich nicht von einer alternativen Spinatwachtel mit Vogelnestdutt das Ohr abkauen lassen. Als Schwester Josefa, die heute eine farbverkleckste Schürze über einer altmodisch weiten Jeans und einer karierten Bluse trug, beschrieb, was es mit dem Begriff »Meditatives Malen« auf sich hatte, beugte sich Constanze so weit wie möglich von Ida Keller-Mayer weg. Alles, nur nicht wieder deren Kommentare.

»Ich will keine Abbildungen von konkreten Dingen, keine ausgefeilte Technik und keine überlegten Farbkompositionen. Ich will Bilder, die direkt aus eurer Seele kommen. Spontane Abbilder eures Selbst, eurer Ängste, eurer Sehnsüchte. Ihr habt eine Stunde Zeit. Am Ende der Stunde werden wir uns die Bilder gemeinsam ansehen. Doch damit es wirklich Seelenbilder werden, müsst ihr versuchen, euren inneren Zensor zu umgehen. Lasst euch nicht darauf ein, mit ihm zu diskutieren, er wird immer gewinnen. Ignoriert ihn, oder besser noch: Malt ihn nieder!« Mit diesen Worten setzte sie sich auf ihren Stuhl am Fenster, sah auf die Uhr und lächelte aufmunternd. »Los geht's!«

»Niedermalen!«, wiederholte der schüchterne Mann, der, wie Constanze sich jetzt wieder erinnerte, Konrad hieß, glucksend. Er sah sich mit bebenden Schultern beifallheischend um, doch niemand beachtete ihn. Alle wirkten etwas verunsichert angesichts dieser Aufforderung. Constanze spürte, wie sie wütend wurde. Wen, verdammt noch mal, ging ihre Seele etwas an? Sie hatte auch keine Lust, sich die Seele dieses verklemmten Konrads näher zu betrachten, genauso wenig wie die Seele irgendeines anderen in diesem Raum. Ihr Blick fiel auf Nelly, die bereits ihren Pinsel in der Hand hielt und zu malen begonnen hatte. Okay, Nelly vielleicht ausgenommen. Sie war recht sympathisch. Ihre Seele war sicher etwas, das man gerne ansah. Constanze fragte sich zum wiederholten Mal, warum die junge Frau hier war. Sie passte nicht zu diesem Haufen komischer Heiliger, genauso wenig wie sie und ihre beiden Freundinnen dazu passten. Es war nicht ihre Welt, sie gehörten nicht hierher.

Ihr Blick glitt über die Gesichter der vier restlichen Kursteilnehmer, und sie beschloss, dass sie eines ganz sicher nicht tun würde: Sie würde diesen Leuten nicht das kleinste Fitzelchen ihrer Seele offenbaren.

Während einer nach dem anderen zu malen begann, starrte Fritzi noch immer mit erhobenem Pinsel gedankenverloren ins Leere. *Malt ihn nieder!* Bei diesem Satz musste sie an ihre früheren Malaktionen denken. Vor hundert Jahren war das gewesen, zu ihrer Studentenzeit. Damals hatte sie keinen Gedanken an einen inneren Zensor, was auch immer das sein mochte, verschwendet. Sie hatte einfach drauflosgesprüht, -gezeichnet und -gepinselt: Wände, Möbel, T-Shirts, ihre Schuhe oder dann und wann eine große billige Leinwand aus der Bastelabteilung des Baumarkts. Sie hatte Comicfiguren abgemalt, Graffitischriften kopiert, wilde Collagen aus Zeitungen und gesammeltem Abfall geklebt und mit Goldfarbe und Lack angesprüht. Es hatte sie nie interessiert, ob das Kunst war oder wenigstens originell, es hatte ihr einfach Spaß gemacht, Dinge zu *machen*. Einige dieser Sachen hatte sie verschenkt, andere in ihr Zimmer an die Decke oder die Wände gehängt, vieles hatte sie einfach irgendwann wieder weggeworfen. Doch anders als damals, als sie ständig irgendeine verrückte Idee gehabt hatte, fiel ihr jetzt nichts ein. Ihr Kopf war leer wie ein ausgeräumtes Zimmer, und sie hatte keine Ahnung, was sie mit dem Pinsel in ihrer Hand anstellen sollte. Sie tunkte ihn probehalber in den Wasserbecher vor ihr. Dann schielte sie zu der blonden Frau, die schräg neben ihr saß und die, wie sie erfahren hatte, Elisabeth hieß.

Elisabeth war gerade dabei, ihr Blatt sorgfältig mit einer dünnen Schicht klaren Wassers zu bepinseln, so, wie Schwester Josefa es ihnen geraten hatte. Fritzi machte es ihr nach, dann stockte sie wieder. Ihr Blick fiel auf Juli, die mit rotem Kopf auf ihr leeres Papier starrte. Sie hatte noch nicht einmal den Pinsel in der Hand. Nur Constanze malte bereits. Fritzi reckte den Hals, um etwas zu erkennen, doch Constanze legte einen Arm davor und beugte sich tiefer nach unten.

»Wie in der Schule«, zischte Fritzi leise zu ihr hinüber. »Da hast du mich auch nie abschreiben lassen!«

Constanze streckte ihr grinsend die Zunge heraus. Fritzi tauchte den Pinsel erneut ins Wasser und dann in eines der kleinen Farbtöpfchen, die vor ihr standen. Rot.

Einen Augenblick später verteilte sich das Rot auf dem feuchten Papier zunächst zu einem leuchtenden Klecks und lief dann zu einem blassen ausgefransten Kreis auseinander. »Aha«, murmelte Fritzi und runzelte die Stirn. »Bilder meiner Seele.« Sie setzte einen gelben Klecks in die Mitte des Kreises und sah zu, wie er sich mit dem Rot zu Orange vermischte. Das Papier trocknete und begann sich dabei zu wellen, was zu einer unschönen Pfützenbildung entlang der Kreislinie führte. Sie hatte wohl zu viel Wasser genommen. Fritzi sah dem Eigenleben ihres Bildes einige Zeit unentschlossen zu, dann umkringelte sie die Pfützen mit Blau und legte ihren Pinsel beiseite. Mehr gab es über ihre Seele im Augenblick nicht zu sagen.

Constanze war ebenfalls schon fertig und hielt ihr Bild noch immer vor Fritzis neugierigen Augen versteckt. Juli malte jetzt auch, die Nase fast auf dem Papier, die Zungenspitze seitlich ein wenig herausgestreckt. Fritzi lehnte sich zurück und wartete. Es war still im Raum, doch die Stille war von einer anderen Art als am Morgen bei der Meditation. Sie war geschäftiger, wurde immer wieder von kleinen Geräuschen unterbrochen. Jemand wusch seinen Pinsel im Wasserbecher aus, ein Stuhl wurde verrückt, jemand hustete. Während sie dasaß und einfach nur zuhörte, fiel ihr auf, wie angenehm es war, in so einer Atmosphäre zu arbeiten. Bei ihr in der Arbeit war an Stille gar nicht zu denken. Ständig klingelten Telefone und Handys, man hörte die Kollegen im Flur reden, und immer kam jemand in ihr Büro, um etwas zu fragen oder sie schnell um etwas zu bitten. Sie erinnerte sich daran, dass sie ganz zu Anfang noch versucht hatte, die Tür geschlossen zu halten, um wenigstens an den Pressemitteilungen konzentriert arbeiten zu können, doch das hatte für große Verwunderung bis hin zu offenem Misstrauen bei ihren Kollegen gesorgt, und so hatte sie es schnell gelassen. Im ganzen Gebäude standen alle Türen immer offen. Jeder duzte jeden, und es gab keinerlei Privatsphäre. Man verstand das als neues, junges Arbeiten, es sollte angeblich die Kreativität steigern und eine lockere, vertrauensvolle Atmosphäre schaffen, in der quasi Nonstop-Brainstorming möglich war, ein kreativer Flow, der nicht durch Hierarchien und verschlossene Türen gehemmt wurde.

Für Fritzi hatte es anfangs nur eine Behinderung ihrer Konzentration bedeutet, ein Gefühl des Beobachtetwerdens, ein Gefühl ständiger Kontrolle durch Vorgesetzte und Kollegen. Irgendwann schließlich hatte sie sich gezwungenermaßen daran ebenso gewöhnt wie an den ständigen Lärmpegel, der effektives Arbeiten eigentlich unmöglich machte. Mittlerweile war es bei ihr zu Hause bereits ähnlich, immer war das Radio oder ein Musikstreamingkanal am PC eingeschaltet, sie telefonierte, während sie E-Mails checkte und nebenbei das Essen in der Mikrowelle aufwärmte. Untermalt wurde das Ganze noch durch den ständigen Verkehr, der Tag und Nacht um ihre Stadtwohnung rauschte. Das war der Preis der unschlagbar zentralen Lage, um die sie alle ihre Kollegen beneideten, die noch nicht das Glück oder die finanziellen Mittel hatten, sich so eine Wohnung leisten zu können, und jeden Tag mindestens eine halbe Stunde einfach mit der U-Bahn unterwegs waren.

Fritzi schloss für einen Moment die Augen und lauschte bewusst. Hier war überhaupt kein Verkehr zu hören. Noch nicht einmal ein einziges Auto in der Ferne. Durch die geöffneten Fenster drang nur Vogelgezwitscher.

Als die Kirchglocken schließlich elf Uhr schlugen und Schwester Josefa mit leiser Stimme darauf hinwies, dass die Zeit um war, richtete sich Fritzi überrascht auf. Sie hatte gar nicht bemerkt, wie schnell die Zeit vergangen war. Nach und nach kamen alle zum Ende, und Schwester Josefa stand auf, um sich die einzelnen Arbeiten anzusehen. Dabei hielt sie ohne erkennbare Reihenfolge immer wieder eines der Bilder hoch, um es den anderen zu zeigen.

Elisabeths Bild war das Erste. Sie hatte einen Urwald gemalt, Blätter und Blüten in allen erdenklichen Formen und Farben, und dazwischen lugte ein schwarzes unheimliches Wesen mit gefletschten Zähnen hervor.

»Das ist einer meiner Dämonen«, gab sie auf die Frage der Schwester zur Antwort, und es klang so, als spräche sie von ihrem Haustier.

Die blasse Dame in der Hemdbluse, die Margarete hieß, hatte entgegen Schwester Josefas Anweisungen die Zwillingskirchtürme des Klosters, umgeben von Herbstbäumen, gemalt. Auf die Versuche von Schwester Josefa, ihr zu erklären, was der Unterschied zwischen einer »Seelenlandschaft« und einer realen Landschaft sei, presste sie ihre ohnehin schon schmalen Lippen noch mehr zusammen und meinte, es müsse doch jedem selbst überlassen bleiben, was er malen wolle.

Ida, Constanzes Nachbarin, hatte ein buntes Durcheinander gemalt, das aussah, als habe man ein zweijähriges Kind vor ein paar Farbtöpfe gesetzt. Schwester Josefa lobte sie überschwenglich.

Auf Konrads Bild prangte ein großes dunkelbraunes Kruzifix, das von einem gelben Strahlenkranz umgeben war. Fritzi sah, wie Constanze die Augen verdrehte, als sie einen Blick darauf warf, und sie konnte es ihr nicht verdenken. Wem bitte kam so ein hässliches, düsteres Kreuz in den Sinn, wenn er ein Seelenbild malen sollte? Da konnte auch ein Strahlenkranz nichts mehr daran ändern – auf Fritzi wirkte das Bild nur gruselig. Schwester Josefa jedoch kommentierte es nicht, sie nickte Konrad nur aufmunternd zu, ging ein paar Plätze weiter, um schließlich bei Juli stehen zu bleiben.

Julis Gesicht, das ohnehin schon gerötet war, begann zu glühen, als Schwester Josefa nach ihrem Papier griff.

»Sehr schön«, sagte sie und hielt es in die Runde. Das Bild zeigte eine blaue Rose, mit dicken, kräftigen Strichen gemalt. Die Rose war so groß, dass sie stellenweise auf dem Papier gar keinen Platz hatte, und sie leuchtete in verschiedenen Blau- und Violetttönen.

»Wenn das ein Bild deiner Seele ist, lässt sich gut darin wohnen.« Schwester Josefa lächelte, und Juli erwiderte ihr Lächeln verlegen.

Fritzi starrte das Bild mit offenem Mund an, und irgendwo in der Nähe ihres Magens tat sich ein Loch auf. Sie fühlte sich plötzlich so hohl und leer, als hätte sie seit Tagen nichts gegessen. Rasch zwang sie sich, den Blick von der blauen Rose abzuwenden. Es musste ein Zufall sein. Es war gar keine Rose, nur irgendeine Blume, die zufällig blau war. Eigentlich war sie auch gar nicht blau, versuchte sie sich einzureden. Sie war eher violett oder lila. Sie hatten alle drei nie mehr von den Blue Roses gesprochen, die ganzen Jahre nicht. Es gab sie nicht mehr. Fritzi sah Gespenster.

Zum Glück hielt Schwester Josefa nun das Bild der jungen Frau mit den raspelkurzen Haaren hoch.

»Hier erübrigt sich, denke ich, jeder Kommentar«, sagte sie.

Alle waren still geworden und starrten auf das Blatt. Schwester Josefa hatte recht: Dieses Bild war etwas vollkommen anderes als die der anderen. Auf den ersten Blick bestand es nur aus Farbverläufen und Formen, doch wenn man es länger betrachtete, konnte man ein Muster darin erkennen, eine durchgehende Linie, die sich in verwirrenden Kreisen wie in einem Labyrinth nach innen schlängelte und dort in einem leuchtend hellen, wie von der Sonne beschienenen Punkt endete. Das Bild hatte eine innere Spannung und Ausdruckskraft, die alle anderen Bilder weit in den Schatten stellte. Hier konnte jemand wirklich malen. Fritzis Finger krallten sich um das Papier, das vor ihr lag, und zerknüllten es langsam zu einem kleinen harten Ball. Sie ließ ihn in ihre Handtasche gleiten.

Nun stand Schwester Josefa bei Constanze. Neugierig reckte Fritzi den Hals, um zu sehen, was diese so sorgfältig vor ihr verborgen gehalten hatte. Ihre Freundin saß jedoch wie erstarrt auf ihrem Platz und beachtete die Schwester zunächst gar nicht. Ihre Augen ruhten gedankenverloren auf Nelly, die ihren Blick erwiderte. Fritzi fröstelte unvermittelt. Irgendetwas passierte hier gerade, und sie hatte keine Ahnung, was es zu bedeuten hatte. Erst als Schwester Josefa sie erneut ansprach, reagierte Constanze. Widerwillig zeigte sie ihr das Bild, allerdings ohne es aus der Hand zu geben oder den anderen zu zeigen. Schwester Josefa warf einen irritierten Blick darauf, dann meinte sie vorsichtig: »Ich verstehe nicht ganz ...«

»Ich konnte nichts hören«, sagte Constanze.
»Nichts *hören?*«
»Meine Seele. Sie hat nicht mit mir gesprochen.«
Schwester Josefa räusperte sich. Dann meinte sie: »Ich bin mir sicher, auch in deiner Seele befinden sich ein paar Bilder. Vielleicht solltest du es einmal mit *Sehen* versuchen?«

Von Konrad kam wieder dieses verklemmte Glucksen, das wohl ein Lachen darstellen sollte. Constanze warf ihm einen ihrer schlimmsten Killerblicke zu, und er verstummte augenblicklich. Schwester Josefa ging weiter und blieb schließlich als Letztes neben Fritzi stehen, die nervös auf ihrem Stuhl herumrutschte. »Mein Bild ist nichts geworden.«

Die Ordensschwester lächelte. »Aber das macht doch nichts. Wir malen hier keine Kunstwerke, wir lassen den Dingen ihren Lauf. Es ist vollkommen nebensächlich, was dabei herauskommt.«

Fritzi biss sich auf die Lippen. »Ich habe es weggeworfen.«

»Oh, wie schade. Mach das bitte nicht mehr.«

»Wieso nicht? Wenn es mir nicht gefällt?«

Schwester Josefa zuckte mit den Schultern. »Wer sagt denn, dass uns immer gefallen muss, was wir sehen?«

Neuntes Kapitel

»Ich komme mir so bescheuert vor!«, schimpfte Fritzi in der Kaffeepause und stützte sich mit den Ellbogen auf den Bartisch im weiten Klostergang, an dem sie und Constanze vor ihren Kaffeetassen standen. Juli war vor der Tür und rauchte eine lang ersehnte Zigarette.

Constanze war erstaunlich schweigsam, und auch jetzt antwortete sie erst nach einer Weile: »Wenn du etwas nicht herzeigen willst, musst du es auch nicht tun.« Dann verstummte sie wieder und rührte gedankenverloren in ihrem Kaffee, in dem es längst nichts mehr umzurühren gab.

»Aber ich war die Einzige, die überhaupt nichts hatte«, jammerte Fritzi weiter. »Ich habe es weggeworfen, weil ich Angst hatte, mich lächerlich zu machen.«

»Das habe ich schon besorgt, das kannst du mir glauben.« Constanze legte den Löffel weg und trank von ihrem Kaffee. Sie ahmte Schwester Josefa nach: »Vielleicht solltest du es mal mit *Sehen* versuchen?« Doch es klang nicht spöttisch, so, wie es eigentlich ihre Art war, wenn sie sich von anderen distanzieren wollte, sondern niedergeschlagen, fast traurig.

»Was hast du denn gemalt?«, wollte Fritzi wissen. »War es denn so schlimm?«

»Ach, eigentlich nicht ...«, wehrte Constanze ab. »Ich dachte, es wäre komisch, aber das war es wohl nicht.«

»Zeig doch mal her!« Fritzi kramte in ihrer Tasche und holte ihr eigenes, zerknülltes Blatt Papier heraus. »Schau, du darfst auch meines sehen.« Sie begann, ihr Bild glatt zu streichen, und betrachtete es prüfend. »So schlecht sieht es eigentlich gar nicht aus«, meinte sie schließlich mit schiefgelegtem Kopf und drehte das Blatt einmal um einhundertachtzig Grad.

Constanze warf einen Blick darauf und grinste ihr altbekanntes, spöttisches Grinsen. »Sieht halt so aus, wie es in deinem Kopf aussieht: bunte Kringel und drumherum viel luftleerer Raum ... Aua!«

Fritzi hatte ihr einen heftigen Knuff gegeben. »Du bist dran. Auf deine schweigende Seele bin ich jetzt mal gespannt!«

Constanze seufzte demonstrativ, ging aber in den Raum zurück, um ihr Werk zu holen. In dem Moment trat Juli zu Fritzi an den Tisch.

»Was gibt's?«, fragte sie.

»Gleich dürfen wir Constanzes Kunstwerk bewundern!«

»Oho!« Julis sommersprossiges Gesicht verzog sich zu einem erwartungsvollen Grinsen.

Mit einem sarkastischen »Voilà!« knallte Constanze das Blatt vor den beiden auf den Tisch.

Fritzi und Juli starrten darauf, dann begann Juli zu kichern.

»Das ist …«, fing sie an, konnte aber nicht weiterreden, so sehr musste sie lachen. Tränen traten ihr in die Augen, und sie musste sich am Tischrand festhalten. Die Tassen klirrten leise. Fritzi schaute sie stirnrunzelnd an.

»Also sooo lustig ist das jetzt auch wieder nicht …« Doch auch sie konnte den Satz nicht beenden, ein prustender Lachanfall kam ihr dazwischen.

Constanze sah zuerst auf ihre beiden Freundinnen, die sich nur noch mit Mühe aufrecht halten konnten, und dann achselzuckend auf ihr Blatt, auf dem nur ein einziges Wort stand, zunächst klein, dann etwas größer und am Ende groß und zornig:

Hallo? Hallo?? **Hallo!!!**

Sie nahm einen Schluck aus ihrer Tasse und meinte: »Also der Kaffee, der ist wirklich sensationell gut. Ich glaube, ich werde mir ein Paket davon mit nach Hause nehmen.«

Nach der Kaffeepause gab es zunächst einige Übungen, die laut Schwester Josefa die Spontaneität beim Malen fördern sollten. So mussten sie mit geschlossenen Augen malen, zu klassischem Geigenspiel und indianischer Trommelmusik, nur mit einer Farbe und zum Abschluss ein Bild mit den Fingern statt mit dem Pinsel. Letzteres verweigerte Margarete strikt und verwickelte Schwester Josefa, der es sichtlich schwerfiel, Ruhe zu bewahren, in einen gelehrten Disput über Sinn und Unsinn abstrakter Kunst und dem Gegenständlichen in der Malerei, dem sie ganz offensichtlich den Vorzug gab.

»Die ist doch hier eindeutig falsch«, raunte Elisabeth Fritzi zu und deutete mit dem Kinn auf die verbissen dreinblickende Margarete. Fritzi nickte und tunkte fröhlich ihren Daumen in die dicke rosa Acrylfarbe, die in einem Joghurtbecher vor ihr stand.

»Das habe ich seit dem Kindergarten nicht mehr gemacht!«, sagte sie glücklich und zog mit dem Daumen eine geschwungene Linie quer über das Blatt, bis sich diese am Ende mit einem blauen Fingerabdruck traf. Sie schielte zu Elisabeths Blatt hinüber. Es war bevölkert von unzähligen Fingerabdrücken in allen Tönen, die die Farbtöpfe hergaben.

Elisabeth deutete mit einem grün-gelb verschmierten Finger auf das Bild.

»Das bin ich.« Sie sah Fritzi grinsend an. »Kannst du es sehen?«

Fritzi verzog zweifelnd das Gesicht. »Mhm … ja … ich weiß nicht …«

Elisabeth warf einen Blick auf ihr Werk. »Doch, doch. Oh, ich habe noch etwas vergessen.« Sie wischte sich einen bunten Finger an einem Lappen ab und tauchte ihn in Schwarz. Dann setzte sie sorgfältig einen schwarzen Punkt in das rechte obere Viertel des Blattes.

»Was ist das?«, fragte Fritzi. »Was bedeutet der schwarze Punkt?«

»Ach, das ist mein schwarzes Loch«, erwiderte Elisabeth. »Man muss ein bisschen darauf achten, dass es nicht größer wird oder gar in die Mitte rutscht, aber das ist auch schon alles. Dort oben kann man es ganz gut im Zaum halten.« Sie lächelte.

Fritzi sah sie unsicher an. »Du meinst, es ist eine Art wunder Punkt? Ein Problem, das du hast?«

»Nein, nein. Es ist, was es ist: ein schwarzes Loch. Ich habe es schon lange, und es verschwinden Dinge darin, und manchmal kommen auch Dinge heraus, böse Dinge. Deshalb muss ich aufpassen, dass es nicht zu groß wird.«

»Oh. Aha.« Fritzi wandte sich schnell wieder ihrem eigenen Bild zu. Kurz entschlossen tunkte sie ihren Finger in Gelb und malte eine große Sonne auf das Bild.

Elisabeth beobachtete sie. »Was deckst du damit zu?«, fragte sie.

»Wie?«

»Mit der großen Sonne. Damit deckst du doch was zu.«

»Nein! Was sollte ich denn zudecken? Das ist nur ein Bild, Fingerfarbenkleckserei, nichts weiter!«

Elisabeth zuckte mit den Achseln. »Wenn du meinst«, sagte sie gelassen. »Es kommt sowieso rausgekrochen, irgendwann.«

Um Viertel nach zwölf beendete Schwester Josefa den Unterricht und wünschte allen einen gesegneten Appetit. Während Juli und Fritzi sich eilig die Hände wuschen und gleich in den Speiseraum gingen, blieb Constanze im Kursraum zurück. Sie wartete, bis alle gegangen waren, und ging dann zu Nellys Platz, um sich deren erstes Bild noch einmal anzusehen.

Es hatte sie zutiefst beschämt, dass Nelly ausgerechnet ein Labyrinth gemalt hatte, während ihr nichts Besseres eingefallen war, als sich über die gestellte Aufgabe lustig zu machen. Nellys Bild, so schnell und flüchtig es auch hingeworfen worden war, war schön und anrührend fröhlich und erinnerte tatsächlich ein wenig an die Stimmung des Morgens. Constanze biss sich auf die Lippen. Warum musste sie nur immer alles kaputt machen? Sie hasste ihren Zynismus, ihre Spottlust und diese ewige Distanz zu allem und jedem um sie herum. Vermutlich sollte es eine Art Schutz vor Verletzungen sein. Doch es schützte nicht, es war ein Gefängnis. Und mit jeder Verletzung, die sie trotz aller Vorkehrungen traf, wurde der Panzer stärker und das Gefängnis enger.

Constanze wandte sich von Nellys Bild ab. Es tat ihr nicht gut, hier zu sein. Dieser Ort verunsicherte sie, er machte sie wütend, und sie hatte das Gefühl, nichts dagegen tun zu können. Sie sah aus dem Fenster. Der Himmel war nicht mehr so klar und durchscheinend wie am Morgen. Wolken waren aufgezogen, und das Licht war düster geworden. Sie fröstelte, und dann, einen kurzen Augenblick lang, gelang es ihr, ehrlich zu sich selbst zu sein und sich einzugestehen, dass sie Angst hatte. Große, furchtbare Angst. Abrupt drehte sie sich vom Fenster weg und bemerkte voller Verlegenheit, dass jemand an der Tür stand und sie beobachtete. Es war Nelly. »Was ist?«, schnappte sie unwirsch. »Wie lange stehst du denn schon da?«

Nellys dunkle Augen musterten sie ohne Anzeichen von Verlegenheit. »Bin gerade vorbeigekommen, und da habe ich dich gesehen«, antwortete sie leichthin und lächelte. »Kommst du nicht zum Essen? Ich bin schon kurz vorm Verhungern. Es gibt Rahmgeschnetzeltes und Eierspätzle.«

Constanze gelang ebenfalls ein mühsames Lächeln, und sie hob ihre farbverkleckerten Finger in die Höhe. »Ich muss mir erst noch die Hände waschen.«

Während Juli sich bereits einen Berg Fleisch und Spätzle auf den Teller häufte, wirkte Fritzi, die direkt hinter ihr am Büfett stand, noch etwas unentschlossen.

»Was ist los mit dir?«, sagte Juli. »Warum schaust du so komisch? Das war doch jetzt echt lustig, was wir gemacht haben.«

»Schon, ja …«, erwiderte Fritzi. Sie nahm sich abwesend vom Geschnetzelten, drehte sich kurz um und vergewisserte sich, dass ihr niemand zuhörte, dann flüsterte sie Juli zu: »Diese Elisabeth, die neben mir sitzt, die hat voll einen an der Klatsche. Ich glaube, die spinnt richtig.«

»Warum das denn? Ich finde sie eigentlich ganz nett«, gab Juli verwundert zurück, während sie gemeinsam zu ihrem Tisch gingen. »Ich habe sie beim Rauchen draußen getroffen, wir haben uns ganz gut unterhalten. Sie hat mir erzählt, dass sie in einer biologisch-dynamisch-alternativen Gärtnerei irgendwo im Allgäu arbeitet. Nette Frau. Netter jedenfalls als diese stocksteife Margarete und die Erleuchtete mit der wirren Frisur. Von Konrad ganz zu schweigen.«

»Sie redet so komisches Zeugs von schwarzen Löchern und bösen Dingen, die durch die Löcher hereinkommen können.«

»Echt?« Juli riss die Augen auf, eher amüsiert als schockiert.

»Ja! Und sie meint, ich hätte unter meiner Sonne etwas versteckt!«

»Hä? *Was* hast du? Unter welcher Sonne?«

»Ach, ist schon gut!« Fritzi winkte ab, denn gerade steuerte Elisabeth direkt auf sie zu.

»Ist bei euch noch ein Platz frei?«, fragte sie.

»Aber ja!« Juli ignorierte Fritzis warnenden Blick und deutete auf den Stuhl neben sich. »Setz dich doch.« Sie sah die kräftige, sonnenverbrannte Frau neugierig an. »Wie findest du den Kurs?«, fragte sie.

»Nicht schlecht.« Elisabeth schob sich ein großes Stück Brokkoli in den Mund und kaute bedächtig. Wie es sich für eine biologisch-dynamische Gärtnerin gehörte, hatte sie sich für den vegetarischen Gemüseauflauf entschieden. »Ich habe ihn letztes Jahr auch schon gemacht.«

»Ach? Dann kennst du dich ja schon aus«, rief Juli erfreut.

»Ja. Ich komme oft her, weil ich selbst auch Kurse gebe.«

»Was denn für welche?«, platzte Fritzi dazwischen. »Äh, ich meine, worüber?«

»Kräuterwanderungen, Ritualarbeit, Ahnenräucherung, so was alles«, sagte Elisabeth.

»Ahnenräucherung?« Fritzi kicherte etwas nervös und schob ihre Spätzle mit der Gabel zu einem kleinen Berg zusammen. »Was bedeutet das denn? Wer wird da geräuchert?«

»Das ist ein schamanisches Ritual. Wir bringen uns mit unseren Ahnen in Verbindung, damit sie uns schützen und uns bei schwierigen Aufgaben beistehen.«

»Oh«, sagte Juli, zwinkerte irritiert und warf einen schnellen Blick zu Fritzi hinüber, die ihr lautlos mit den Lippen »SCHWARZES LOCH« bedeutete und die Augen verdrehte.

»Die Ahnen ... du meinst, unsere verstorbenen Verwandten oder so?«, hakte Juli nach.

»Ja, die Ahnengeister.«

»Und die sind es wohl auch, die durch dein schwarzes Loch hereinkommen, wenn du nicht aufpasst?«, sagte Fritzi und hatte Mühe, ernst zu bleiben.

»Aber nein! Ahnengeister sind Schutzgeister. Sie bewachen das Loch, um die Dämonen draußen zu halten.« Elisabeth lächelte wieder und hob einen Anhänger hoch, den sie um den Hals trug. Es war ein verschlungenes keltisches Symbol aus drei Kreisen. »Ich kann schon verstehen, dass euch das ein bisschen komisch vorkommt. Aber es ist eigentlich ganz einfach. Ich hatte früher große Probleme mit Dämonen, doch dann habe ich mich getraut, die Ahnen darauf anzusprechen. Ihr müsst es einfach auch mal versuchen.«

Juli und Fritzi starrten sie wortlos an. Juli hielt die Gabel, die sie sich gerade in den Mund schieben wollte, reglos in der Luft. Fritzi räusperte sich, und ihre Stimme war wieder etwas heiser, als sie antwortete: »Ich ... ich, äh, habe keine Probleme mit Dämonen, danke.«

»Nein?« Elisabeth strich sich ihr dickes, dunkelblondes Haar aus dem Gesicht und hinter die Ohren. »Na, dann ist ja gut.« Dann kratzte sie ihren restlichen Brokkoli zusammen, schob ihn sich in den Mund und stand auf. »Bis später.«

Constanze kam mit einiger Verspätung an den Tisch. »Ich bin zu spät, tut mir leid«, sagte sie und setzte sich auf Elisabeths frei gewordenen Stuhl. Sie stutzte, sah den beiden ins Gesicht und fragte: »Alles in Ordnung?«

Fritzi und Juli nickten zögernd.

Constanze musterte sie zweifelnd. »Ihr seht ein bisschen komisch aus.«

»Wir hatten gerade eine Begegnung der dritten Art«, sagte Fritzi langsam und sah zu Juli, die nickte.

»Muss ich das verstehen?« Constanze runzelte die Stirn.

Juli schüttelte den Kopf. »Nö. Iss erst mal. Wir erzählen es dir später. Es ging um schwarze Löcher und so …«

Zehntes Kapitel

Nach dem Essen meinte Schwester Josefa, dass sie am Vormittag schon genug herumgesessen hätten und es nun an die frische Luft ginge. Als einige der Teilnehmer die Malutensilien einpacken wollten, schüttelte sie den Kopf. »Nein. Wir malen nicht, wir gärtnern.« Dann bat sie noch zu überprüfen, ob alle geeignete Kleidung trugen, und sah auf die Uhr. »Wir treffen uns in zehn Minuten im Klostergarten.«

Als sie gegangen war, warf Fritzi Juli einen vorwurfsvollen Blick zu. »Gärtnern???«

Juli verteidigte sich sofort: »Das wusste ich nicht! Auf dem Flyer, den mir dein Mann gegeben hat, stand nur: *Energie tanken, Inspirationen sammeln, zur Ruhe kommen.* Kein Wort von Gärtnern.«

»Ist doch ganz schön, ein bisschen rauszugehen«, sagte Constanze wider Erwarten fröhlich. »Immerhin ist das mal was Konkretes, jedenfalls besser als die Wand anstarren oder mit seiner Seele sprechen.«

»Aber …«, begann Fritzi, doch Constanze war schon an der Tür. »Ich ziehe mir nur schnell die Schuhe von heute Morgen an, sind ja eh schon versaut.« Mit diesen Worten verschwand sie.

Juli und Fritzi blickten ihr verwundert nach.

»Was ist los mit ihr?«, fragte Juli. »Das ist nicht normal. Ich hätte wetten können, sie bekommt einen Wutanfall.«

Fritzi nickte, ebenfalls vollkommen baff. »Den Wutanfall hätte sie eigentlich schon heute Morgen bekommen müssen, als sie sich ihre Edeltreter im Matsch ruiniert hat. Die sind doch mindestens zweihundert Euro wert. Sie hat nicht einmal mit der Wimper gezuckt.«

»Und jetzt zieht sie sie zum Gärtnern an?«

»Und freut sich sogar noch?«

Juli und Fritzi sahen sich an.

»Würde mich ja brennend interessieren, wo sie heute Morgen mit diesen Schuhen gewesen ist«, sagte Juli langsam.

Im Gegensatz zum Malunterricht gestaltete sich das Gärtnern in dem hübschen kleinen Klostergarten tatsächlich eher entspannt, wobei Fritzi sich nicht ganz sicher war, welche Art von Inspiration ihr das Umtopfen von Sämlingen und Unkrautjäten im Kräuterbeet bringen sollte. Juli hingegen schien sich keine Gedanken über Inspiration zu machen, sie hatte sich der Gärtnerin Elisabeth angeschlossen, ließ sich von ihr jedes Detail erklären und war sofort mit Feuereifer bei der Sache. Erstaunlicherweise war auch Constanze von diesem Programmpunkt noch immer äußerst angetan. Sie stapfte mit ihren edlen Stiefeln durch die feuchte, schwere Erde, schleppte zusammen mit dem dünnen Mädchen mit den kurzen Haaren Tontöpfe herum, karrte Blumenerde mit dem Schubkarren herbei und schien sich dabei köstlich zu amüsieren.

Während sich Schwester Josefa und Ida den Staudenbeeten zuwandten und die anderen damit beschäftigt waren, die Sämlinge aus dem Gewächshaus am Rande des Gartens in größere Töpfe zu pflanzen, hatte Fritzi die Aufgabe bekommen, sich zusammen mit Konrad und der verbissenen Margarete um die Kräuterschnecke zu kümmern. Sie sollten dort das Unkraut jäten, trockene Triebe der Pflanzen abschneiden, das Beet wieder mit frischer Erde auffüllen und die freien Flächen neu bepflanzen. Mit mäßiger Begeisterung betrachtete Fritzi ihr Aufgabengebiet für diesen Nachmittag. Gärtnern war nicht gerade das, was sie als ihre Leidenschaft bezeichnet hätte. Im Gegenteil. Sie hatte noch nie nachvollziehen können, warum so viele Menschen Freude daran hatten, mit den Händen in der Erde herumzuwühlen und sich dabei Kleidung, Knie und Rücken zu ruinieren. Von einer Kräuterschnecke hatte sie im Übrigen auch noch nie etwas gehört. Margarete klärte sie auf. Das Beet hieß deshalb so, weil es sich, von Natursteinen eingerahmt, spiralförmig nach oben wand und in den verschiedenen Etagen die einzelnen Vegetationszonen von feucht bis trocken nachbildete.

Von diesen Vegetationszonen war allerdings in dem Exemplar, dem sie sich widmen sollten, nicht mehr viel zu erkennen. Im Gegenteil, alles sah ziemlich verwildert und durcheinander aus – was daran lag, dass die

Schwester, die dafür zuständig war, schon über achtzig und daher nicht mehr »so gelenkig« war, wie Schwester Josefa mit einem entschuldigenden Lächeln gemeint hatte. Fritzi fragte sich, wie jemand über achtzig überhaupt noch die Energie aufbrachte, sich um ein Kräuterbeet zu kümmern. Achtzigjährige verband sie mit Dingen wie Hörgeräten, Schnabeltassen und Rollatoren, keinesfalls aber mit der soliden Schaufel, die sie nun in den Händen hielt. Konrad, Margarete und sie hatten beschlossen, dass die beiden die neuen Kräutersetzlinge sowie frische Erde vom Komposthaufen holen und sie einstweilen schon mit dem Unkrautjäten beginnen würde. Also kniete Fritzi sich seufzend auf das Brett, das vor ihr lag und ihre Hose schützen sollte, und begann, die Erde rund um einen riesigen, verholzten Kräuterstrauch aufzulockern und Grasbüschel, Löwenzahn und anderes undefinierbares Grünzeug aus der Erde zu ziehen. Während sie hackte und grub, in der Erde herumwühlte und an Wurzeln zerrte und dabei gehörig ins Schwitzen kam, fiel ihr ihre Großmutter Josefine ein. Sie war im vorletzten Jahr mit vierundneunzig Jahren gestorben und hatte bis dahin allein und ohne fremde Hilfe gelebt. Auch wenn Großmutter Josefine in den letzten Jahren schon ein wenig gebrechlich geworden war, mit achtzig wäre sie durchaus noch in der Lage gewesen, sich um ein Kräuterbeet zu kümmern. Wenn sie gewollt hätte …

Bei der Vorstellung musste Fritzi lächeln. Ihre Großmutter war Sängerin gewesen. Über dreißig Jahre lang hatte sie in Nachtclubs und Varietés gesungen und nebenbei bis wenige Jahre vor ihrem Tod noch als Garderobiere im Theater gearbeitet. Ihre ausgeprägte Vorliebe für auffallende Kleidung und ihr ziemlich schräger Humor hatten bei ihren seltenen Besuchen bei ihnen zu Hause immer für ein nervöses Lidzucken bei Fritzis Mutter gesorgt, vor allem wenn noch andere Gäste zugegen waren. Die Anspannung ihrer Mutter hatte sich auch auf Fritzi übertragen, doch in entgegengesetzter Weise: Sie stand ihrer Oma jedes Mal mit großem Einsatz bei, setzte bei einer spöttischen Bemerkung oder einem politisch unkorrekten Witz immer noch eins drauf und kleidete sich extra provokativ.

Noch lieber als diese hochexplosiven Treffen bei ihren Eltern mochte Fritzi es jedoch, wenn sie ihre Großmutter in der winzigen Dachwohnung in Haidhausen besuchte, wo sie Tee aus kitschigen Sammeltassen mit Rosen und Goldrand tranken, alte Platten von Hildegard Knef, Zarah Leander und den amerikanischen Bluessängerinnen aus den Sechzigern hörten, die ihre Oma so bewunderte, und Fritzi ihr ungestört das Herz ausschütten konnte. Diese Besuche hatte Fritzi bis zum Schluss beibehalten, auch wenn sie oft eigentlich gar keine Zeit dafür gehabt hatte. Manchmal waren sie auch zusammen in ein Jazzkonzert gegangen, dann war Großmutter Josefine ganz still geworden, hatte die Augen geschlossen, und ihre runzligen Hände hatten leise den Takt mitgeklopft. Ihre Großmutter hatte immer sehr viel Wert auf eine elegante Erscheinung gelegt. Nie wäre sie ohne Hut und Mantel aus dem Haus gegangen, und immer hatte sie lackierte Fingernägel gehabt. Noch wenige Tage vor ihrem Tod hatte Fritzi sie ihr im Farbton »Moulin Rouge«

lackiert, während sie Tee getrunken und Mackie Messer gehört hatten. Die einzige Pflanze, die Großmutter Josefine besessen hatte, war ein Kaktus auf der Fensterbank gewesen, und sie hätte im Leben nicht daran gedacht, in einem Kräuterbeet herumzuwühlen. Und das noch in einem Kloster!

Kloster und Großmutter Josefine, das passte ungefähr so zusammen wie Mackie Messer und die Wagneropern, die ihre Eltern zu Hause immer hörten. Mit »Pfaffen und Tabernakelwanzen« hatte ihre Großmutter Zeit ihres Lebens nichts zu schaffen gehabt. Würde sie noch leben, hätte Fritzi ihr von ihrem ungewöhnlichen Geburtstagsausflug erzählt, und sie hätten gemeinsam über Georgs absurde Idee lachen können. Sie hatten viel zusammen gelacht. Mit einem Mal wurde Fritzi klar, dass sie ihre Großmutter noch immer schmerzlich vermisste, obwohl sie nun schon fast zwei Jahre tot war. Sie vermisste die Besuche bei ihr, ihre Gespräche bei Tee und Piccolo, ihren forschen Blick, dem nichts entging, und die mitunter ziemlich schlüpfrigen Witze, mit denen sie Fritzis Mutter so oft zur Weißglut gebracht hatte.

Fritzi richtete sich auf und strich sich mit dem Handrücken über die feuchte Stirn. Obwohl sie ein enges Verhältnis zu ihrer Großmutter gehabt hatte, konnte sie sich merkwürdigerweise nicht daran erinnern, dass sie bei ihrem Tod geweint hatte. Natürlich war sie traurig gewesen, aber im Grunde war einfach alles so weitergegangen wie bisher. In der Arbeit hatte damals die blanke Hysterie geherrscht, ein großer Konzertveranstalter war pleitegegangen, und sie hatte alle Hände voll zu tun gehabt, die

Dinge wenigstens einigermaßen wieder ins Lot zu bekommen. Es war gar keine Zeit dafür gewesen zu trauern. Außer ihre Tochter Esther, die an einigen Abenden vor dem Schlafengehen bitterlich um ihre Uroma geweint hatte, und Georg, der Fritzis Großmutter ebenfalls sehr gemocht hatte, aber vom Naturell her nicht gerade der Ausbund an Emotionalität war, schien ihr Tod niemanden in der Familie besonders berührt zu haben. Und für Fritzis Freundeskreis, der vornehmlich aus jüngeren Arbeitskollegen von X-Music bestand, war der Tod einer so alten Frau ohnehin etwas vollkommen Belangloses. Fritzi hatte es daher auch nur beiläufig erwähnt, und die, die zuhörten, hatten es schon vergessen, kaum dass sie den Satz beendet gehabt hatte. Vierundneunzigjährige waren nicht Teil ihrer Welt. Man wunderte sich höchstens flüchtig, dass es so alte Menschen überhaupt noch gab, dass sie jemand kannte, jemand liebte. In ihrem eigenen Leben spielten sie keine Rolle, blitzten höchstens einmal am äußersten Winkel ihres Blickfeldes auf, um dann sofort wieder im toten Winkel des Bewusstseins zu verschwinden.

Und so war der Tod von Fritzis Großmutter auch an ihr selbst vorübergegangen, ohne dass sie um sie geweint hatte. Sogar bei der Beerdigung hatte Fritzi keine Träne vergossen. Fritzis Mutter hatte gegen den ausdrücklichen Willen der Großmutter ein kirchliches Begräbnis organisiert, wahrscheinlich als eine Art späte Rache gegen ihre Mutter, mit deren Lebenswandel sie zeitlebens auf Kriegsfuß gestanden hatte. Fritzi war deswegen so wütend auf ihre Mutter gewesen, dass sie lieber geschrien hätte, anstatt zu weinen. Doch auch das hatte sie gelassen. Stumm und steif war sie am Grab gestanden und hatte nichts empfunden. Es hatte sich angefühlt, als ob es sie gar nichts anginge, als ob sie lediglich bei der Beerdigung einer Fremden zusehen würde.

Jetzt, während sie erneut mit ihrer Schaufel auf eine widerspenstige Löwenzahnwurzel einhackte, füllten sich ihre Augen plötzlich mit Tränen, und ihr wurde klar, dass die große Lücke, die ihre Oma in ihrem Leben hinterlassen hatte, noch immer da war. Statt Tee und Sekt, rote Fingernägel, Mackie Messer und Sonntagnachmittage voller Gelächter gab es diesen leeren, kahlen Fleck in Fritzis Leben, und sie hatte bisher nie darüber nachgedacht, womit sie ihn füllen könnte. Wütend hackte sie so lange auf die Wurzel ein, bis sie in kleine Stücke zerteilt vor ihr lag und sie sie herausziehen konnte. Noch eine Wurzel, die sich nicht lösen wollte, ein Stein, der dort nicht hingehörte, abgestorbene Pflanzenreste, kleine Käfer, die eilig davonkrabbelten, eine Spinne, das leere Haus einer Schnecke. Fritzi verrutschte ihr Brett, grub und hackte an immer neuen Stellen, zog und zerrte Wurzeln heraus und schnitt die erfrorenen, vertrockneten Triebe des Winters von den Sträuchern. Die Nachmittagssonne brannte ihr ins Genick, ihr Gesicht glänzte feucht von Tränen und Schweiß, und die Luft war erfüllt vom Geruch nach Salbei und Minze.

Erst als sie im Eifer des Gefechts einen Regenwurm aus dem Beet schaufelte, hielt sie inne, hob ihn behutsam auf und setze ihn zurück in die krümelige, lockere Erde. Margarete und Konrad waren inzwischen zurückgekommen und hatten damit begonnen, die frische Erde in den bereits gejäteten Teil des Beetes zu füllen. Als Fritzi aufsah, lächelte ihr Margarete zu und sagte: »Sie sind ja schneller, als die Polizei erlaubt.«

Überrascht stellte Fritzi fest, dass sie sich über das unerwartete Lob freute. Sie erwiderte das Lächeln der sonst so streng wirkenden Frau und stand dann auf, um ihr und Konrad mit den Setzlingen zu helfen. Margarete schien sich gut auszukennen, sie wusste genau, welche Pflanzen wohin gehörten, und außerdem konnte sie eine Menge über deren Wirkungen und Heilkräfte erzählen. Sie zeigte Konrad, der sich sehr ungeschickt anstellte, wie tief die Pflanzen in die Erde gesetzt werden mussten und wie sie zu gießen waren, damit das Wasser die frische Erde nicht wieder wegschwemmte und die empfindlichen Wurzeln freilegte.

Fritzi hörte zu, arbeitete mit, so gut sie konnte, und erfuhr nebenbei, dass Konrad vor einem Jahr seine Arbeit als Drucker verloren hatte und seitdem arbeitslos war und Margarete fast vierzig Jahre in Argentinien gelebt hatte und erst jetzt, nach dem Tod ihres Mannes, wieder in ihre Heimat zurückgekehrt war.

»Ich mache hier für ein halbes Jahr Kloster auf Zeit, weil ich keinen Ort hatte, an den ich zurückkehren konnte«, erklärte sie überraschend freimütig, während sie einen kleinen Thymianstrauch in die mediterrane Etage der Kräuterschnecke pflanzte. »Ich war zwanzig, als ich Deutschland verlassen habe.« Sie schüttelte den Kopf. »So dumm und naiv, wie man nur mit zwanzig sein kann. Ich träumte von Abenteuern, von Gauchos, Pferden und der endlosen Pampa und bin mitten im Terror gelandet. Und bei einem Mann, der auf der falschen Seite stand. Er war Jahre im Gefängnis, ich wusste nicht einmal, ob er noch lebt. Und als er zurückkam ...« Sie sprach nicht weiter, schüttelte nur leicht den Kopf. Dann goss sie den Thymianstrauch behutsam und drückte die feuchte Erde um das Pflänzchen erneut fest. »Aber jetzt bin ich wieder da. Immerhin.«

Sie lächelte wieder, ein kleines Lächeln, dem man ansah, dass es bisher selten gebraucht worden war. Fritzi musterte die Frau verblüfft. Sie hatte sie für eine verbiesterte, alte Schrulle mit einem langweiligen, spießigen Vorstadtleben gehalten. Anscheinend hatte sie sich getäuscht. Sie hatte nicht viel Ahnung von Argentiniens Geschichte, doch dass dort jahrelang eine grausame Militärdiktatur und große politische und wirtschaftliche Unsicherheit geherrscht hatten, wusste sie. Spießig und langweilig schien Margaretes Leben jedenfalls nicht gewesen zu sein.

»Was werden Sie jetzt tun, ganz allein in Deutschland?«, fragte sie interessiert.

Margarete zuckte mit den Schultern. »Ich weiß nicht. Es wird sich etwas ergeben. Irgendetwas ergibt sich doch immer, nicht?«

Fritzi nickte, mehr automatisch als tatsächlich überzeugt, und wunderte sich, woher diese zugeknöpfte, ältliche Dame ihre Zuversicht nahm.

In diesem Moment trat Schwester Josefa hinter sie und erinnerte an den Nachmittagskaffee. Fritzi sah erst sie und dann das Beet verblüfft an. Waren denn tatsächlich schon zwei Stunden vergangen? Die Zeit schien hier anderen Regeln zu folgen als zu Hause. Genau wie heute Vormittag beim Malen, war ihr gar nicht bewusst gewesen, dass sie überhaupt verging. Es kam ihr so vor, als hätte sie mit dem Jäten und Graben gerade erst angefangen. Dabei hatten sie schon ganze Arbeit geleistet: Das ganze Beet war vom Unkraut befreit, mit Erde aufgefüllt und sauber geharkt, und die sorgfältig gestutzten Kräuterstauden leuchteten frisch in allen Grünschattierungen. Dank Margarete waren auch die neuen Pflänzchen schon alle an ihrem Platz, nur ganz oben, an der trockensten Stelle der Kräuterschnecke, wo Margarete gerade den Thymian plaziert hatte, warteten ein paar Kräuter in kleinen Töpfen noch darauf, ebenfalls eingepflanzt zu werden: Lorbeer, Lavendel und Rosmarin.

Margarete und Konrad standen bei Schwester Josefas Worten auf und klopften sich die Erde von den Händen. Nur Fritzi zögerte. »Ich würde das gerne noch fertig machen«, sagte sie dann. »Ich verzichte auf den Kaffee.«

Schwester Josefa nickte lächelnd. »Natürlich, wie du magst. Du kannst dir aber auch eine Tasse und Kuchen mit nach draußen nehmen.«

Fritzi nickte, folgte der Schwester nach drinnen und kam fünf Minuten später mit einer Tasse Kaffee und zwei dick mit Zucker bestreuten Butterkuchen zurück, während die anderen gerade erst in Richtung Speisesaal gingen. Juli und Constanze warfen ihr einen überraschten Blick zu, doch sie grinste nur. Im Garten setzte sie sich auf die Bank neben der Kräuterspirale, trank schnell ihren Kaffee aus, aß mit wenigen Bissen ein Stück Butterkuchen und machte sich noch einmal an die Arbeit. Nach einer guten halben Stunde war sie fertig. Sie goß noch einmal den frisch eingepflanzten Lorbeer, die Lavendelstöcke und den Rosmarin, zupfte ein paar übersehene alte Blätter von dem großen Salbeistrauch und setzte zuletzt die abgebrochenen und heruntergefallenen Steine wieder an ihren Platz. Dann ging Fritzi stolz um das Beet herum, während sie den zweiten Butterkuchen aß. So etwas könnte man auch im Garten von Georgs Villa machen, überlegte sie. Neben dem großen alten Buchsbaum, da würde sich so eine Kräuterschnecke gut machen … Sie stockte. Das durfte sie nicht vorschlagen. Am Ende würde Georg noch denken, dass sie ihre Meinung geändert hätte.

Nachdenklich rieb Fritzi sich die Zucker- und Erdkrümel von den Händen. Auch wenn sie mit Großmutter Josefine über die Schnapsidee dieses Klosteraufenthalts und über die Idee, dort zu gärtnern, herzlich gelacht hätte: Es war gar nicht so übel gewesen, eine Weile in der Erde zu wühlen. Plötzlich kamen ihr Zweifel, ob ihre Großmutter es tatsächlich so absurd gefunden hätte. Vielleicht täuschte sie da ihre Erinnerung? Großmutter Josefine hatte oft sehr erstaunliche Ansichten darüber gehabt, was einem guttat und was nicht, und wartete mitunter mit sehr ungewöhnlichen Rezepten auf. Bei Liebeskummer riet sie Fritzi zum Beispiel immer, einen Kuchen zu backen, was dazu führte, dass Fritzi in ihren Teenagerjahren eine stattliche Anzahl Kuchenrezepte kennenlernte und bei Partys immer die Nachspeise beisteuern konnte. Bei Ärger mit ihren Eltern oder in der

Schule schleppte sie ihre Enkelin meist in das Theater, in dem sie als Garderobiere arbeitete und jederzeit hineinschlüpfen konnte. Dann saßen sie still auf den hinteren Rängen und schauten bei den Proben zu oder ließen den Blick über die leere Bühne schweifen, und ihre Großmutter erzählte Fritzi von den Aufführungen und den Schauspielern, die sie kannte. Später, als Fritzi etwas älter und ihr Liebeskummer, ihr Zorn auf ihre Eltern und ihre Ratlosigkeit immer größer wurden, nahm ihre Großmutter sie kurzerhand abends in den Club mit, in dem sie früher gesungen hatte. Dort wurde ihre Großmutter von allen, die sie noch von früher kannten, nur Josie genannt und mit Küsschen begrüßt, und während sie an der Bar mit ihren alten Bekannten über frühere Zeiten plauderte, hörte Fritzi meist den jungen, unbekannten Musikern zu, die jetzt hier auftraten. Auch wenn Fritzi nicht sagen konnte, wie genau Kuchenbacken, leere Theater und Konzerte gegen Liebeskummer, Elternstress und sonstige Unpässlichkeiten halfen, die Rezepte ihrer Großmutter wirkten jedes Mal. Sie öffneten Fenster, wo Fritzi in ihrer Wut und ihrem Ärger keine gesehen hatte, und die Welt fühlte sich danach wieder größer an. Vielleicht lag es aber auch daran, dass Großmutter Josefine einfach immer rückhaltlos hinter Fritzi gestanden hatte. Sie hatte an Fritzi geglaubt, egal wie verrückt ihre Ideen und Einfälle auch gewesen waren. Wie hatte sie das nur vergessen können?

Lautes Rufen riss Fritzi aus ihren Erinnerungen. Überrascht drehte sie sich um. Juli und Constanze lehnten sich aus einem der Fenster im Erdgeschoss des Klostergebäudes und winkten ihr zu. Fritzi erinnerte sich, dass das Speisezimmer zum Garten hinausging. Sie winkte zurück und sah, wie Juli ihr Handy zückte und ein Foto machte.

»Das muss festgehalten werden!«, rief sie ihr zu und kicherte. »Fritzi Engel, das IT-Girl von X-Music höchst inspiriert bei der Gartenarbeit. Es lebe die Brennnessel, der Löwenzahn und der Giersch, hipp, hipp, hurra!«

Constanze und Juli lachten so sehr, dass sie sich krümmten und ihre Köpfe für einen Moment verschwanden, und Fritzi schüttelte den Kopf.

»Ihr seid so bescheuert«, rief sie zurück, doch dann musste sie auch lachen.

Einatmen, ausatmen. Fritzis Hände kribbelten. Sie hatte beim Unkrautjäten in die Brennnesseln gegriffen, und jetzt flammte der Schmerz erneut auf. Die Wand vor ihren Augen kräuselte sich, wie schon heute Morgen, doch jetzt hatte sie einen grünlichen Schimmer. Kam das von dem Nachmittag im Garten? Wenn sie in Georgs Villa im Sommer vor der Tür saßen auf ihren wackeligen Gartenstühlen und Kaffee tranken und dann ins Haus gingen, war sie in den ersten Momenten immer fast blind. Das helle Sonnenlicht führte dazu, dass ihr das Haus stockdunkel vorkam – wie eine Schachtel mit ein paar Luftlöchern, in die man Maikäfer sperrte.

Bertino, der langjährige Freund ihrer Großmutter, hatte ihr einmal von einem seiner Ausflüge irgendwohin eine Schuhschachtel voller Maikäfer mitgebracht. Als sie den Deckel hob, war dort, zwischen welken Kastanienblättern, ein unheimliches Kratzen und Scharren gewesen, und sie hatte vor Schreck die Schachtel fallen lassen. Bertino hatte halb tadelnd, halb belustigt, wie es seine Art war, mit der Zunge geschnalzt und die Maikäfer wieder eingesammelt. Danach hatte er ihr mit einem Lächeln behutsam einen der großen Käfer auf die Hand gesetzt.

»Ein Müller«, hatte er sie in seinem seltsamen Deutsch aufgeklärt und auf den pudrigen Rücken gedeutet. Der Maikäfer war auf ihrer Hand herumgekrabbelt, und sie hatte mit einer Mischung aus Grauen und Faszination die kräftigen, mit Widerhaken besetzten Beine gespürt. Später waren Großmutter und Bertino mit ihr in den Englischen Garten gegangen und hatten die Maikäfer dort ausgesetzt. Es war das einzige Mal gewesen, dass sie Maikäfer gesehen hatte. Gab es sie überhaupt noch?

Einatmen, ausatmen. Wie kam sie jetzt auf Maikäfer? Und auf Bertino? Sie hatte schon lange nicht mehr an den Freund ihrer Großmutter gedacht, der gestorben war, als sie siebzehn war. Ein Herr unbestimmter Herkunft, so hatte sich Fritzis Mutter immer ausgedrückt, wenn von ihm die Rede gewesen war, und dabei missbilligend die Lippen gespitzt. Fritzi erinnerte sich an die zweifarbigen, glänzenden Schuhe und das groß karierte Jackett, das er immer getragen hatte, zusammen mit einer dünnen, gestrickten Krawatte. Besonders fasziniert hatten Fritzi jedoch Bertinos Goldzähne, die man bewundern konnte, wenn er lächelte. Und er lächelte viel.

Fritzi kannte ihn von klein auf, da er oft bei ihrer Großmutter war, wenn sie sie besuchen kam. Bertino war gut zehn Jahre jünger als Großmutter Josefine und in ihren Nachtclubzeiten ihr Musikpartner gewesen. Wohl auch noch mehr als das, so genau wusste man das aber nicht. Jedenfalls hatte er ihre Großmutter bei ihren Auftritten immer am Klavier begleitet. Bertino rauchte gelbliche Zigaretten ohne Filter und trank mit Fritzis Großmutter Kirschlikör und sandigen Mokka aus kleinen Tassen. Er sprach eine abenteuerliche Mischung aus Französisch und Italienisch, gebrochenem Deutsch und noch eine andere, merkwürdige Sprache, die fast wie Latein klang. Seine Augen waren schwarz wie der Mokka, den er trank, aber sie blickten freundlich und warmherzig drein, und er machte ständig Scherze. Im Gegensatz zu ihrer Großmutter, die offenbar keine Mühe hatte, Bertinos Kauderwelsch zu verstehen und sich immer vor Lachen bog, verstand Fritzi meist nur die Hälfte von seinen Witzen, sie fand aber bereits den Klang seiner Stimme und seine ulkigen Ausdrücke so komisch, dass es nicht wichtig war, was genau er gesagt hatte.

Einatmen, ausatmen. Fritzi mochte nicht an Bertino denken. Es war nicht gut, ständig in Erinnerungen herumzuwühlen wie in nasser, schwerer Erde. Es machte traurig, und sie wollte nicht traurig sein. Alles, nur das nicht. Bertino und ihre Großmutter waren beide längst tot, und das Leben war weitergegangen. Alte Geschichten muss man ruhen lassen. Abhaken. Vergessen. Fritzi rutschte unruhig auf ihrem Sitzkissen hin und her.

Nicht denken. Darauf kam es beim Meditieren an, hatte Schwester Josefa erklärt. Leer werden. Fritzis Kopf dagegen fühlte sich an, als ob er mit jeder reglosen Minute, in der sie hier saß und die Wand anstarrte, voller würde. Er füllte sich mit Dingen, an die sie schon seit Jahren nicht mehr gedacht hatte. Ihre Fingerkuppen kribbelten jetzt heftiger, und sie presste sie aneinander. Auch ihr Nacken kribbelte, nein, er brannte eher. Wahrscheinlich hatte sie sich bei dieser Gartenaktion einen Sonnenbrand geholt. Einatmen, ausatmen.

Unvermittelt fiel ihr ein längst vergessen geglaubter Ausflug mit ihrer Großmutter und Bertino ein. Sie war etwa acht Jahre alt gewesen, und sie waren zu dritt in Bertinos altem Renault 4 an den Starnberger See gefahren und hatten ein Ruderboot gemietet. Während Bertino ruderte und ihre Großmutter auf der Rückbank saß, hatte sich Fritzi ganz vorne am Bug auf den Bauch gelegt, das Kinn auf die Arme gestützt und auf das glitzernde Wasser geblickt, das unter ihr dahinfloss. Ab und zu, wenn sie eine kleine Welle kreuzten, wurde ihr Gesicht nass gespritzt. Sie hätte ewig so dahingleiten können, das leise Klatschen der Ruder und das friedliche Gemurmel von Bertino und ihrer Großmutter im Ohr, die Sonne, heiß in ihrem Nacken und auf ihren Armen. Später waren sie noch in ein feines Restaurant am See gegangen und hatten Fisch gegessen. Eine Kapelle hatte gespielt, und Bertino und ihre Großmutter, die damals Anfang sechzig gewesen war, hatten nach dem Essen auf der Terrasse Tango getanzt. Fritzi hatte auf der Terrassenmauer gesessen und ihnen zugesehen. Sie konnte sich plötzlich wieder genau an diesen Moment erinnern, spürte das leichte Brennen auf ihrem sonnenverbrannten Nacken, die Wärme der Mauersteine unter ihren nackten Beinen, sah das bunte Licht der Lampions, den flackernden

Schein der Windlichter auf den Tischen und hörte die schwebende, leicht schwermütige und unendlich glücklich machende Musik. Sie erinnerte sich sogar an die Gänsehaut, die sie dabei bekommen hatte. Die Musik hatte sie zutiefst berührt, obwohl sie erst acht Jahre alt gewesen war und keine Ahnung von Piazzolla und Tango und solchen Dingen gehabt hatte.

Damals, in diesem Moment auf der Mauer, hatte sie beschlossen, einmal genau so zu werden wie ihre Großmutter. Sie wollte auch so elegant tanzen können, in einem Sommerkleid mit großen Blumen, einen Freund mit kariertem Jackett und zweifarbigen, spitzen Schuhen haben, dessen Lächeln wie Gold glänzte. Und sie wollte vor allem eines: Sie wollte singen können wie ihre Großmutter, deren Lieder manchmal so lustig klangen, dass man sich dazu am liebsten immerzu im Kreis drehen wollte, und manchmal so seltsam traurig, dass man Gänsehaut bekam und gleichzeitig weinen und lachen wollte, genau wie bei der Musik an jenem Abend. Sie wollte all die glänzenden Kleider tragen, die ihre Großmutter im Kleiderschrank unter staubigen Plastikhüllen aufbewahrte und die wie tausend Sterne glitzerten, wenn man darüberstrich, roten Lippenstift, Zigarettenspitzen und hohe Schuhe und all ihre Lieder singen. Gleich am nächsten Morgen hatte sie ihren Eltern begeistert von ihren Zukunftsplänen erzählt, und ihre Mutter hatte sie so entsetzt angesehen, dass ihr sofort klargeworden war, dass es ein Fehler gewesen war, darüber zu reden. Sie hatte es nie wieder erwähnt, schon aus Angst davor, dass ihre Eltern ihr vielleicht verbieten könnten, weitere

Ausflüge mit Großmutter Josefine und Bertino zu machen.

Irgendwann dann, als sie älter wurde, verschwand der Traum aus ihrem Bewusstsein, wie auch die Traummänner in ihrer Phantasie bald nichts mehr mit einem kleinen dunklen Mann mit buntem Jackett, Goldzähnen und spitzen Schuhen gemein hatten. Trotzdem blieben Bertino und ihre Großmutter ihre Vertrauten und engsten Verbündeten, etwas, was sie vor allem in der Pubertät dringend nötig gehabt hatte.

Einatmen, ausatmen. Fritzi zwinkerte, als die weiße Wand vor ihren Augen verschwamm. Warum fiel ihr das nun wieder ein? Ein alberner Traum, den sie mit acht gehabt und an den sie seitdem nie wieder gedacht hatte. Der ungefähr so realistisch war wie der Wunsch kleiner Mädchen, Prinzessin zu werden. Sie zwinkerte heftiger und wischte sich verstohlen über die Augen. Dieses Kloster tat ihr nicht gut.

Als sie sich nach der Meditation zum Abendbrot im Speisezimmer trafen, fühlte sich Fritzi wie erschlagen, und sie hätte nicht zu sagen gewusst, ob es von der ungewohnten Gartenarbeit oder von den vielen seltsamen Gedanken herrührte, die sie neuerdings wie aus dem Nichts überfielen. Sie hatte keine Lust zu reden, und hätte sie nicht solchen Hunger gehabt, wäre sie ohne Umwege sofort ins Bett gegangen. Es schien jedoch niemandem aufzufallen, wie schweigsam und nachdenklich sie war.

Constanze widmete sich mit der für sie typischen Konzentration dem Essen, und Juli und Elisabeth redeten noch immer über ihre Arbeit am Nachmittag. Fritzi warf einen Blick zu Margarete hinüber, die mit Konrad, Ida und Nelly an einem Tisch saß, und dachte darüber nach, was sie heute so unerwartet über sie erfahren hatte. Die Dinge waren oft nicht so, wie sie schienen. Man hatte eine Meinung von einer Sache, hielt sie für gut begründet, und dann stellte sich plötzlich heraus, dass alles ganz anders war. Sie schaute Elisabeth zu, wie sie herzhaft in ihr Brot biss und nebenbei mit Juli über den richtigen Schnitt von Hortensienbüschen redete. Sie wirkte so gesund und kräftig, geradezu ein Ausbund an Energie, und doch tummelten sich auf ihren Bildern Dämonen und schwarze Löcher.

Hatte jeder von ihnen womöglich so ein Geheimnis? Dämonen, die sie plagten? Ein schwarzes Loch? Fritzi fiel Elisabeths Bemerkung zu der Sonne wieder ein, die sie heute Morgen gemalt hatte, und ihre Frage, was sie darunter versteckte. Es war ihr so absurd vorgekommen, etwas unter einer gemalten Sonne verstecken zu wollen, aber wenn sie jetzt so darüber nachdachte, konnte es sein, dass sie womöglich den Verlust ihrer Großmutter, ihre Trauer um sie und die Lücke, die sie hinterlassen hatte, immer weggeschoben, versteckt hatte? Ihr wurde ein wenig unbehaglich zumute. Über solche Dinge wollte sie nicht nachdenken. Womöglich verbargen sich noch andere Geheimnisse irgendwo unter gelben Sonnen und bunten Kringeln. Sie nahm sich noch ein Brot, bestrich es dick mit Butter und biss hinein. Draußen war es dunkel geworden, und durch das Fenster konnte man einen einzelnen Stern sehen. Den Abendstern.

»Woran denkst du?«, fragte Constanze, und Fritzi

fuhr herum. Sie spürte, wie ihr Gesicht heiß wurde. Trotzdem sagte sie ehrlich: »Ich habe an meine Großmutter gedacht.«

»Großmutter Josefine?«, fragte Constanze nach. Sie hatte Fritzis Oma ebenso wie Juli auch gekannt. Fritzi nickte.

»Wie geht es ihr? Sie muss doch jetzt schon über neunzig sein ...«, rechnete Constanze nach.

»Sie ist tot«, unterbrach Fritzi sie. Constanze konnte das nicht wissen. Sie hatten sich ja schon so lange nicht mehr gesehen.

»Oh, das tut mir leid!« Constanze sah ehrlich betroffen aus.

Fritzi sagte in einem vergeblichen Versuch, das Mitleid ihrer Freundin abzuwehren: »Sie ist schon vor zwei Jahren gestorben.«

Constanze warf Juli, die ihrem Gespräch gefolgt war, einen fragenden Blick zu, doch diese schüttelte den Kopf. »Ich war auch nicht auf der Beerdigung«, sagte sie leise.

Fritzi hatte Juli damals nicht sofort Bescheid gesagt, sondern erst einige Wochen später, eher nebenbei, als sie sich wieder einmal getroffen hatten und alles schon vorüber gewesen war. Warum sie das gemacht hatte, konnte sie sich plötzlich nicht mehr erklären. Ihre beiden Freundinnen hatten Großmutter Josefine immer gerne gemocht, und ab und zu waren sie auch alle drei bei ihr und Bertino zum Tee eingeladen gewesen. Sie hätten es verdient gehabt, über die Beerdigung informiert zu werden. Eine Welle der Scham überkam Fritzi. Und des Bedauerns.

Wenn ihre beiden alten Freundinnen damals dabei gewesen wären, wäre sie nicht kalt und starr, wie zu Eis erstarrt am offenen Grab gestanden. Sie hätte weinen können. Sie hätten zu dritt weinen können. Sie biss sich auf die Lippen. Es war doch längst vorbei. Zwei Jahre! Eine Ewigkeit. Ihr Kinn begann zu zittern, und als Constanze tröstend eine Hand auf ihren Arm legte, war es um ihre Beherrschung geschehen. Fritzi schluchzte auf und begann, ungeachtet der Kursteilnehmer am Nebentisch, zu heulen wie ein Kind.

Als sie an diesem Abend mit ihren Freundinnen den Speiseraum verließ und sie gemeinsam stumm durch das dunkle Treppenhaus nach oben gingen, war ihr Schweigen ein anderes als noch am Morgen, als sie nach dem Streit beim Frühstück fast voreinander geflüchtet waren. Es trennte sie nicht mehr, sondern war vielmehr eine einträchtige Stille, die getragen war von gemeinsamen Erinnerungen, und fast schien es so, als sei ein klein wenig der Verbundenheit jener fernen Tage ihrer Studentenzeit, in denen sie zusammen erwachsen geworden waren, zu ihnen zurückgekehrt.

Elftes Kapitel

Am nächsten Morgen wurde Fritzi von hohem, fast unwirklich klingendem Gesang geweckt. Sie brauchte eine Weile, um die schwebenden Stimmen, den wirren Traum, den sie gerade gehabt hatte, und die ungewohnte Umgebung miteinander in Einklang zu bringen, und setzte sich dann abrupt auf. Es war noch dunkel im Zimmer. Ein Blick auf die Uhr sagte ihr, dass es erst kurz nach fünf war. Sie stieg aus dem Bett und fröstelte. Die Heizung lief nicht. Offenbar hatte man sie während der Nacht abgestellt. Sie zog sich einen Pullover über ihren Pyjama, schlüpfte barfuß in ihre Schuhe und öffnete die Tür einen Spalt. Der Gesang wurde lauter. Er schien jedoch nicht von rechts, von der Treppe her zu kommen, an deren Absatz noch immer oder schon wieder die Kerze brannte, sondern von links, also von dort, wo der Flur eigentlich endete. Verwundert trat Fritzi in den Gang hinaus. Sie konnte sich nicht erklären, woher aus dieser Richtung Gesang kommen sollte? Neben ihrem eigenen Zimmer gab es auf dieser Seite des Flurs nur noch Julis und Constanzes Zimmer, dann war Schluss. Auf der gegenüberliegenden Seite befand sich zwar noch eine Tür, doch sie führte in die Gästebibliothek, wo man sich längst aus der Mode gekommene Unterhaltungsromane und geistliche Literatur ausleihen und aktuelle Tageszeitungen lesen konnte. Sie sah trotzdem kurz hinein, aber der Raum war erwartungsgemäß leer, es roch nur nach altem Papier und Bohnerwachs, und der Gesang wurde wieder schwächer.

Zurück auf dem Flur, drehte sich Fritzi einmal langsam um die eigene Achse und lauschte angestrengt. Die Töne schienen direkt aus der Wand am Ende des Flurs zu kommen, was bei den dicken Klostermauern schwer vorstellbar war. Als Fritzi näher trat, nahm sie zunächst nur die kleine Kommode mit der Schale voller Trockenblumen an der Wand wahr. Die kannte sie schon, doch als sie sie musterte, fiel ihr daneben plötzlich eine Türklinke auf. Suchend ließ sie ihren Blick über die Wand streifen – tatsächlich, hier befand sich eine niedrige Tür, die, weiß gestrichen, übergangslos in die glatte Wand eingelassen und daher kaum zu sehen war. Und von dort heraus drangen die Stimmen. Vorsichtig drückte Fritzi die Klinke nach unten. Die Tür öffnete sich lautlos, und der Gesang schwoll an. Fritzi schlich hinein und sah sich im Halbdunkel um. Sie befand sich auf einer kleinen versteckten Galerie, die wie ein steinernes Vogelnest ganz oben an der Wand klebte. Über ihr wölbte sich eine kunstvoll mit Ornamenten und Stuck verzierte Decke, von der aus ein paar pausbäckige Putten keck auf sie heruntersahen. Fritzi trat zur hüfthohen Brüstung und spähte vorsichtig hinunter. Ihr wurde fast ein wenig schwindlig, als sie sah, wie hoch oben sie sich tatsächlich befand.

Sie war durch diese versteckte Tür in der Kirche gelandet! Unten, im Schein weniger Kerzen auf dem Altar, saßen sich in einem dunklen und engen Chorgestühl die Ordensschwestern gegenüber und sangen, offenbar begleitet von einem Harmonium, das Fritzi von ihrem Platz aus jedoch nicht sehen konnte. Sie zählte neunundzwanzig Schwestern, von denen einige schon sehr gebrechlich wirkten und zusammengesunken wie kleine Vögel an einem eisigen Wintertag auf ihren Plätzen hockten. Ihr gemeinsamer Wechselgesang aber füllte die gesamte Kirche kraftvoll aus. Fritzi verstand kein Wort von dem, was gesungen wurde, und auch die Melodie klang fremd und ungewohnt. Fasziniert blieb sie in ihrem Versteck und hörte zu.

Erst nach einer Weile stutzte sie. War unter den hohen Frauenstimmen etwa eine Männerstimme herauszuhören? Das konnte doch nicht sein, sie musste sich täuschen. Erneut spähte sie nach unten und entdeckte tatsächlich etwas entfernt vom Altar auf den einfachen Holzbänken, die der Gemeinde vorbehalten waren, eine weitere, einsame Gestalt. Es war Konrad. Er wurde auf seinem Platz vom Licht der Kerzen kaum mehr erfasst, doch seine Stimme war deutlich zu hören. Kräftig und sanft zugleich durchdrang sie den hohen Gesang der Frauen mühelos, und Fritzi war vollkommen perplex. Konrad, der arbeitslose Drucker, konnte singen? Noch dazu so sagenhaft schön?

Irgendwann verebbte der Gesang, und die Nonnen

standen langsam eine nach der anderen auf und verließen die Kirche durch eine Tür im Altarraum. Fritzi warf noch einmal einen Blick nach unten, doch von Konrad war bereits nichts mehr zu sehen. Erst da riss auch sie sich los und ging fröstelnd zurück auf ihr Zimmer. Es war kurz nach halb sechs. Gedankenverloren setzte sie sich auf ihr zerwühltes Bett und schaute aus dem Fenster. Es war noch dunkel, doch ganz im Osten, über dem See, ließ ein feiner perlgrauer Streif am Horizont bereits erahnen, dass bald die Sonne aufgehen würde.

Als ihre Freundinnen an der Tür klopften, um sie zur Meditation abzuholen, saß Fritzi noch immer reglos auf dem Bett und dachte nach. Sie hatte komplett die Zeit vergessen. Hastig sprang sie auf, um sich anzuziehen. Trotz ihrer Eile kamen sie etwas zu spät, Schwester Josefa und die anderen erwarteten sie bereits schweigend und konzentriert. Leise schlichen sie in Socken auf ihre Plätze. Es war kühl und dämmrig in dem hohen Raum, und die Stille hüllte sie ein wie eine schützende Decke. Anders als bei ihren letzten Meditationsversuchen fühlte sich Fritzi dieses Mal sofort wohl, als sie sich eine bequeme Position auf dem ihr nun schon vertrauten Sitzkissen suchte und ruhig zu atmen begann. Es schien ihr, als fügten sich die Dinge um sie herum mit jedem Atemzug in ihre ihnen eigene, absolute Ordnung. Jede Person im Raum, ihre Freundinnen, Konrad, Margarete und die anderen, Schwester Josefa und jedes Ding um sie herum, die Sitzkissen, die akkurat quadratisch ausgerichteten Wolldecken auf dem Holzboden, die Kerze in der Mitte, alles schien in diesem Moment am rechten Platz zu sein, und Fritzi überkam ein tiefes Gefühl von Frieden. Einatmen, ausatmen. Die Wand vor ihren Augen blieb unbewegt im grauen Morgendämmerlicht, nichts kräuselte sich, keine Muster entstanden, es war einfach nur eine Wand. Zeit war unwichtig, und auch die Gedanken schwiegen. In Fritzis Kopf entstand ein leiser Ton, noch einer und noch einer. Sie hörte den Gesang der Schwestern aus der Kapelle noch einmal, ein zarter Wiederklang, die hohen Stimmen schwebten leise in der Stille. Einatmen, ausatmen.

Beim Frühstück war sie schweigsam. Etwas in ihr war heute Morgen in Bewegung geraten, und sie wusste nicht, wie sie es einordnen sollte. Nachdenklich belegte sie ihre Semmel mit mehreren Scheiben Käse und biss davon ab. Der gesunde Appetit, der sie seit dem ersten Klostertag gepackt hatte, hielt noch immer an. Er war fast noch stärker geworden. Sie freute sich jedes Mal, wenn Essenszeit war.

Juli betrachtete sie prüfend. »Geht es dir gut? Bist du noch traurig wegen deiner Oma?«

Fritzi schüttelte den Kopf. »Nein.« Sie lächelte verlegen. »Es hat mir gutgetan, gestern.«

Juli nickte. »Mir auch«, gestand sie. »Ich hätte fast mitgeweint.«

»Hast du heute Morgen eigentlich verschlafen, oder warum warst du so spät dran?«, wollte Constanze wissen.

»Nein, im Gegenteil. Ich war schon längst wach, aber ich hatte irgendwie die Zeit vergessen.« Fritzi zögerte, dann sagte sie: »Die Nonnen haben mich geweckt. Sie haben gesungen. Habt ihr sie denn nicht gehört?«

Beide schüttelten den Kopf.

»Gesungen? Wann? Wo denn?«, fragte Juli überrascht nach.

»Um fünf. In der Kirche.« Fritzi sah ihre Freundinnen an, plötzlich unsicher, ob sie überhaupt davon erzählen sollte. »Es gibt in unserem Flur einen versteckten Zugang zur Kirche, er führt auf eine Empore ganz oben, fast schon an der Decke. Ich habe ihnen von dort aus zugehört …« Sie verstummte.

»Ja, und?« Constanze runzelte die Stirn. »War es wenigstens schön?«

Fritzi nickte langsam und lächelte in der Erinnerung daran. »Wunderschön. Und stellt euch vor, wer noch da war.« Ihre Stimme senkte sich zu einem Flüstern. »Konrad!«

»Was?«, rief Juli, und Constanze entschlüpfte ein überraschtes: »Unser Klemmi?«

»Scht!«, mahnte Juli. »Er kann dich doch hören!« Sie warf einen unauffälligen Blick zum Nebentisch, wo Konrad und ein paar andere frühstückten und sich leise murmelnd unterhielten.

»Er hat eine phantastische Stimme«, sagte Fritzi. »Wie ein ausgebildeter Sänger.« Ihre Miene wurde schuldbewusst. »Und ich habe ihn für einen Totalversager gehalten.«

»Na ja …«, sagte Constanze, »das ist er ja vielleicht trotzdem, auch wenn er singen kann …«

Fritzi schüttelte eigensinnig den Kopf. »Nein. Ich habe ihm unrecht getan.« Sie warf einen bekümmerten Blick zu Konrad hinüber.

»Aber er weiß es doch gar nicht«, wandte Juli ganz vernünftig ein.

»Trotzdem. Ich dachte ...« Sie zögerte, dann platzte plötzlich aus ihr heraus, was ihr schon die ganze Zeit im Kopf herumging: »Ich ... ich war immer der Meinung, ich hätte bisher alles richtig gemacht in meinem Leben ... Nicht so wie zum Beispiel einer wie Konrad, über den man sich lustig macht, weil er schüchtern und verklemmt auf seinen Händen sitzt, wenn er redet, sein Hemd bis zum Hals zuknöpft, Birkenstocksandalen mit Tennissocken trägt und fiese dunkle Kreuze mit Strahlenkranz malt, wenn man ihn nach seiner Seele fragt ...« Sie schluckte. »Als ich ihn da heute Morgen zusammen mit den Schwestern singen gehört habe, ist mir aufgegangen, dass das vielleicht gar nicht stimmt. Dass eigentlich *ich* diejenige bin, über die man sich lustig machen könnte. Weil mir nur dumme, bunte Kringel einfallen, wenn es um meine Seele geht, weil ich nämlich lauter dummen Dingen hinterherrenne und dabei langsam alt werde und noch nichts von dem gemacht habe, was mir wichtig ist ...« In ihren Augen glitzerten jetzt Tränen. Constanze griff nach der Kaffeekanne, goss allen Kaffee nach und sagte dann energisch: »Mensch, Fritzi, jetzt mach mal halblang, du wirst vierzig, nicht achtzig. Du hast doch noch eine Menge vor dir.«

Fritzi lächelte etwas gezwungen. »Ja, ich weiß, es ist wirklich albern ...«

»Nein, ist es nicht.« Juli schüttelte den Kopf und sah Fritzi aufmerksam an. »Was ist dir denn wichtig?«, fragte sie.

Fritzi zuckte mit den Schultern. »Ich weiß es eigentlich gar nicht genau. Das ist ja das Problem. Ich habe mir noch nie die Zeit genommen, darüber nachzudenken. Ich dachte immer, das alles ist nur der Anfang. Später kann ich mir immer noch Gedanken darüber machen, was mir wirklich wichtig ist.« Ihre Stimme war plötzlich wieder heiser geworden. Sie räusperte sich und fuhr leise fort: »Aber *später* ist längst da. Es ist schon fast wieder vorbei. Versteht ihr? Es gibt gar kein *Später*. Es gibt nur jetzt und dann, plötzlich ist man alt, und man kann nur noch bereuen, was man alles nicht gemacht hat.«

Sie deutete auf ihren leeren Teller und sah dann ihre Freundinnen unglücklich an. »Ich esse für mein Leben gern und verbiete mir ständig alle guten Sachen, um nur ja nicht dick zu werden. Ich liebe es, morgens gemütlich zu frühstücken und Zeitung zu lesen und habe es trotzdem seit einer Ewigkeit nicht mehr gemacht. Und das liegt nicht nur daran, dass ich zu spät aufstehe und keine Zeit habe, wie ich gestern zu euch gesagt habe. Die Wahrheit ist, ich bekomme beim bloßen Gedanken an meine Arbeit Magenkrämpfe, jeden einzelnen Morgen, und wenn ich dann im Büro Double-Zero-Änna auf der Kante ihres Schreibtisches sitzen sehe, wie sie in ihr riesiges Scheißtelefon quasselt und dabei so affektiert mit den Fingern wackelt und mit ihren Wimpern klimpert, würde ich am liebsten kotzen.« Ihre heisere Stimme klang gequält, als sie wieder lauter werdend fortfuhr: »Ich kann auch all diese achtzehnjährigen Milchbubis und Tussis aus den Castingshows nicht mehr ertragen, die mit einem einzigen, miesen Song mehr Geld verdienen als ich und

Georg in zehn Leben zusammen. Und die dann denken, ihnen gehört die Welt, dabei können sie ein A nicht von einem C unterscheiden und halten eine Tonleiter für etwas, was man im Baumarkt kauft.« Sie nahm sich eine Breze und biss hinein, während ihr nun zornige Tränen über das Gesicht rannen. »Und als ich heute Morgen die Nonnen gehört habe, und dann auch noch Konrad, diesen absolut unscheinbaren, verklemmten Typen, und ihre wunderbaren Stimmen, mit denen sie nur für sich allein singen oder für Gott oder was weiß ich, und die nie irgendjemand hört, da habe ich plötzlich gedacht, ich kann es keinen Tag länger bei X-Music aushalten.«

Fritzi verstummte. Sie war überrascht von ihren eigenen Worten. Hatte ihr die Arbeit nicht immer Spaß gemacht? Mit kreativen, interessanten Menschen zu arbeiten, mit Musik zu tun zu haben, aufregende Orte zu sehen, das war doch immer ihr Traum gewesen. Davon hatte sie auch jedes Mal geschwärmt, wenn das Gespräch auf ihren Job kam, und damit hatte sie ihre Arbeit auch gegenüber ihrem Mann verteidigt, wenn er hin und wieder vorsichtig anmerkte, dass sie zu viel unterwegs und seiner Ansicht nach zu gestresst war. Ihre momentane Verstimmung hatte sie nur Änna zugeschoben, die man ihr vor die Nase gesetzt hatte. Doch jetzt begriff sie, dass das offensichtlich nicht das einzige Problem war, dass sie schon viel länger unglücklich war. Hasste sie ihre Arbeit wirklich so sehr? Warum war ihr das noch nie aufgefallen?

Juli und Constanze sahen sie auch ziemlich verblüfft an.

»Ich dachte ...«, begann Juli zögernd und verstummte dann wieder. Nach einer Weile sagte sie leise: »Ich war immer neidisch auf dich. Weil du so eine coole, aufregende Arbeit hast.«

Fritzi lachte ein wenig. »Alle haben mich immer bewundert deswegen. Weil ich Mick Jagger kenne und so ...« Sie seufzte. »Alles Blödsinn. Ich kenne ihn überhaupt nicht. Und wenn, wär es mir scheißegal.«

»Dann hör doch auf«, sagte Constanze.

Fritzi sah sie erschrocken an. »Nein. Das kann ich nicht.«

»Warum nicht?«

»Weil ... das geht nicht so einfach.«

»Doch. Das geht so einfach. Willst du bis zur Rente morgens Magenschmerzen haben, Kaffee für irgendwelche Trullas kochen, die dich herumkommandieren, und dabei noch nicht mal Mick Jagger kennenlernen dürfen?«

»Aber«, wandte Fritzi nervös ein, »ich kann doch nicht den einzigen Job aufgeben, den ich jemals hatte. Den noch dazu alle toll finden. Vielleicht mache *ich* ja etwas falsch? Vielleicht liegt es ja an mir und ich muss mich nur mehr anstrengen?«

»Du kannst dich anstrengen, wie du willst, es wird dir nichts nützen«, gab Constanze brutal zurück. »Wenn Double-Zero-Änna dich nicht mehr braucht, wird sie dich schneller vor die Tür setzen, als du *toller Job* sagen kannst.«

Juli nickte. »Constanze hat recht.«

»Aber ... es geht nicht!« Fritzi wurde rot. »Wir brauchen das Geld. Unsere Wohnung mitten in der Stadt ist wirklich schweineteuer, und Georg verdient nicht so viel als Dozent ...«

Constanze sah sie lange an und schwieg. Dann, nach einer Weile, sagte sie: »Das ist das Problem, oder? Du willst gar nichts ändern. Weil Georg so gar nicht auf Karriere aus ist, musst wenigstens du die glitzernde, erfolgreiche Fassade aufrechterhalten. Schon wegen deinen Eltern.«

Fritzi schluckte. Constanze hatte Fritzis Eltern nie gemocht. Reiche Snobs und intellektuelle Angeber hatte sie einmal gnadenlos geurteilt, als Fritzi ihr erzählt hatte, wie sie sich über einen ihrer damaligen Freunde lustig gemacht hatten, weil er keine Ahnung von klassischer Musik und noch nie etwas von Georg Baselitz gehört hatte. Damals hatte Fritzi ihr uneingeschränkt recht gegeben. Doch das war zwanzig Jahre her. Und dieser Freund war tatsächlich eine Niete gewesen. Mit ihren heutigen Problemen hatte das nichts zu tun! Und vor allem hatte es nichts mit Georg zu tun. Immerhin arbeitete er auch der Uni. Genauso wie Fritzis Vater, der Mathematikprofessor war und einen Lehrstuhl in München und in Zürich gehabt hatte. Nun ja. Fast so.

Im Gegensatz zu Georg, der tatsächlich noch nie den Ehrgeiz gehabt hatte, auf der Karriereleiter auch nur einen Schritt weiter nach oben zu steigen, sondern am liebsten seine Ruhe hatte, war ihr Vater noch heute, wo er längst emeritiert war, hochangesehen, wurde ständig zu Kongressen und Vorträgen in der ganzen Welt eingeladen und hatte mehrere Bücher geschrieben. Fritzi hatte plötzlich den spöttischen Ton ihres Vaters im Ohr, wie er

Georg nach seinen »Steinzeitschnecken« fragte und dann kaum zuhörte, wenn ihm Georg etwas über seine Arbeit erzählte. Oder das nervöse Lachen ihrer Mutter, als Georg ihr einmal zum Geburtstag einen selbstgebauten Miniaturdinosaurier geschenkt hatte, der danach nie wieder irgendwo in ihrem Hochglanzhaus in Bogenhausen zu sehen gewesen war.

Mit Fritzis Arbeit ließ es sich da schon besser brüsten, auch wenn sie nicht gerade intellektuell zu nennen war. Aber es hatte immerhin Glamour, wenn ihre Mutter zu ihren Freundinnen im Kunstverein sagen konnte: Friederike ist mit XY in New York, London, Paris, Moskau oder aber – sehr beliebt – sie muss mit Elton John essen gehen. Einige der Freundinnen von Fritzis Mutter schwärmten nämlich für Elton John, und deshalb ging Fritzi nach den Angaben ihrer Mutter ständig mit ihm essen. Tatsächlich war sie ein einziges Mal bei einem Essen mit Elton John dabei gewesen. Nach einem Konzert, zusammen mit zwanzig anderen, und sie hatten kein einziges Wort miteinander gewechselt.

Fritzi senkte den Kopf. Sie wollte etwas erwidern, wollte Constanze widersprechen, doch sie schwieg. Vielleicht lag tatsächlich ein Fünkchen Wahrheit in dem, was ihre Freundin gesagt hatte, und darüber musste sie erst nachdenken.

Als die alte Nonne von gestern hereinkam, standen sie auf und stellten ihr Geschirr auf den Servierwagen. Wieder waren sie die letzten beim Frühstück. Während Juli und Constanze schon voraus auf ihre Zimmer gingen, blieb Fritzi noch zurück, vornehmlich, um ihre Serviette etwas ordentlicher als gestern in die Tasche zu befördern. Sie faltete konzentriert, und nach einigen Versuchen gelang es ihr leidlich. Danach sah sie der alten Nonne noch eine Weile zu, wie sie die Tische abwischte, die Stühle zusammenrückte und sich schließlich mit dem Servierwagen auf den Weg in die Küche machte. Sie war klein und ziemlich rund, und bei jeder Bewegung raschelte ihr Gewand. Als die Schwester sich in der Tür noch einmal umdrehte und Fritzi unschlüssig mitten im Raum stehen sah, fragte sie: »Hättet Sie noch was 'braucht?«

Fritzi schüttelte verlegen den Kopf. »Nein danke, ich wollte nur … äh …« Sie zögerte. Vielleicht lag es an dem freundlichen Allgäuer Dialekt der Ordensschwester, der sie an einen Urlaub in ihrer Kindheit erinnerte, wo sie mit ihrer Großmutter in die Schwäbische Alb gefahren war, oder vielleicht lag es einfach an ihrer aufgewühlten Stimmung, dass sie das Bedürfnis hatte, mit der Schwester zu sprechen. »Ich … habe Ihnen und den anderen Schwestern heute Morgen in der Kirche beim Singen zugehört. Das war sehr schön.« Sie verstummte, wusste nicht mehr weiter.

Die Apfelbäckchen der Nonne glänzten rot, als sie lächelte. »Des war die Laudes. Sie singet auch gern, oder?«

Fritzi schüttelte heftig den Kopf. »Nein, nein!« Dann ergänzte sie: »Nicht mehr.« Sie dachte an Julis Zeichnung und war sich plötzlich ganz sicher, dass es eine Rose gewesen war. Eine blaue Rose. Leise fuhr sie fort: »Früher habe ich gesungen. Im Studium. Wir hatten eine Band …«

Das Lächeln der Nonne wurde breiter. »I hab au immer gsunga. Schon als jungs Mädla im Chor und auf

Jugendfreizeiten. Singa duat der Seele guat. Warum singet Sie nimmer?«

Fritzi wurde heiß. Sie wollte nicht antworten. Warum zum Teufel hatte sie nur damit angefangen? Die alte Schwester stand noch immer da, offensichtlich wartete sie auf eine Antwort. Fritzi wand sich unbehaglich. »Weil ... ich ... weiß nicht ...«, stammelte sie und schaute zu Boden. »Das war nur dummes Zeug, was wir da gemacht hatten, und ...« Sie zuckte mit den Schultern, und ein heftiger Anfall von Trauer überkam sie. »Wir sind erwachsen geworden. Und da haben wir aufgehört.«

Die Schwester lachte laut auf. »Du liabe Zeit. I bin scho viel länger erwachsen als Sie, Mädla, und i sing au noch.« Sie griff wieder nach ihrem Servierwagen. »Um fünf isch Veschper. Da kommet Sie in die Kirch' und singet a bissle mit. Wird Ihnen a Freud' machen. Wartet Sie an der Tür zur Klausur, und i hol Sie ab.« Sie nickte Fritzi abschließend zu und verschwand in der Küche. Das Geschirr klirrte leise, als sie den Wagen mit einem energischen Stoß über die Türschwelle schob.

»Nein«, rief Fritzi ihr nach, und prompt wurde ihre Stimme wieder heiser. »Nein, ich kann das nicht ...«

Niemand antwortete. Die Nonne hatte die Küchentür bereits geschlossen. Dahinter war leises Reden und das Klappern von Geschirr zu hören. Fritzi wäre ihr am liebsten nachgelaufen, um ihr zu erklären, warum sie nicht kommen konnte, doch die geschlossene Tür war eine Grenze, die sie nicht zu überschreiten wagte. Fast überkam sie so etwas wie Neid auf die alte Ordensschwester, die einfach die Tür hinter sich schließen konnte. Ihr Gesicht war voller Lachfalten gewesen, so als gäbe es in einem Kloster eine Menge zu lachen.

Zumindest wusste man, anders als im normalen Leben, als Nonne, wo man hingehörte und was man zu tun hatte. Die Schwester hatte nicht den Eindruck gemacht, als würde sie lange darüber nachgrübeln, wohin ihr Weg sie führen würde, was sie versäumte oder welche Entscheidungen sie am nächsten Tag zu treffen hatte. Und vierzig zu werden war sicher auch kein Problem für sie gewesen. Fritzi warf noch einen letzten Blick auf die geschlossene Tür, dann drehte sie sich abrupt um und verließ den Speisesaal.

Zwölftes Kapitel

An diesem Vormittag verkündete Schwester Josefa, mit dem ganzen Kurs hinunter zum See gehen zu wollen. Sie gab ihnen Bleistifte und einfach gebundene, kleine Skizzenblöcke mit wenigen Seiten und bat sie zu zeichnen, was ihnen in den Sinn kam. »Einen Grashalm, einen Stein, einen Gedanken, egal was«, schlug sie fröhlich vor und marschierte festen Schrittes voraus.

»Einen Gedanken zeichnen, du meine Güte«, flüsterte Constanze, während sie im Gänsemarsch hinter der Nonne herliefen, »das ist ja noch schlimmer, als meiner Seele zuzuhören.«

Juli kicherte. »Dieses Mal musst du es aber nicht herzeigen.«

Constanze nickte nachdrücklich. »Gott sei Dank.«

Auch Fritzi war erleichtert. Schwester Josefa hatte ihnen gesagt, dass die Zeichnungen anschließend nicht wie gestern in der Gruppe angeschaut werden würden.

»Das ist nur etwas für euch allein. Seht es als euer Geheimnis an.«

Als sie unten am See angekommen waren, verteilten sie sich am Ufer. Sie hatten zwei Stunden Zeit. Fritzi folgte einem Trampelpfad, der schnurgerade am dichten Schilfgürtel des Sees entlangführte, und machte erst halt, als sie eine Stelle fand, an der sich das Schilf zurückgezogen hatte und sie direkt zum See gehen konnte. Dort setzte sie sich unter einen Baum, dessen herabhängende Äste bis ins Wasser hingen. Durch die Blätter schien ihr die Sonne warm ins Gesicht, und sie musste gegen das Licht blinzeln. Nach einer Weile schlug sie den Skizzenblock auf und starrte unschlüssig auf das weiße Papier. Constanze hatte recht. Einen Gedanken zu zeichnen, das klang furchteinflößend kompliziert. Es kam ihr so ähnlich vor wie die Aufforderung, leer zu werden und dabei eine halbe Stunde lang die Wand anzuschauen, während die Gedanken nur so auf einen einstürmten. Jetzt dagegen, wo sie ihren Gedanken freien Lauf lassen durfte, fiel ihr natürlich partout nichts ein. Sie versuchte sich an einem Ast mit Blättern, der direkt vor ihrer Nase hing, doch es gelang ihr nicht, ihn so zu zeichnen, dass er auch wie ein Ast mit Blättern aussah. Einen Moment lang war sie versucht, das Papier herauszureißen, dann dachte sie an Schwester Josefa, die sie gebeten hatte, nichts von dem, was sie hier machte, wegzuwerfen, und sie ließ es bleiben. War ja egal. Sie musste ihre hölzerne, ungelenke Astzeichnung ja ohnehin niemandem zeigen.

Sie hob den Kopf und sah sich um. Etwas von ihr entfernt, ebenfalls unter einem Baum, saß Juli auf einer Bank und rauchte. Ihr Blick war abwesend, offenbar dachte sie konzentriert über etwas nach. Schließlich öffnete sie ihr

Heft und begann, die Zigarette noch in der linken Hand, mit schnellen Strichen zu zeichnen. Fritzi wunderte sich. Früher war eher sie immer diejenige mit den kreativen Einfällen gewesen. Offenbar hatte sich das mittlerweile grundlegend geändert.

Constanze und die anderen waren nicht zu sehen. Offenbar hatten sie eine andere Richtung eingeschlagen. Fritzi erinnerte sich, dass sie Constanze zusammen mit dem blassen Mädchen in Richtung der Bootshäuser hatte gehen sehen und sich flüchtig darüber gewundert hatte. Warum gingen sie zu zweit? Sollte nicht jeder für sich einen Platz finden, wo er ungestört war? Und überhaupt, warum tat sich Constanze ausgerechnet mit dieser Nelly zusammen? Sie hatten gestern auch zusammen gegärtnert, was sie schon gewundert hatte, denn Constanze war nicht der Typ, der schnell Freundschaften schloss.

Fritzis Blick wanderte über den See, der heute freundlich und glatt im Sonnenlicht lag. Sie machte ein paar Striche in ihr Heft, versuchte, den Gebirgszug am anderen Ufer nachzuzeichnen, und gab es dann auf. Stattdessen fiel ihr das Gespräch beim Frühstück wieder ein. Hatte Constanze recht gehabt mit dem, was sie über ihre Eltern und ihr Festhalten an der Arbeit gesagt hatte? Vielleicht. Jeder fand ihre Arbeit toll. Sie selbst hatte immer von so etwas geträumt, hatte es sich inspirierend vorgestellt, mit vielen unterschiedlichen Musikern zusammen zu sein, und tatsächlich hatte sie auch wirklich einige sehr interessante Menschen kennengelernt, und bei ein paar von ihnen war sogar ein engerer Kontakt entstanden. Allerdings waren es nicht die Großen, nicht die, mit denen ihre Mutter angeben könnte.

Sie konnte nicht einfach aufhören.

Sie hatte Angst.

Ihr Herz begann stärker zu klopfen, als sie darüber nachdachte. Sie hatte Angst, einen Fehler zu begehen, etwas falsch zu machen …

Wobei, falsch in wessen Augen?, fragte sie sich plötzlich. Wer entscheidet das denn? Sie kritzelte auf ihrem Block herum, schrieb das Wort FALSCH darauf, verzierte es mit Schnörkeln, malte lange Gräser und dünne Ranken darum. Es war nur ein Wort. Es hatte keine Macht. Sie kritzelte weiter, dachte an Juli und ihre blaue Blume und an ihr Gespräch heute Morgen mit der Nonne, und ihr fiel plötzlich jenes alte Lied ein, *ihr* altes Lied, dieser ganz besondere Song, der erste, den sie für ihre Band selbst geschrieben hatte. Sie hielt inne und wunderte sich, dass sie noch jedes Wort und jede Note davon im Kopf hatte, und kritzelte dann weiter.

Als die Glocken des Klosters zwölf Uhr schlugen, hob sie überrascht den Kopf. Zwei Stunden waren vergangen, und sie hatte nichts als das Wort FALSCH und unzählige Schnörkel und Kringel gezeichnet. War das möglich? Sie sah sich ihren Block an und hatte keine Ahnung, was das Gekritzel darstellen sollte. Stattdessen erinnerte sie sich genau an jeden einzelnen Ton, den sie beim Zeichnen im Kopf gehabt hatte. Es war wie heute Morgen bei der Meditation, als sie den Gesang der Nonnen noch im Ohr hatte und an nichts anderes denken konnte. Diese sanften, fließenden Linien hier, das war der Refrain, und die kleinen zarten Kreise gehörten ganz klar zur zweiten Strophe, wo der Rhythmus und die Klangfarbe wechselte.

Fritzis Finger strichen verblüfft über das rauhe Papier. Vielleicht war es so, dass sie zwar weder Gedanken noch Äste zeichnen konnte, dafür aber Lieder? Ein leises Kribbeln breitete sich in der Magengegend aus. So viele Lieder hatte sie geschrieben, damals, vor hundert Jahren, als sie, Juli und Constanze noch nicht zu erwachsen gewesen waren, um verrückte Dinge zu tun. Kein einziges davon war übrig geblieben. Fritzi hatte sie alle verbrannt, als sie von Passau nach München zurückgegangen war. Ein helles, schnelles Feuer an der Isar war es gewesen, einmal aufgelodert und dann rasch in sich zusammengesackt, und es war nichts übrig geblieben, nur Asche und ein schreckliches Gefühl von Einsamkeit. Sie klappte ihr Heft zu und stand auf.

Constanze ging allein zum Kloster zurück. Nelly war nicht mitgekommen. Als die Kirchenglocken zwölf geläutet hatten und Constanze von ihrem sonnigen Platz an der Seeseite des Bootshauses aufgestanden war, um sich auf den Weg zurück zu machen, war sie sitzen geblieben, den Rücken gegen die verwitterten Holzplanken gelehnt und die Knie angezogen. Sie hatte ihr blasses Gesicht in die Sonne gestreckt und gemeint, sie hätte keinen Hunger. Constanze hatte es so verstanden, dass sie allein sein wollte. Es war ihr recht. Nelly machte sie irgendwie nervös, und sie wusste nicht, warum. Sie verstand auch nicht, warum sie trotzdem ihre Nähe suchte, von dem Moment an, als sich am ersten Abend in der Dorfwirtschaft ihre Blicke getroffen hatten. Es beunruhigte sie, denn Nelly hatte etwas an sich, was ihren Schutzwall, den sie sich so mühsam geschaffen hatte, bedrohte. Sie war direkt, ohne aufdringlich zu sein, wirkte unbekümmert und gleichzeitig unglaublich verletzlich. Constanze hatte ständig das Gefühl, sie beschützen zu müssen, und wusste nicht, wovor. Sie kannte die junge Frau ja gar nicht, wusste nichts von ihr. Auch heute hatte sie nichts preisgegeben, außer dass sie aus München stammte, einige Semester Kunst in Berlin studiert hatte und jetzt wieder in München wohnte.

Constanze hatte ihre üblichen Lügen erzählt, mit knappen Worten ihre Arbeit beschrieben, doch ihr war dabei fast übel geworden. Am liebsten hätte sie Nelly die Wahrheit gesagt. Alles schonungslos vor ihr ausgebreitet. Es wäre viel leichter gewesen, mit einer Fremden darüber zu reden, die man nach diesem Wochenende nie wieder sah, als mit Juli und Fritzi, aber am Ende hatte sie es doch nicht getan. Und dennoch: Ihr Panzer hatte Risse bekommen, sie spürte es, jedes Mal, wenn sie Nellys dunkle Augen auf sich ruhen sah, und das machte ihr Angst. Kurz vor dem letzten Anstieg zum Kloster fiel ihr Blick auf das Skizzenheft in ihrer Hand. Es war noch jungfräulich weiß. Sie hatte überhaupt nicht mehr daran gedacht, etwas zu zeichnen. Nelly hatte den ganzen Raum in ihr eingenommen.

Juli saß rauchend auf der Mauer vor dem Kloster, als sie ihre beiden Freundinnen kommen sah. Sie kamen von verschiedenen Seiten des Sees, Fritzis roter Haarschopf leuchtete schon von weitem, und Constanze ging wie üblich forsch und geradlinig, ohne nach links und nach rechts zu schauen. Sie selbst war früher zurückgegangen, um die Gelegenheit zu nutzen, ungestört ihren Mann anzurufen, doch er war nicht ans Telefon gegangen. Wahrscheinlich war er gerade unterwegs, versuchte sie sich zu beruhigen, auf dem Motorrad hörte man das Handy nicht klingeln, doch es half nicht wirklich. Sie wusste nämlich, warum er nicht ans Telefon ging. Er wollte nicht mit ihr reden, weil sie sich vor seiner Abfahrt gestritten hatten. Eigentlich war es lächerlich gewesen, doch der Streit hatte in eisigem Schweigen geendet und dazu geführt, dass Tom auf dem Sofa im Arbeitszimmer geschlafen hatte. Es war um den Rotwein gegangen, den ihre Eltern mit ein paar Freunden ausgetrunken hatten.

Juli und Tom teilten sich seit einigen Jahren mit Julis Eltern ein Doppelhaus am Stadtrand von München, und ihre Eltern waren der Ansicht, das bedeute, dass man praktisch zusammen wohnte. Sie hatten überhaupt keinen Sinn für Privatsphäre. An jenem Tag hatten sie überraschend Besuch bekommen, und als die Getränke ausgingen, war ihr Vater in Julis und Toms Keller gegangen, um Nachschub zu holen. Da war doch nichts dabei? Er würde eben wieder ein paar Flaschen nachkaufen.

Doch es war ein ganz besonderer Wein darunter gewesen, aus Juli und Toms altem Lieblingsweinladen, und Tom war extra durch die ganze Stadt gefahren, um ihn zu kaufen. Früher hatten sie dort gleich um die Ecke gewohnt, in einer kleinen Altbauwohnung direkt über der ersten Buchhandlung Schatz, dem Stammhaus ihres Unternehmens. Juli hatte damals noch studiert, nebenbei aber schon dort gearbeitet, und Tom hatte in einem Restaurant in der Nähe gekocht. Sie waren oft nach ihrem Feierabend dort gesessen, immer wenn Tom freihatte oder eine halbe Stunde erübrigen konnte, um zu reden und ein Glas Wein zu trinken. Vor ein paar Tagen hatte er Juli eine Flasche ihres Lieblingsweins mitgebracht, um an diese alten Zeiten zu erinnern, wie er lächelnd gemeint hatte. An Zeiten, in denen sie noch keine Doppelhaushälfte mit Gartenanteil am Stadtrand besessen hatten und Juli noch davon geträumt hatte, Bücher-Schatz zu leiten und dem Geschäft ein neues, eigenes Gesicht zu verpassen. Zeiten, in denen Tom noch nicht von sieben bis fünf in der Werkskantine gearbeitet hatte, sondern ihr um zwei Uhr morgens ein Stück Lammcarré vom Salzwiesenlamm mitbrachte und sie sich anschließend auf dem Küchentisch liebten.

Als Tom am Abend, nachdem ihre Eltern den Wein genommen hatten, die leere Flasche neben der Mülltonne gesehen hatte, war er so wütend geworden, wie Juli ihn noch nie erlebt hatte. Sie hatten einen lautstarken Streit gehabt, in dessen Verlauf Tom die leere Flasche, die er wie ein Beweisstück ins Haus mitgebracht hatte, in der Küche auf den Boden geworfen hatte, wo sie in tausend Scherben zersplittert war. Die Kinder hatten zu weinen begonnen, und Julis Mutter hatte angerufen und gefragt, was denn das für ein Lärm sei.

»Wenigstens ruft sie nur an und kommt nicht selbst rüber«, hatte Juli halb scherzhaft, halb resigniert gemeint, während sie die Scherben zusammenklaubte und gleichzeitig versuchte, die Kinder zu trösten. Tom war nicht darauf eingegangen, sondern war nur dagestanden und hatte ihr schweigend zugesehen. Dann war er ohne ein weiteres Wort ins Arbeitszimmer gegangen und nicht wieder aufgetaucht. Am nächsten Morgen hatte Juli schon vor dem Frühstück das Motorrad gehört. Zuvor hatte sie ihn in den Kinderzimmern leise murmeln hören. Von ihr hatte er sich nicht verabschiedet.

Juli zündete sich eine weitere Zigarette an, während sie auf die anderen wartete. Für Schokoriegel hatte sie kein Kleingeld mehr, die restlichen Münzen wollte sie sich für das Münztelefon aufheben. Sie hatte sich etwas vorgemacht. Sie und Tom waren längst nicht so glücklich, wie sie gestern beim Frühstück behauptet hatte. Nicht mehr. Constanze hatte recht gehabt mit ihren Vorwürfen, sie hatte recht gehabt damit, dass sie sich kleinmachte. Juli schlug ihr Skizzenheft auf, sah sich die akribischen Zeichnungen an, jede Seite war übersät mit Möbel- und Raumentwürfen, Bücherlisten, Stichpunkten, Stoff- und Tapetenmustern, Schriftzügen, Zahlen und dicken Ausrufezeichen.

Doch was Constanze nicht wusste, war, dass es einmal einen Grund dafür gegeben hatte, sich klein zu fühlen, einen Grund dafür, warum sie sich damals von ihrem Traum, Bücher-Schatz zu leiten, verabschiedet hatte. Allerdings war sie sich jetzt plötzlich nicht mehr sicher, ob dieser Grund überhaupt noch von Bedeutung war oder ob er vielmehr nur noch als Vorwand diente, weil ihr inzwischen, in all den Jahren, etwas anderes abhandengekommen war. Etwas, das sie früher so selbstverständlich besessen hatte, dass sie gar nicht darüber nachgedacht hatte: Mut. Sie hatte einfach viel zu viel Angst, um etwas in ihrem Leben zu verändern.

Als Fritzi und Constanze nun zusammen die Treppe heraufkamen, klappte sie hastig den Block zu. Es würde schon werden. Tom hörte das Telefon gerade nicht, und spätestens wenn er wieder zu Hause war, konnten sie noch einmal reden, und dann würde alles wieder gut werden. Sie waren doch noch glücklich. Irgendwie. Sie winkte den beiden zu und versuchte ein Lächeln, das offenbar überzeugend ausfiel, denn beide lächelten zurück. Das wenigstens konnte sie gut: lächeln, während um sie herum die Welt in Trümmer fiel.

Dreizehntes Kapitel

Als sie sich nach dem Mittagessen wieder im Malzimmer versammelt hatten, schlug Schwester Josefa vor, aus den Dingen, die jeder von ihnen heute Morgen spontan und für sich gezeichnet hatte, nun ein Gesamtbild entstehen zu lassen. Sie teilte wieder große, feste Bögen Papier aus, und rasch wurde es still im Raum. Irgendwann schlug die Kirchturmuhr drei Mal. Ein Auto kam den Berg zum Kloster hinauf, wendete und entfernte sich wieder, vor der Tür hörte man Schritte, und irgendwo klirrte leise Geschirr. Doch keiner der Anwesenden ließ sich davon ablenken – alle saßen konzentriert vor ihren Blättern, die Köpfe gebeugt, und malten. Erst als Schwester Josefa um vier verkündete, dass die Zeit um war, legte Fritzi erschöpft ihren Pinsel weg und streckte sich. Sie hatte das Gefühl, aus einer Trance zu erwachen. Dieses Mal hatte sie sich keinen einzigen Gedanken erlaubt, keinen Zweifel und kein Zögern, ganz gleich, was dabei herauskommen würde.

Sie sah zu ihren Freundinnen. Julis dichte blonde Haare waren verstrubbelt, sie hatte vor Aufregung rote

Wangen, und ihre Augen leuchteten. Fritzi lächelte ihr kurz zu und warf dann einen flüchtigen Blick zu Constanze.

Auch Constanze sah verändert aus, aber anders als Juli schien sie die Zeit nicht genossen zu haben. Im Gegenteil. Sie saß wie versteinert auf ihrem Stuhl und starrte auf ihr Bild. Ihr Gesicht war ungewohnt blass, fast fahl, und ihre Augen waren verdächtig rot umrändert. Als Schwester Josefa vorschlug, jetzt eine kleine Kaffeepause einzulegen und erst danach über die einzelnen Bilder zu sprechen, stand Constanze so abrupt auf, dass ihr Stuhl nach hinten umfiel. Sie verließ den Raum, ohne ihre Freundinnen anzusehen. Durch das allgemein einsetzende Stühlerücken fiel den anderen Teilnehmern Constanzes Flucht nicht weiter auf, doch Juli und Fritzi blickten ihr erschrocken nach. Wie abgesprochen gingen sie zu Constanzes Platz, an dem ihr Bild offen dalag. Eine ganze Weile sahen sie es nur an. Dann warf Fritzi einen unbehaglichen Blick zu Juli, die ihre eben noch gesunde Gesichtsfarbe schlagartig verloren hatte.

»Was soll das bedeuten?«, flüsterte Juli und deutete mit einer fahrigen Handbewegung auf das große Papier, auf dem die Farbe noch immer feucht glänzte. »Das ... das ist ...« Sie verstummte ratlos.

Fritzi zuckte hilflos mit den Schultern, ihr Blick ebenfalls auf das Papier gerichtet. »Das ist ziemlich beunruhigend, würde ich sagen.«

Juli nickte langsam. Constanzes Bild war größtenteils schwarz. Voller scharfer Striche, die sich, wie mit einem

Messer gezogen, kreuz und quer über das Papier zogen und teilweise sogar darüber hinaus auf dem Tisch fortsetzten, so als sei es Constanze unmöglich gewesen, vorher innezuhalten. Dazwischen gab es rote Flecken, mit so großer Gewalt aufgebracht, dass das feuchte Papier teilweise unter dem Druck gerissen war.

»Da war jemand aber richtig wütend.«

Juli und Fritzi fuhren herum. Hinter ihnen stand Nelly. Fritzi machte rasch einen Schritt nach links und stand nun schützend vor dem Bild. Sie sah Nelly kühl an.

»Und was geht dich das an?«, fragte sie scharf.

Die junge Frau hob beschwichtigend die Arme. »Oh, Entschuldigung. War nicht so gemeint.« Sie zuckte mit den Achseln und ging hinaus.

Fritzi sah ihr misstrauisch nach. »Was mischt die sich denn da ein?«, murrte sie.

»Sie hat sich nicht eingemischt.« Juli betrachtete noch immer das Bild.

»Ach, nicht?«

»Nein. Sie hat einfach nur einen Kommentar abgegeben.«

»Einen blöden Kommentar.«

»Von mir aus einen blöden Kommentar. Aber sie hat doch recht.«

»Wie meinst du das?« Fritzi runzelte die Stirn.

»Na ja, es stimmt doch, dass Constanze offenbar unglaublich wütend ist, und wir haben keine Ahnung, warum. Wir haben es nicht einmal bemerkt.«

Fritzi nickte langsam. »Meinst du, es hat etwas mit uns

zu tun ...?«, fragte sie zögernd. »Ist sie sauer auf eine von uns?«

Juli schüttelte zweifelnd den Kopf. »Glaub ich nicht. Also, nicht dass wir so fehlerlos wären ... Aber das da ist doch etwas anderes.« Sie deutete unbehaglich auf Constanzes Bild und fuhr fort: »Das ist mehr als nur *sauer* sein.«

»Wir müssen sie fragen«, sagte Fritzi. »Komm, wir gehen zu ihr.«

Doch Constanze war nicht in ihrem Zimmer, wie sie gedacht hatten. Es war abgesperrt, und auch auf ihr Klopfen meldete sich niemand.

»Vielleicht ist sie wieder spazieren gegangen?«, vermutete Juli.

»Sollen wir sie draußen suchen?«

»Ich weiß nicht.«

Fritzi und Juli sahen sich ratlos an, und schließlich gingen sie, noch immer unschlüssig, wieder hinunter. Doch kaum traten sie in den Flur, in dem die Kaffeepause stattfand, blieben sie überrascht stehen. An einem der weißen Bartische stand Constanze und unterhielt sich mit Nelly und Elisabeth. Als sie näher kamen, wandte sich Constanze vom Tisch ab und kam auf sie zu.

»Hey, wo wart ihr denn?«

»Wo warst du denn?«, platzten Fritzi und Juli fast synchron heraus. »Du bist einfach verschwunden, und dann haben wir dein Bild gesehen ...«, begann Fritzi, brach ab und fügte lediglich hinzu. »Wir haben uns Sorgen gemacht.«

Constanze winkte ab. »Sorgen? Wegen des Bildes? Aber warum denn?« Sie sah ehrlich verwundert aus.

»Na hör mal!«, rief Juli empört. »Es sah aus, als würdest du gleich jemanden killen wollen!«

Constanze lachte. »Also bitte. Man wird sich ja wohl mal ein bisschen austoben dürfen, oder? Ist das nicht Sinn dieses Kurses? Die Gefühle rauslassen?«

»Aber … wenn das auf dem Bild deine Gefühle sind, dann weiß ich nicht so recht, ob das so gesund ist …« Juli machte ein zweifelndes Gesicht.

»Wer sagt das denn?«

»Was?«

»Dass das meine Gefühle sind?«

»Na du! Du hast doch gerade gesagt …«, sagte Juli verwirrt, doch Fritzi unterbrach sie: »Soll das etwa heißen, du hast nur so getan? Einfach nur Quatsch gemacht?«

»Bingo!«, erwiderte Constanze und zeigte ihr den ausgestreckten Daumen. »Du hast es erfasst.«

Juli und Fritzi starrten sie an. Dann schüttelte Fritzi langsam den Kopf: »Das glaube ich nicht …«, murmelte sie.

»Glaubst du im Ernst, ich würde hier vor diesen ganzen schrägen Typen irgendetwas von meinen Gefühlen preisgeben, nur weil mir diese pseudopsychologische Klosterschwester einen Pinsel in die Hand drückt?« Constanze tippte sich mit dem Finger an die Stirn.

Juli starrte sie noch immer an. »Du bist also gar nicht wütend? Auf niemanden?«, fragte sie, erst jetzt begreifend.

»Richtig!« Constanze tätschelte Julis Arm. »Aber lieb von euch, dass ihr euch Sorgen um mich gemacht habt.«

Juli zog den Arm weg. »Du bist manchmal wirklich bescheuert!«

Constanze nickte. »Ja, ich weiß.« Dann hakte sie sich bei Fritzi und Juli unter und sagte besänftigend: »Kommt, lasst uns reingehen und hören, was Schwester Josefa zu unseren Bildern zu sagen hat.«

Doch Juli schüttelte Constanzes Hand abermals ab. »Du findest dich wohl supercool, oder?«, fauchte sie unvermittelt. »Ist dir eigentlich klar, dass du damit andere Leute, die die Sache ernster nehmen, saublöd dastehen lässt?«

»Hey, jetzt komm mal wieder runter«, erwiderte Constanze und sah Juli gereizt an. »Was gehen mich die anderen an? Das ist doch meine Sache …«

»Das ist genau dein Problem! Alles ist immer nur deine Sache, geht niemanden etwas an, alles ist nur Fassade. Und wie sich andere dabei fühlen, ist dir scheißegal. Weißt du was? Ich finde dich zum Kotzen!« Juli war laut geworden, und ihre Augen funkelten vor Zorn. Elisabeth und ein paar andere sahen neugierig zu ihnen herüber. Doch Juli wandte sich ohne ein weiteres Wort ab und ging zurück in den Zeichenraum.

Constanze blickte ihr verwundert nach und sah dann Fritzi an. »Was ist denn mit unserem Lämmchen passiert? Hast du sie schon mal so wütend gesehen?«

Fritzi schüttelte den Kopf. »Nein«, sagte sie nachdenklich: »Ehrlich gesagt, kann ich mich nicht erinnern, Juli überhaupt je wütend gesehen zu haben.«

Constanze nickte. »Ich auch nicht. Und jetzt regt sie sich plötzlich wegen so eines Blödsinns auf.«

»Das war kein Blödsinn«, widersprach Fritzi, plötzlich selbst heftig werdend. »Sie hat vollkommen recht mit dem, was sie sagt. Nur ist sie dir leider auf den Leim gegangen.«

»Wie? Was soll das denn heißen?« Constanze runzelte die Stirn.

»Das heißt, dass ich glaube, dass du gelogen hast. Das war kein aufgesetzter Quatsch, was du da gezeichnet hast. Das war echt. Du willst es jetzt nur nicht zugeben, weil es dir peinlich ist.«

Constanze wurde rot. »Spinnst du? Sind jetzt alle verrückt geworden oder was?« Sie starrte Fritzi einen Augenblick lang zornig an, dann zuckte sie unvermittelt mit den Schultern.

»Glaubt doch, was ihr wollt«, schnappte sie und ließ Fritzi stehen.

Im Zeichenraum war die Temperatur merklich gefallen. Das Wetter hatte sich den Nachmittag über geändert, es waren dichte Wolken aufgezogen, und ein ruppiger Wind rüttelte an den Bäumen. Schwester Josefa schloss die Fenster. »Der Föhn ist zusammengebrochen«, sagte sie zu niemand Bestimmtem. »Es soll ein Sturm kommen.«

Juli saß an ihrem Platz und starrte, noch immer wütend, vor sich hin. Sie sah nicht auf, als ihre beiden Freundinnen nacheinander zur Tür hereinkamen. Constanze setzte sich mit einem Ausdruck grenzenloser Verachtung für alles und jeden auf ihren Platz und verschränkte in der ihr typischen Manier die Arme vor der Brust. Fritzi warf noch einmal einen Blick auf die beiden, seufzte und ließ sich auf ihren Stuhl fallen.

Kritisch betrachtete sie ihr eigenes Bild, das inzwischen getrocknet war. Wie heute Vormittag am See hatte sie auch diesmal versucht, nicht zu denken, sondern sich beim Malen auf die Musik in ihrem Kopf zu konzentrieren. Das Ergebnis war ein Blatt Papier voller Wellen und Linien und filigraner bunter Punkte dazwischen. Es sah ein wenig merkwürdig aus, doch im Grunde war sie ganz zufrieden damit. Als Schwester Josefa mit einem kurzen Klatschen in die Hände bekanntgab, dass die Besprechung der Bilder begann, und dann direkt auf Fritzi zusteuerte, wurde sie dennoch nervös. Wie sollte sie erklären, was sie getan hatte?

»Ich weiß nicht genau, was das ist ... Ich habe es einfach so gemalt«, sagte sie ausweichend, als Schwester Josefa das Bild nahm und es vorsichtig mit zwei Wäscheklammern auf eine Leine hängte, die sie an der Wand entlang gespannt hatte.

»Es sieht aber nicht danach aus«, widersprach die Schwester. »Ich denke schon, dass du dir etwas dabei gedacht hast?« Sie sah Fritzi aufmunternd an, die nun nervös auf ihrem Stuhl hin- und herrutschte.

»Es sind Töne. Und Melodien«, sagte sie schließlich und deutete auf einen tiefroten Punkt in der Mitte des Bildes. »Das ist ein tiefes A.« Dann zeigte sie auf den zitronengelb-orangefarbenen Fleck darüber. »Ein C-Dur-Akkord ...« Sie verstummte, peinlich berührt.

Schwester Josefa musterte Fritzi interessiert. »Musik hat für dich Farben?«

Fritzi spürte, wie alle Blicke plötzlich auf sie gerichtet waren, und ihr wurde heiß. »Ja, irgendwie schon«, sagte sie zögernd. »Töne haben bestimmte Farben, und Melodien haben Muster, Wellen, Kreise, Spiralen.« Sie machte mit beiden Händen wellenförmige Bewegungen und ließ dann, wieder unsicher geworden, ihre Arme sinken.

Es kam ihr merkwürdig vor, in dieser Runde darüber zu sprechen. Sie hatte sich über ihre Art der Wahrnehmung noch nie besondere Gedanken gemacht, geschweige denn mit irgendjemandem darüber gesprochen. Das Gefühl war für sie so selbstverständlich und allgegenwärtig, dass sie davon ausgegangen war, dass jeder Mensch ein tiefes E rotbraun, bernsteinfarben wie Tee wahrnähme, ein D maisgelb und das H hellblau und stählern. Sie hatte nie daran gedacht, dass andere nicht wie sie eine melancholische Ballade in Moosgrün leuchten sehen könnten und einen Flamenco in den Farben von Blut und Bitterschokolade. Doch jetzt, als sie die erstaunten Blicke der anderen auf sich ruhen sah, wurde ihr klar, dass es offenbar nicht so selbstverständlich war, wie sie geglaubt hatte.

Vielleicht war sie ja verrückt? Ebenso verrückt wie ihre Tischnachbarin mit den Dämonen und schwarzen Löchern? Ja, sie war verrückt. Gestört. Durchgeknallt. Fritzis Herz begann schneller zu klopfen, und sie spürte, wie sich auf ihrer Stirn Schweißperlen sammelten.

Schwester Josefa allerdings machte nicht den Eindruck, als ob sie glaubte, es mit einer geisteskranken

Person zu tun zu haben. Im Gegenteil. Sie nickte wohlwollend und meinte: »Mein Großvater konnte das auch. Er war Dirigent, und wenn er eine Partitur nur ein einziges Mal las, konnte er die Musik in Farben und Mustern vor sich sehen wie ein Gemälde. Das ist eine große Gabe, die du hast. Ich kann mir vorstellen, dass du sehr musikalisch bist.«

Fritzis Mund öffnete sich zu einer Erwiderung, doch es kam kein Ton heraus. Die Worte der Ordensschwester hallten in ihr nach wie eine Kirchturmglocke. Am liebsten wäre sie aufgesprungen und hätte die zierliche kleine Frau umarmt. Stattdessen schluckte sie und kniff ein paarmal fest die Augen zusammen, um nicht doch noch ein Beispiel totaler Verschrobenheit abzugeben und schon wieder einfach loszuheulen, und nickte nur stumm. Schwester Josefa lächelte ihr abschließend zu und ging weiter.

Als Nächstes war Elisabeth an der Reihe. Sie hatte ein blaues Zimmer gemalt. Blaue Wände, blaue Möbel und ein blaues Bett. In Letzterem lag eine kleine Gestalt mit Zöpfen, und um das Bett herum versammelt standen mehrere Leute: eine alte, gebückte Frau, die sich auf einen Stock stützte, zwei Männer, einer mit Hut und Bart, einer mit einer Glatze und einem Kittel, eine weitere, ziemlich dicke Frau in einem ebenfalls blauen Kleid und ein Kind. Elisabeth erklärte: »Das bin ich zusammen mit meinen Ahnengeistern.«

Schwester Josefa schien diese Aussage nicht zu überraschen. Offenbar gab es nicht viel, was sie aus der Fassung bringen konnte. Freundlich deutete sie auf die Frau im blauen Kleid. »Aber diese Frau war letztes Jahr noch nicht dabei, oder?« Fritzi erinnerte sich, dass Elisabeth gesagt hatte, sie hätte den Kurs letztes Jahr schon mitgemacht. Offenbar gab es bereits eine ganze Ahnengeistergalerie. Elisabeth nickte auf Schwester Josefas Frage und sagte dann: »Stimmt. Das ist meine Mutter. Sie ist Anfang des Jahres gestorben.«

»Das tut mir leid.«

»Muss es nicht.« Elisabeth lächelte. »Sie ist ja noch da.«

Die Stimmung im Raum hatte sich bei Elisabeths Erklärung merklich verändert. Hatte vorher bei Fritzis Bild eine Atmosphäre interessierter Aufmerksamkeit geherrscht, breitete sich jetzt eine unbehagliche Stille aus. Schwester Josefa jedoch schien davon unberührt. Sie hängte das Bild neben Fritzis Werk an die Wand. Die Leine schwankte ein wenig, und die beiden Bilder zitterten auf und ab.

Margarete reichte Schwester Josefa ihr Bild mit demselben verbissenen Gesichtsausdruck, wie sie ihn auch sonst zur Schau trug. Von der stillen Gelöstheit, mit der sie mit Fritzi und Konrad gestern im Garten gearbeitet hatte, war nichts mehr zu sehen. Ihr ganzer Körper strahlte Abwehr aus. Schwester Josefa hängte es ohne Kommentar auf, und alle wandten neugierig ihre Köpfe der Wand zu. Auf den ersten Blick war nichts als ein blutroter Würfel vor einem blauen Hintergrund zu sehen. Doch dann erkannte man, dass es offenbar ein Gebäude darstellen sollte, das auf einem leeren Platz stand. Es gab nur diesen Würfel und dahinter den Himmel und die angedeutete Linie eines entfernten Gebirgszuges. Der Würfel hatte weder Fenster noch Tür.

»Möchtest du uns dazu etwas sagen?«, fragte Schwester Josefa.

Margarete schüttelte zunächst harsch den Kopf, doch dann sagte sie leise: »Es ist ein Gefängnis.« Sie presste ihre Lippen aufeinander und wandte den Kopf ab.

Fritzi musste an ihr Gespräch im Garten denken. Margarete hatte dabei auch von ihrem Mann gesprochen: »*... er war Jahre im Gefängnis, ich wusste nicht einmal, ob er noch lebt ...*« Als sie das Bild noch einmal betrachtete, wurde ihr klar, dass die Farbe des Würfels nicht zufällig gewählt war. Es sollte tatsächlich Blut sein. Ein blutrotes Gefängnis ohne Ausgang. Fritzi schauderte und begriff mit einem Mal, dass Margaretes verbissener Gesichtsausdruck nichts anderes war als ihr heroischer Versuch, mit einem Schmerz zurechtzukommen, der größer war, als sie ertragen konnte. Sie hätte sie gerne auf irgendeine Weise getröstet, ahnte aber, dass Margarete es nicht zulassen würde, selbst wenn sie nicht mitten in einem Kurs voller fremder Menschen säßen. Trotzdem schenkte sie ihr ein schüchternes Lächeln, als die Gelegenheit dazu bestand, und Margarete sah sie überrascht an.

Einen Augenblick schien es, als wolle sie den Kopf schnell wieder abwenden, doch dann erwiderte sie Fritzis Lächeln für den Bruchteil einer Sekunde, und ihr hartes Gesicht entspannte sich etwas. Sie war schön, damals, mit zwanzig, schoss es Fritzi unvermittelt durch den Kopf und meinte, eine blonde junge Frau mit zarten

Gesichtszügen vor sich zu sehen, die lächelnd und mit einem Koffer in der Hand neben einem dunkelhaarigen Mann herging, unterwegs in eine ungewisse Zukunft am anderen Ende der Welt. Sie hoffte plötzlich inständig, dass Margarete hier in diesem Kloster finden würde, was sie sich erhoffte.

Schwester Josefa war inzwischen weitergegangen und bei Konrad stehen geblieben. Er schaukelte nervös vor und zurück wie ein Erstklässler, der es nicht wagt, auf die Toilette zu gehen. Fritzi hatte Schwierigkeiten, diesen enervierend unbeholfenen jungen Mann mit dem kraftvollen Sänger von heute Morgen in der Kirche in Verbindung zu bringen. Als Schwester Josefa nach seinem Bild greifen wollte, schien er es nicht hergeben zu wollen. Wie zur Abwehr hielt er die Hände darüber. Die Ordensschwester zog ihre Hand zurück und lächelte ihm beruhigend zu.

»Möchtest du es nicht herzeigen? Kein Problem.«

Konrad nahm die Hände weg. »D-doch … doch, es ist nur … äh, d-d-das … das … ist … m-m-meine … F-f-freundin«, stotterte er.

Schwester Josefa griff behutsam nach dem Bild und hielt es hoch. Alle betrachteten es neugierig. Konrad hatte eine junge Frau gemalt. Sie war nackt und lag aufreizend auf dem Rücken. Langes Haar floss über ihre Schulter hinunter. Die Darstellung war ein wenig unbeholfen, die Anatomie stimmte nicht ganz, und vieles war ausgebessert, aber nichtsdestotrotz hatte das Bild eine sehr sinnliche Ausstrahlung, die auf den ersten Blick so gar nicht zu Konrad zu passen schien. Doch Fritzi dachte an seinen sinnlichen Gesang in der Kirche und fand das Bild plötzlich gar nicht mehr so unpassend.

Ida dagegen rümpfte die Nase. »Hättest du ihr nicht wenigstens ein *bisschen* was anziehen können?«, fragte sie pikiert. »Ich meine, du befindest dich hier schließlich unter lauter Frauen und noch dazu in einem *christlichen* Haus!«

Konrad schoss vor Scham die Röte ins Gesicht, und Fritzi wurde wütend.

»Also ich finde es sehr schön so«, sagte sie laut, und zu ihrer eigenen Überraschung war ihre Stimme vollkommen klar. Alle sahen sie an, und Konrad stellte vor Verblüffung sein Gewippe ein. Sie wurde etwas verlegen, fügte aber trotzdem noch hinzu: »Nackt zu sein ist doch nichts Schlimmes, oder?«

Ida gab ein undefinierbares Geräusch von sich, doch Schwester Josefa nickte. »Natürlich nicht. Du hast vollkommen recht.« Sie klemmte das Bild ohne weiteren Kommentar mit zwei Wäscheklammern zu den anderen an die Leine und ging weiter.

Ida hatte wieder eines ihrer bunten Bilder gemalt, wie schon am Tag zuvor, nur dass inmitten der gelben und orangefarbenen Wolken schwach die Umrisse einiger Personen erkennbar waren. Im Gegensatz zu Konrads Akt waren sie allerdings züchtig in formlose, durchscheinende Gewänder gehüllt.

»Das sind Lichtgestalten«, klärte Ida Schwester Josefa und die übrigen Teilnehmer in oberlehrerhaftem Ton auf. »Astralleiber ohne feste Materie, die uns unsichtbar umgeben und begleiten. Manche nennen sie auch Engel …«

Ein gequältes Stöhnen unterbrach sie.

Alle wandten sich in die Richtung, aus der das Geräusch gekommen war. Constanze lag mit dem Oberkörper vornübergebeugt auf dem Tisch und hatte den Kopf in den Händen vergraben.

»Ahnengeister, Astralleiber und jetzt auch noch Engel! Ich krieg die Krise!«, tönte es dumpf unter ihren Haaren hervor.

Idas Gesicht gefror zu einer Maske. Fritzi warf einen Blick auf Juli. Sie lächelten sich zu, und als Juli belustigt in Richtung Constanze zwinkerte, zwinkerte Fritzi erleichtert zurück. Offenbar war Juli Constanze nicht mehr böse.

Schwester Josefa nahm Constanzes demonstrativen Ausbruch der Verzweiflung mit derselben Gelassenheit hin, mit der sie jeden einzelnen Teilnehmer und dessen Bild behandelte, und ging weiter zu Juli. Wie üblich wurde Juli knallrot, als Schwester Josefa das Wort an sie richtete, und noch während die Nonne das Bild betrachtete, fing sie schon hastig an zu erklären: »Also, das ist keine spontane Sache, die ich da gemalt habe, eigentlich ist es eine uralte Geschichte ...«

Schwester Josefa ging zu der Bilderwand und hängte Julis Bild neben Konrads Akt. Es war in verschiedenen Blau- und Violetttönen gehalten, wie die Blume, die sie gestern schon gemalt hatte, und es zeigte zarte Linien, feine Schnörkel und verspielte Ornamente, ähnlich wie bei einem englischen Tapetenmuster. In der Mitte war mit Bleistift ein zierlicher Schriftzug gezeichnet, den man vom Maltisch aus jedoch nicht lesen konnte.

»Vielleicht möchtest du uns die Geschichte erzählen?«, schlug Schwester Josefa vor.

Julis Röte vertiefte sich noch. »Äh, ja, also das ist aber eher praktischer Natur ...«

Schwester Josefa hob die Schultern. »Na und?«

Juli schluckte, dann sagte sie zögernd: »Ich hatte einmal einen Traum. Wir, also meine Familie, haben eine größere Buchhandlungskette, und ich sollte sie einmal übernehmen.« Sie sah Constanze und Fritzi bei diesen Worten nicht an. »Es sind ganz normale Buchhandlungen ohne besondere Note, und ich ... Äh, also, ich träumte immer davon, sie zu etwas ganz Besonderem zu machen, zu einem Ort, an dem man erkennt, dass hier Bücher geliebt werden.« Sie stockte und sagte so leise, dass man es kaum verstehen konnte: »Nun ... es hat nicht geklappt.«

Juli zuckte mit den Schultern und lächelte ein zittriges, völlig unpassendes Lächeln, dann fuhr sie, wieder mit etwas stärkerer Stimme, fort: »Gestern, als ich so dasaß und diese blaue Blume gemalt habe, fiel mir dieser alte Traum wieder ein, und ich bekam plötzlich eine Menge neuer Ideen ...« Sie deutete auf das Bild auf der Wäscheleine. »Ich dachte mir, wenn jedes unserer Geschäfte ein kleines Café im Laden hätte, keine sterile, langweilige Kaffeebar, sondern eher so ein bisschen englisch-altmodisch, mit gemütlichen Stühlen und schönen Farben und Stoffen mit Mustern, die man gleich wiedererkennt, dann gäbe das all unseren Läden eine besondere Note. Meine Note.«

Sie stoppte, sah sich verlegen um, und endlich blieb ihr Blick bei Fritzi und Constanze hängen, die sie jetzt mit offenem Mund anstarrten. »Ich würde diese Cafés *Blue Roses* nennen. In Erinnerung an einen anderen, ebenso alten Traum, den ich …« Sie stockte kurz, sah ihre Freundinnen halb entschuldigend, halb herausfordernd an und schloss: »… den *wir* einmal hatten.«

Julis, Constanzes und Fritzis Blicke trafen sich für den Bruchteil einer Sekunde, dann sah Constanze rasch weg. Fritzi spürte wieder dieses hohle Gefühl im Magen, genau wie gestern, als sie Julis blaue Rose gesehen hatte. Ihre Hände waren eiskalt geworden. Sie hatte sich nicht geirrt. Juli erinnerte sich genau. Wie sie selbst auch und ebenso Constanze. Fritzi sah sich um. Die anderen Teilnehmer musterten das Bild interessiert und wohlwollend, und man konnte sehen, dass ihnen Julis Erklärung dazu gefallen hatte. Alle schienen sich ein Buchcafé mit diesen Mustern und Farben und diesem Namen gut vorstellen zu können. Ida nickte sogar beifällig in Julis Richtung. Doch keiner der anderen Teilnehmer ahnte, was der Name Blue Roses wirklich bedeutete. Wie auch? Es war Fritzis, Julis und Constanzes Geschichte, um die es hier ging, und nur sie hatten eine Erinnerung daran. Der Name gehörte ihnen dreien ganz allein. Einige Augenblicke zögerte Fritzi, dann fasste sie sich ein Herz und klatschte in die Hände. »Das ist toll, Juli! Ganz große Klasse.«

Die anderen Kursteilnehmer fielen etwas zögernd in Fritzis überraschendes Klatschen ein, und Juli, deren Gesichtsfarbe mittlerweile ins Purpur gewechselt hatte, strahlte.

Aus den Augenwinkeln beobachtete Fritzi Constanze.

Sie hatte keinen Ton gesagt und auch nicht geklatscht. Ihr Gesichtsausdruck allerdings sprach Bände. Ihr war ganz offensichtlich klargeworden, weshalb Juli so empfindlich auf Constanzes wegwerfende Kommentare und ihr angeblich nur erfundenes Wutbild reagiert hatte, und man konnte ihr ansehen, dass sie sich schämte.

Als Vorletzte war Nelly an der Reihe. Sie hatte dieses Mal ein überraschend kleines Bild gemalt. Von dem großen Bogen Papier nahm die bemalte Fläche höchstens ein Fünftel ein: ein kleines Rechteck in der Mitte, rundherum makelloses Weiß. Dieses kleine Rechteck allerdings war vollgestopft mit Farben und Formen, winzigen angedeuteten Menschen, golden schimmernden Sprenkeln, Blätterranken, Buchstaben, Herzen und allerlei Dingen, von denen man nicht genau sagen konnte, was sie darstellten. Es sah aus wie ein Wimmelbild aus einem Kinderbuch, faszinierend bunt und lebendig.

»Sehr schön!«, lobte Schwester Josefa, und die anderen nickten entzückt. »Möchtest du etwas dazu sagen?«, fragte die Ordensschwester, während sie das Bild aufhängte.

Nelly hob vage die Schultern, zögerte einen Moment, dann sagte sie: »Was willst du anfangen mit deinem einen, wilden und kostbaren Leben?«

Ihre für eine so zierliche Person ziemlich tiefe, kräftige Stimme hallte laut durch den Raum. Schweigen antwortete ihr. Niemand wusste damit so recht etwas anzufangen. Fritzi fiel jedoch auf, dass Nelly dabei Constanze angesehen hatte und diese hastig den Kopf abgewandt und ihren Blick auf die wuterfüllten schwarzen und roten

Linien auf ihrem Blatt gesenkt hatte, die Hände zu Fäusten geballt. Als Schwester Josefa zu ihr kam, um sich ihr Bild anzusehen, schüttelte Constanze den Kopf. Sie sagte kein Wort, saß nur da und schüttelte den Kopf, und Schwester Josefa fragte nicht nach. Sie sah auf die Uhr und beendete ohne weiteren Kommentar den Kurs für diesen Nachmittag.

Vierzehntes Kapitel

Constanzes Finger glitten über das gemarterte Papier vor ihr. Sie konnte die Stellen fühlen, wo der zornerfüllt geführte Pinsel das nasse Material zerrissen hatte, und sie dachte an Fritzi, die sie sofort durchschaut hatte, wenn diese auch nicht wissen konnte, was der Grund für ihren Gefühlsausbruch gewesen war. Bei dem Gedanken daran, dass sie ihr Bild nicht würde herzeigen müssen, verspürte sie eine flüchtige Erleichterung, die jedoch nicht anhielt. Sie konnte sich nicht länger selbst etwas vormachen. Sie war am Ende.

Während die anderen plaudernd und lachend begannen, aufzuräumen, Farbtöpfe und Tuben zusammenzuschieben und die Pinsel auszuwaschen, kramte Constanze scheinbar geschäftig in ihrer Tasche herum und wartete, bis alle anderen das Zimmer verlassen hatten. Sie wollte Juli und Fritzi jetzt nicht begegnen. Als sie endlich wagte, den Kopf zu heben, sah sie jedoch, dass noch jemand an der Tür stand. Es war Nelly.

»Ich habe keine Lust auf Meditation, ich gehe lieber ein bisschen raus«, sagte sie. »Kommst du mit?«

Constanze zögerte einen Moment. Sie wollte den Kopf schütteln, nein sagen, Nein, ich möchte nicht, lass mich in Ruhe, lasst mich alle einfach in Ruhe!, doch während sie schwieg und mit sich kämpfte, fiel ihr auf, dass sie vor allem eines nicht wollte, nicht konnte: die Wand anstarren und ihren Gedanken hilflos ausgeliefert sein. Sie wollte lieber Nellys rauchiges Lachen hören, wollte mit ihr in dem Wiesenlabyrinth im Kreis laufen, und sie wollte sie fragen, was das Bild zu bedeuten hatte, das sie gemalt und mit so rätselhaften Worten kommentiert hatte. Constanze nahm ihre Umhängetasche von der Stuhllehne und nickte.

»Gerne. Ich komme gerne mit.«

Als sie vor die Tür traten, wehte ihnen der Wind mit einer Heftigkeit ins Gesicht, dass sie fast wieder kehrtgemacht hätten. Abgebrochene Äste und sogar ein paar zerbrochene Dachziegel lagen auf dem Vorplatz des Klosters herum, und die Blätter wirbelten in kleinen Windhosen über den Asphalt. Sie gingen schnell an dem schützenden Gebäude entlang und drückten das Tor zum Klostergarten auf. Von dort liefen sie geduckt über die Wiese und bogen dann in den Weg ein, der vorbei an der Kräuterschnecke hinunter zu einem kleinen Wäldchen am Fuß der Anhöhe führte. Immer wieder traf der Wind sie in Böen und nahm ihnen fast die Luft zum Atmen. Erst als sie am Waldrand ankamen, wurde er schwächer, dafür konnte man nun das wütende Rauschen der Baumwipfel hören.

Constanze warf einen prüfenden Blick nach oben.

»Ob das klug ist, hier entlangzugehen? Nicht dass uns noch ein Ast erschlägt.«

Nelly zuckte mit den Schultern und setzte sich auf eine verwitterte Bank, die unter einer großen Tanne stand. »Glaub ich nicht. Der Wind kommt vom See, auf der anderen Seite ist es sicher schlimmer.« Sie kramte in den Taschen ihres Parkas und zog einen zerknautschten Plastikbeutel mit Tabak heraus. Ein paar schon fertig gedrehte Zigaretten lagen darin. »Rauchst du?«, wollte sie von Constanze wissen.

Die schüttelte den Kopf. »Schon lange nicht mehr.«

»Stört es dich?«

Constanze schüttelte noch einmal den Kopf. »Quatsch.«

Nelly zündete sich eine der selbstgedrehten Zigaretten an und inhalierte tief und mit geschlossenen Augen. Constanze betrachtete sie unsicher. Etwas kam ihr daran merkwürdig vor, doch erst als sie den süßlichen Geruch wahrnahm, wurde ihr klar, was es war.

»Du kiffst?«, fragte sie verlegen. Sie hatte schon zwanzig Jahre keinen Joint mehr in der Hand gehabt, und es hatte ihr nie gefehlt.

Ein Abend in Passau fiel ihr plötzlich ein, sie hatte mit Fritzi und Juli zusammen in Julis Wohnung einen halb zu Ende gerauchten Joint, den Freunde bei ihnen vergessen hatten, geraucht, und die Wirkung war trotz der wenigen Züge überraschend heftig ausgefallen. Die alten, engen Gassen der Stadt auf dem Weg zu ihrer Stammkneipe verzogen sich plötzlich in alle Richtungen, schienen irgendwie lebendig zu sein und zu atmen, die Häuser waren krumm und schief wie in einem Comic, stürzten auf sie zu oder wichen zurück, und das Licht der Straßenlaternen tropfte flüssig wie Honig auf das violett schillernde, regennasse Kopfsteinpflaster. Die drei waren herumgestolpert und hatten die ganze Zeit gekichert und gelacht, aber eigentlich war es nicht lustig gewesen. Die Welt hatte sich verwandelt, die vertraute Umgebung war fremd geworden, und das Schlimme war, dass man nichts dagegen tun konnte, gezwungen war, zu warten, bis die Wirkung irgendwann wieder abklang. Constanze erinnerte sich an das heftige Herzklopfen, an die Panik, die sie Stunden später noch erfasste, als sie sich in der Kneipentoilette im Spiegel nicht wiedererkannte, und stellte mit Erschrecken fest, dass es ihr im Grunde im Augenblick genauso ging – ganz ohne Joint und ohne dass ihr auch nur ansatzweise zum Lachen zumute wäre: Die Welt um sie herum war ihr fremd geworden, und sie konnte nichts dagegen tun. Sie erkannte sie nicht wieder, und wenn sie in den Spiegel sah, blickte ihr eine fremde Frau entgegen.

Ohne die Augen zu öffnen, sagte Nelly: »Wegen der Schmerzen. Es ist das Einzige, das hilft und mich nicht ganz blöd in der Birne macht.«

»Schmerzen?«, fragte Constanze und hatte das Gefühl, irgendwie zu langsam zu sein, zu schwerfällig, um zu verstehen, was Nelly ihr sagen wollte. Doch der Moment der Schwerfälligkeit dauerte nicht lange an. Mit dem nächsten Windstoß, der die beiden traf, hatte Constanze begriffen. Ihr Blick fiel auf Nellys dunkle Haare, die wie ein Flaum an ihren Kopf geschmiegt lagen, und ihr wurde klar, dass sie nicht radikal kurz geschnitten, sondern gerade dabei waren, wieder nachzuwachsen. Sie sah ihre dünnen, knochigen Handgelenke, nicht dicker als die eines Kindes, und sie hatte wieder das kleine, bunte Bild vor Augen, das Nelly gemalt hatte. Viel zu klein, um den großen Bogen Papier auszufüllen, auf dem noch so viel Platz gehabt hätte.

»Du bist krank?«, sagte sie leise.

Nelly nahm noch einen Zug. »Ja. Krebs. Endstadium. Ich habe alle Therapien abgebrochen. Seitdem kann ich wieder essen, und meine Haare wachsen auch wieder. Obwohl, für einen Pferdeschwanz wird die Zeit wohl nicht mehr reichen.« Sie fuhr sich mit der Hand liebevoll über ihren Kopf und fuhr fort: »Als ich das letzte Mal im Krankenhaus lag, träumte ich davon, nachts in einen kalten, klaren See zu springen. Ich konnte das Wasser auf meiner Haut und die dunkle Tiefe unter mir spüren, hörte meine Bewegungen, wie sie unter Wasser klingen, dumpf und langsam, wie unter einer Glocke. Die Sehnsucht danach, tatsächlich in diesen See zu springen, war so groß, dass ich glaubte, es keinen Tag mehr in dieser Klinik aushalten zu können. Ich beschloss, diesen Traum als Zeichen zu nehmen, als Aufforderung zu leben und nicht zwischen glatten, klebrigen Bettlagen einfach zu verschwinden.«

Nelly schwieg kurz, nahm erneut einen Zug und fuhr fort: »Deshalb habe ich die Behandlungen abgebrochen. Meine Kraft reicht gerade noch, um mir diesen einen Traum zu erfüllen: In einer sternklaren Nacht in einen kalten See zu springen. Deshalb bin ich hierhergekommen. Ich war vor vielen Jahren schon einmal an diesem

Ort, zu Beginn meines Studiums in München haben wir mal einen Ausflug hierher gemacht, um den See zu malen. Als ich dann nach Berlin gegangen bin, um dort weiterzustudieren, habe ich das Bild mitgenommen, das ich damals gemalt habe, als Erinnerung an zu Hause. Es hing ewig lange an der Wand über meinem Bett. Und als ich jetzt im Krankenhaus diesen Traum hatte, habe ich mich wieder daran erinnert.«

Constanze konnte nicht antworten. Ihr Mund war plötzlich wie ausgetrocknet. Sie sah Nelly nur an. Trotz der wenigen Haare und ihrer Magerkeit war sie ausgesprochen hübsch mit ihren großen, dunklen Augen, den klaren Gesichtszügen und dem markanten Kinn, und Constanze erfasste ein so heftiges und plötzliches Bedauern, dass es weh tat. Ihr entfuhr ein Laut, irgendwo zwischen Seufzen und Stöhnen, und Nelly warf den winzigen Zigarettenstummel weg, der noch übrig geblieben war, und legte ihre Hand auf Constanzes Hand, wie um sie zu trösten. Sie hatte ihre Beine auf die Bank gehoben und saß jetzt Constanze direkt gegenüber im Schneidersitz da.

»Und was ist mit dir?«, fragte sie Constanze behutsam, fast zärtlich. »Was ist dein Krebs?«

Der Wind war noch stärker geworden, und es würde gleich zu regnen beginnen. Vereinzelt wehten bereits Tropfen heran. Constanze schüttelte heftig den Kopf. Ihre eigenen Probleme schienen plötzlich lächerlich, der Strudel, der sie in den letzten Monaten beständig weiter in den Abgrund gezogen hatte, wirkte wie ein Sturm im Wasserglas.

Nelly wartete. Constanze fühlte ihren Blick auf sich ruhen und dachte an die Lügen, die sie ihr heute Morgen noch aufgetischt hatte. Sie musste ihr die Wahrheit sagen.

»Ich …«, begann sie zögernd und mit bitterer Stimme, »ich bin eine Betrügerin.«

Fünfzehntes Kapitel

Als Juli und Fritzi sie zu diesem merkwürdigen Klosterwochenende abholten, wartete Constanze bereits unten vor der noblen Wohnanlage, in der sie angeblich noch immer wohnte. Nervös hatte sie schon vorher alle fünf Minuten auf die Uhr gesehen. Was, wenn sie zu früh kamen? Ihren Namen auf dem Klingelschild nicht fanden? Sie waren beide schon so lange nicht mehr bei ihr gewesen. Mit Juli hatte sie sich immer nur in einem Café oder einer Bar in der Stadt getroffen, und Fritzi … Fritzi hatte sie seit Jahren nicht mehr gesehen. Es war überwiegend ihre Schuld gewesen, dass ihre Freundschaft wie Sand zwischen den Fingern zerronnen war. Weil sie sich keine Zeit genommen hatte. Für nichts, außer ihrer Arbeit. Es war unverzeihlich gewesen, nicht zu Fritzis Hochzeit zu kommen. Wie hatte sie ihr das nur antun können? Constanze konnte heute nicht mehr nachvollziehen, wie sie damals auf die Idee hatte kommen können, das wäre schon in Ordnung, ihr per SMS abzusagen. Weil ihre Termine ja »ach so wichtig« waren und alle das verstehen mussten. Sie kickte einen Kieselstein über den Bürgersteig, er kullerte über die Bordsteinkante und blieb im Rinnstein liegen. Sie hätte Fritzi um Verzeihung bitten müssen. Doch auch das hatte sie nicht getan. Sie hatte einfach weitergemacht wie bisher, gearbeitet und Geld verdient und dabei alles andere aus den Augen verloren. Sie war so stolz gewesen auf ihre Karriere. Die Erste aus ihrer Familie, die studiert hatte und dann gleich auch noch so durchgestartet war. Noch dazu als Frau. Das war schon was. Ihre Eltern waren auch stolz auf sie gewesen, ihre Verwandten ebenfalls, vielleicht sogar ein bisschen neidisch. Neid muss man sich verdienen, Stanzerl, hatte ihr Vater immer gesagt, Mitleid gibt's umsonst.

Stanzerl. So hatten ihre Eltern sie immer genannt. Es klang nach billigen, roten Kunstledersandalen, Kniestrümpfen und Pferdeschwanz. Nach Rinderbraten mit Kartoffeln immer sonntags und Gummitwist im Gemeinschaftsgarten der langen Reihe von Posthäusern, wo sie aufgewachsen war. An den Teppichstangen zwischen den Häusern hatte sie Bauchaufschwung geübt und neben der Wäschespinne im Garten, zwischen den geblümten Betttüchern und steifgetrockneten Handtüchern ihrer Mutter, den ersten Jungen geküsst. Da war sie zwölf gewesen und hatte es eklig gefunden.

Nach dem Tod ihrer Eltern hatte niemand sie je mehr Stanzerl genannt. Sie hätte es sich auch verbeten, wäre je jemand auf diese Idee gekommen. Manche Dinge musste man einfach hinter sich lassen. Ihr Vater hatte sich im Übrigen getäuscht. Mitleid gab es nicht umsonst. Mitleid gab es gar nicht! Alle ihrer sogenannten Freunde hatten sie fallen gelassen, als ihre Geschichte ans Licht gekommen war. Keiner hatte auch nur den Versuch gemacht, ihrer Version Glauben zu schenken. Sie sah die makellose Hausfassade hinauf und versuchte, einen Blick in das schöne, sonnige Eckappartement zu erhaschen, in dem sie bis vor kurzem noch gewohnt hatte. Die neuen Eigentümer waren bereits eingezogen, Constanze konnte es an den Vorhängen erkennen und an den frisch bepflanzten Blumenkästen, die am Balkon hingen.

Ein junges, kinderloses Paar hatte die Wohnung gekauft. Der Mann war Banker, und die Frau arbeitete in der Werbebranche. Beide waren schön, dynamisch und selten zu Hause, was sie so häufig betont hatten, dass Constanze schon versucht gewesen war zu fragen, wofür sie dann überhaupt so eine sauteure Wohnung brauchten. Natürlich hatte sie nichts dergleichen gesagt. Sie war beileibe nicht in der Situation, sich Kaufinteressenten zu vergrätzen, nur weil sie unbedingt eine flotte Lippe riskieren musste. Dass es ihr gelungen war, die Wohnung zu einem wirklich akzeptablen Preis zu verkaufen, war ohnehin ein Wunder. Sie hatte es erst geglaubt, als sie das Geld auf ihrem Konto gesehen hatte. Und es war ein erster Schritt gewesen. Ein erster, schwerer Schritt aus den Trümmern ihres alten Lebens heraus und daher bei aller Bitterkeit auch ein zarter Hoffnungsschimmer.

Zuvor war Constanze monatelang wie gelähmt gewesen, hatte tatenlos zusehen müssen, wie alles, was ihr wichtig gewesen war, Stück für Stück in sich zusammenbrach. Jeden verdammten Morgen war sie zum Briefkasten gegangen, hatte die Rechnungen, Mahnungen, unheilverkündende Gerichtsladungen und diverse Mahnbescheide herausgeholt und mit unbeteiligter Miene nach oben getragen. Dort waren sie ungeöffnet in der Schublade ihres Schreibtisches gelandet. Fristen verstrichen, Mahnbescheide wurden zu Vollstreckungsbescheiden, mit denen dann irgendwann der Gerichtsvollzieher vor der Tür stand. Ab und zu hatte sie dann ein paar kleinere Beträge bezahlt, um Ruhe zu haben, meistens aber hatte sie auf sein Klingeln gar nicht erst geöffnet, weil sie das Geld ohnehin nicht hatte. Sie wusste ja nicht einmal, wofür diese Schulden gemacht worden waren, die jetzt bei ihr vollstreckt wurden.

Es war Marc, ihr Freund, gewesen, der diese unglaubliche Scheiße angerichtet hatte, die sie nun ausbaden musste. Und das war der Punkt, über den sie nicht hinwegkam. Das war der Punkt, weshalb sie ihre alten Freundinnen belog und so tat, als sei alles noch immer in bester Ordnung: Sie schämte sich. Sie schämte sich abgrundtief, weil sie so dumm, so naiv gewesen war, auf einen windigen Betrüger hereinzufallen. Weil sie ihn nicht nur an ihr gesamtes Geld und auch noch an das Geld ihrer Arbeitskollegen gelassen hatte, indem sie ihn als Anlageberater dort weiterempfohlen hatte, sondern auch in ihr Herz. Sie hatte nichts bemerkt. Gar nichts. Schon als er längst keinen Job mehr hatte und nur noch so tat, als würde er morgens aus dem Haus gehen und abends erschöpft zurückkommen, war ihr nichts aufgefallen. Sie hatte keinen Verdacht geschöpft, als immer öfter sie es gewesen war, die Rechnungen bezahlen musste, in Restaurants, im Urlaub, als es plötzlich Ausreden gab, warum er kein Geld dabeihatte, gerade »nicht flüssig« war. Noch nicht einmal, als plötzlich sein dickes Auto weg war, hatte sie sich etwas dabei gedacht.

Er habe sich einen neuen bestellt, und die Lieferzeiten seien eben lange, hatte er gemeint, und sie hatte es, ohne mit der Wimper zu zucken, hingenommen. Erst als die Polizei mit einem Durchsuchungsbeschluss vor ihrer Tür aufgetaucht war und einer der Beamten sie angesichts ihrer totalen Ahnungslosigkeit mit unverhohlenem Misstrauen in der Stimme über die Machenschaften ihres Lebensgefährten aufgeklärt hatte, war ihr klargeworden, wie blind sie gewesen war.

Sie hatte sich setzen müssen, während die Polizisten die Wohnung durchwühlten. »Sich setzen müssen«, das sagte man oft so dahin, eine Phrase, die nichts bedeutete, doch Constanze hatte tatsächlich das Gefühl gehabt, nicht mehr stehen zu können. Unter ihren Füßen hatte sich ein Abgrund aufgetan, bodenlos, und sie wusste, sie würde fallen, wenn sie sich nicht sofort irgendwo hinsetzte. Doch Sitzen half natürlich nicht. Der freie Fall war mit einem Stuhl nicht aufzuhalten. Nach endlosen Minuten, in denen sie nur dagesessen und dem Ticken der Uhr im Flur zugehört hatte, das ihr so laut erschienen war, dass es den Lärm, den die Beamten in ihrer Wohnung machten, nahezu überdeckte, war sie wieder aufgestanden und zu einem der beiden Polizisten gegangen, die sich Marcs Schreibtisch vornahmen. Eine Tabuzone. Doch Tabus galten nicht, wenn man sich im freien Fall befand. Sie sah, was der Beamte aus den Schubladen nahm und mit einem Blick auf sie langsam durchblätterte: zahllose Kaufverträge, Bestellungen im Internet, alles in ihrem Namen getätigt, Mahnungen vom Finanzamt, ungeöffnet, und immer wieder diese Schreiben seiner Finanzberatungsfirma an zahllose Kunden: Hochglanzpapier, Hochglanzlogo, Hochglanzversprechen, und immer wieder Schreiben angeblich von ihr unterschrieben ... Sie hatte sich abgewandt, langsam, wie in Zeitlupe, und sich einen doppelten Whisky aus Marcs sorgsam gehütetem Vorrat eingeschenkt.

Später, als die Polizei mit Plastikcontainern voller Ordner und Unterlagen und ihren beiden Laptops gegangen war, hatte sie sich mit Glas und Flasche in das Esszimmer gesetzt, um auf ihren Lebensgefährten zu warten.

Constanze warf einen Blick auf ihre Uhr und sah die Straße hinunter. Wo blieben sie denn nur? Sie wünschte sich fast, sie hätte, während sie nervös auf Juli und Fritzi wartete, auch einen Whisky zur Hand. Oder wenigstens einen ordinären Schnaps, nur um die Angst hinunterzuspülen, die sie bei dem Gedanken erfasste, gleich ihren alten Freundinnen zu begegnen. Sie hatten keine Ahnung. Und Constanze hoffte, dass es ihr gelänge, sie im Unwissen zu lassen. Nur dieses Wochenende. Das würde doch noch zu schaffen sein?

An dem Abend hatte sie, während sie auf Marc wartete, noch einen Whisky getrunken, dann hatte sie die Flasche vorsichtshalber weggestellt. Sie musste nüchtern bleiben. Bei klarem Verstand. Endlich einmal bei klarem Verstand.

Was wäre passiert, wenn Marc an diesem Abend alles zugegeben hätte? Wenn er sie um Verzeihung gebeten hätte? Vielleicht geweint, ihr von seinen Ängsten, Zwängen oder seiner schlimmen Kindheit erzählt hätte? Constanze war sich bis heute noch immer nicht sicher, ob sie ihm dann verziehen hätte. Sie hatte ihn so geliebt. Mit jeder Faser ihrer Seele geliebt. Sie hatte Kinder mit ihm gewollt, ein echtes, gemeinsames Leben, doch das war für Marc nie ein Thema gewesen. Er mochte keine Kinder. Sie hatte es akzeptiert. Wie alles andere auch.

Vielleicht hätte sie ihm tatsächlich verziehen? Der Gedanke, dass es möglich war, quälte sie noch immer. Doch Marc war ein Betrüger durch und durch, und er konnte nicht aus seiner Haut. Gott sei Dank, musste sich Constanze im Nachhinein sagen. Er stritt alles ab, wurde wütend, schimpfte über den Polizeistaat und erzählte Constanze eine hanebüchene Geschichte, die er offenkundig gerade in diesem Moment erfand. Es tat ihr mehr weh als alles andere, dass er nicht einmal in diesem Moment die Wahrheit zugeben konnte und sie für so dämlich hielt, dass er glaubte, ihr tatsächlich noch weitere Lügen auftischen zu können. In diesem Augenblick, als sie zuhörte und doch nichts von dem hörte, was er faselte, zerbrach etwas in ihr, und sie sah ihn zum ersten Mal, wie er wirklich war: ein geltungssüchtiger Narziss, der nur an der Oberfläche existierte, eine glatte, hohle Gipsfigur ohne Inhalt. Sie hatte ihn noch am gleichen Abend rausgeworfen.

Doch damit war es natürlich nicht getan gewesen. Der Sturm brach erst danach richtig los. Natürlich hatte man ihr ihre Blindheit nicht abgenommen. Niemand. Ihre Firma nicht, die sie mit sofortiger Wirkung feuerte, ihre geprellten Kollegen nicht und auch nicht das Gericht, das sich mit ihrer Mithaftung zu befassen hatte. Constanzes Beteuerungen, nichts von der Sache gewusst zu haben, waren ungehört verhallt. Niemand konnte sich vorstellen, dass jemand so dämlich sein konnte, über Jahre hinweg nicht zu bemerken, dass der Lebensgefährte ein ausgekochter Betrüger war, der sogar vor dem Ersparten seiner eigenen Freundin nicht haltmachte. Und so war sie mit abgeräumtem Konto und seinen Schulden sitzengeblieben. Man hatte sie beide wegen Anlagebetrugs zu einer Geldstrafe und Bewährung verurteilt. Außerdem waren sie gemeinsam zu Schadensersatz gegenüber den geprellten Kollegen von Constanze verurteilt worden. Bei allem anderen reichte die Beweislage nicht aus, um Constanze mitzuverurteilen.

Aber es war auch so schon genug. Marc zahlte niemandem je einen Cent zurück. Er leistete eine eidesstattliche Versicherung und setzte sich ab. Wahrscheinlich nach Spanien, wie Constanze vermutete, denn dort hatte er Freunde, bei denen er Unterschlupf finden würde. Dem Namen nach Immobilienmakler, Clubbesitzer, Import-Export-Unternehmer, tatsächlich jedoch Betrüger, Heiratsschwindler, Hochstapler. Allesamt windige Typen wie er selbst. Constanze blieb zurück mit einem unübersehbaren Berg Schulden, einer Vorstrafe und einem nachhaltig ruinierten Ruf. Ihre Bemühungen, neue Arbeit zu finden, blieben ebenso ergebnislos wie ihre Anstrengungen, sich bei ihren Kollegen zu entschuldigen.

Irgendwann gab sie auf, rief niemanden mehr an, wollte keine Ausreden oder keine Vorwürfe mehr hören.

Damals begann sie, die Post nicht mehr nur nicht zu öffnen, sondern sie direkt wegzuwerfen. Sie saß tagelang vor dem Fernseher, futterte Chips und Schokolade tütenweise, und an manchen Tagen blieb sie gleich ganz im Bett. Nach draußen ging sie nur noch, um im Supermarkt an der Ecke Lebensmittel einzukaufen. Ein Psychologe hätte es wahrscheinlich eine Depression genannt, die sie angesichts der unüberwindlich scheinenden Schwierigkeiten überfallen hatte. Sie selbst nannte es Strafe. Sie konnte sich nicht verzeihen, so naiv gewesen zu sein. Sie konnte sich nicht verzeihen, was sie mit ihrer Ahnungslosigkeit angerichtet hatte. Sie konnte mit ihrer Wut nicht umgehen, und sie konnte nicht damit umgehen, dass eine kleine Stimme in ihr immer wieder flüsterte: Du bist selbst schuld. Wie konntest du nur einen Mann wie Marc lieben? Und noch schlimmer als alles andere die bohrende, quälende Frage: Wie konntest du nur so dumm sein und glauben, von ihm geliebt zu werden?

Das ging so bis zu dem Tag, als sie in schmuddeliger Jogginghose und mit fettigen Haaren auf ihrem Balkon im dritten Stock stand, hinuntersah und sich dabei ertappte, wie sie darüber nachdachte, einfach zu springen. Sie war hastig zurückgetreten, so als würde der bloße Blick in die Tiefe sie hinunterziehen. An diesem trüben Morgen hatte sie endlich, nach Monaten der Lähmung, begonnen, darüber nachzudenken, was zu tun war.

Als einziges Mittel, den Schulden zu entkommen, war

ihr der Verkauf der Wohnung eingefallen, was sie dann auch gemacht hatte.

Sie hatte einen guten Preis erzielt, weil es ihr mit größter Anstrengung gelungen war, zu verbergen, wie dringend sie dieses beschissene Geld tatsächlich brauchte. Sie hatte noch einmal die Rolle der coolen Karrierefrau gespielt und war damit erfolgreich gewesen. Das Geld, das sie für die Wohnung bekommen hatte, hatte gereicht, die Schulden von Marc und ihre eigene Geldstrafe zu bezahlen. Knapp zwei Wochen bevor Juli sie angerufen und zu dem Wochenende überredet hatte, hatte sie den letzten Vollstreckungsbescheid bezahlt und begonnen, die Wohnung zu räumen. Ihre teuren, eleganten Möbel waren da schon verkauft oder gespendet gewesen, sie hatte nur das Nötigste behalten. Das stand jetzt in einem winzigen, abgewohnten Einzimmerappartement in der schäbigsten Straße eines Viertels, das man früher Glasscherbenviertel genannt hätte und das sich wie eine Blinddarmentzündung um die Gleisausläufer des Hauptbahnhofs schmiegte. Ihr Einkommen hieß jetzt Hartz IV, und ein Auto besaß sie auch nicht mehr, doch wer brauchte schon ein Auto?

»Das war's.« Constanze zuckte mit den Schultern und sah Nelly vorsichtig an.

Nelly sagte eine ganze Weile nichts, dann lächelte sie traurig und meinte: »So gesehen bist du jetzt frei. Gnadenlos frei. Du schwebst im Nirgendwo. Genau wie ich.« Dann beugte sie sich zu Constanze hinüber, fasste mit ihrer freien Hand sanft ihren Nacken und küsste sie auf den Mund.

Constanze spürte Nellys Lippen auf ihren, sie waren überraschend warm und schmeckten noch nach dem süßen Rauch des Krauts, das sie geraucht hatte. Ohne es zu wollen, erwiderte sie den Kuss, zuerst zaghaft und schüchtern, dann entschlossener. Wie von selbst legten sich ihre Arme um Nellys schmale Taille und zogen sie näher zu sich heran. Sie spürte die Wärme, die von der jungen Frau ausging, und meinte, ihr Herz schlagen zu hören, trotzig, verwirrt und schmerzhaft lebendig.

Doch es war nicht Nellys Herz, das sie hörte, es war ihr eigenes, das ihr bis zum Hals schlug und das Blut in ihren Ohren rauschen ließ. Als ihr das bewusst wurde, ließ sie Nelly wie von einer Schlange gebissen los, sprang auf und hetzte wie von Furien gejagt durch den einsetzenden Regen zurück zum Kloster.

Sechzehntes Kapitel

Unbehaglich rutschte Fritzi auf der engen Holzbank hin und her. Sie saß in der zweiten Reihe des schlichten Chorgestühls im Altarraum der Kirche und fragte sich zum wiederholten Mal, was um Himmels willen sie da tat? Als Juli sie kurz vor fünf zur Abendmeditation abholen wollte, hatte sie etwas von einer Einladung einer Schwester gemurmelt und war mit den Worten »Ich erzähl es euch beim Abendessen« schnell an ihr vorbeigehuscht. An der Eingangstür zur Klausur war sie bereits von der freundlichen Schwester mit den Apfelbäckchen erwartet worden, die sich bei dieser Gelegenheit als Schwester Rautgundis vorstellte. Etwas beklommen war sie ihr durch einen langen, kühlen Flur gefolgt. Nach und nach gesellten sich die anderen Schwestern zu ihnen, einige in Ordenstracht, einige in Alltagskleidung. Sie nickten ihr und Schwester Rautgundis zu und gingen schweigend weiter. Es herrschte völlige Stille, nur die leisen Schritte der Frauen auf dem Steinboden waren zu hören. Auch jetzt, in der Kirche, war es vollkommen still. Es kamen noch einige Nachzüglerinnen durch die verborgene Tür neben dem Chorgestühl und nahmen schweigend ihre Plätze ein, dann war kein weiteres Geräusch mehr zu hören. Fritzi konnte von ihrem Platz aus nicht hinunter in das Kirchenschiff sehen, und sie wagte es in der andächtigen Stille nicht, sich neugierig vorzubeugen, um nachzusehen, ob auch Konrad wieder da war. Doch dann fiel ihr die Meditation ein. Sicher würde er dort sein. Wie Schwester Josefa auch. Nur sie war hier. Ein einzelner Fremdkörper zwischen all den Nonnen.

Auf dem Altar brannte eine Kerze, und einige der Nonnen hatten, ganz pragmatisch, die modernen kleinen Lämpchen angeknipst, die über dem Chorgestühl angebracht waren. Schwester Rautgundis, die in der Stuhlreihe vor ihr saß, hatte ihr am Eingang noch ein abgegriffenes, dünnes Gesangbuch gereicht, in dem mit bunten Bändern die heutigen liturgischen Gesänge eingemerkt waren.

Erst jetzt entdeckte Fritzi das Harmonium, das sie am Morgen von ihrem Versteck aus schon gehört, aber nicht gesehen hatte. Es stand etwas zurückgesetzt unter einem Bogen neben dem Hauptaltar. Eine Schwester hatte dort Platz genommen, die kaum älter als fünfundzwanzig zu sein schien. Fritzi fragte sich, wie sich eine so junge Frau zwischen all ihren viel älteren Mitschwestern wohl fühlen mochte? Sie selbst fand die Entscheidung, sein Leben in einem Kloster zu verbringen, ja bereits schwer verständlich, noch unverständlicher schien es ihr aber, dies auch noch in Gesellschaft von Frauen zu verbringen, die mehrheitlich mehr als doppelt so alt waren wie man selbst.

Dann fing die Nonne an zu spielen, und Fritzi hatte keine Zeit mehr, über Altersunterschiede nachzudenken. Fasziniert beobachtete sie die junge Schwester, die so routiniert und gleichzeitig leidenschaftlich in die Tasten griff, dass Fritzi sofort klar war, dass sie viel mehr konnte als diese einfache Melodie, mit der das Stundengebet begann. Fritzi vergaß für einen Moment, dass sie eigentlich hier war, um mitzusingen, sie konnte den Blick nicht von der jungen Frau abwenden. Immer wenn sie Menschen begegnete, die mit Leib und Seele Musiker waren, erging es ihr so.

In Fritzis Familie war Musik nie ein Thema gewesen. Ihre beiden Brüder, beide Naturwissenschaftler, waren ebenso unmusikalisch wie Fritzis Vater, und für ihre Mutter war Musik nur wichtig, um den Status zu wahren und mitreden zu können. Nie wäre sie auf den Gedanken gekommen, selbst Musik zu machen. Schon allein deshalb, weil ihre eigene Mutter als Nachtclubsängerin ein peinliches Gegenbeispiel zu dem darstellte, was in den Augen von Fritzis Mutter »Hochkultur« darstellte.

Und so galt Fritzi, wie ihre Brüder, von vorneherein als unmusikalisch, ohne dass darüber je gesprochen worden wäre. Als sie ins Gymnasium kam, durfte sie jedoch den Schulchor besuchen. Ein bisschen singen zu lernen schadete nicht, das konnte man wenigstens in der Kirche und auf Hochzeiten gebrauchen. Mit dreizehn wollte sie Gitarre lernen, was man ihr ebenfalls gestattete, allerdings nicht weiter beachtete. Gitarre spielen zu können war in den Augen ihrer Eltern nicht wirklich der Rede wert. Klavier oder Geige, ja, aber Gitarre? Immerhin kauften sie Fritzi ein schöne, klassische Konzertgitarre und erkundigten sich in der Musikschule, wer der beste Lehrer für klassische Gitarre war. Wenn es schon dieses Instrument sein musste, dann sollte ihre Tochter wenigstens eine fundierte Ausbildung darin bekommen und nicht nur darauf herumklimpern und alberne Popsongs begleiten.

Fritzi, die eigentlich genau das vorgehabt hatte, nämlich Songs und Rockriffs ihrer Lieblingsbands nachzuspielen, mühte sich also stattdessen unter dem strengen Blick eines ebenso farblosen wie humorlosen Lehrers auf der Musikschule mit *arpeggio* und *apoyando*, Tonleitern und Zupftechniken ab, und lernte Stücke von Komponisten aus dem 19. Jahrhundert anstatt Songs von U2 oder Guns N' Roses. Nach drei Jahren gab sie auf, stellte die Gitarre in die Ecke, wo sie langsam Staub ansetzte und der einen oder anderen Spinne als Halt für ihr Netz diente. Damit wäre ihre musikalische Karriere eigentlich beendet gewesen, hätte es nicht Bertino gegeben.

Bertinos Leidenschaft galt, neben Mokka und Kirschlikör, der Gitarre. Eines Tages schlug ihre Großmutter vor, sie solle doch einmal ihre Gitarre mitbringen und ihnen beiden etwas vorspielen, und Fritzi, die ihrer Großmutter eine Freude machen und außerdem nicht zugeben wollte, dass sie das Gitarrespielen aufgegeben hatte, willigte ein. Sie staubte ihr Instrument ab, übte einen ganzen Nachmittag lang und versuchte dann unter Bertinos aufmerksamem Blick, mit zitternden, verschwitzten Fingern ein klassisches Menuett zu spielen. Als ihre Großmutter ihr aufmunternd zunickte, entspannte sie sich etwas, doch bereits nach der Hälfte schnalzte Bertino unwillig mit der Zunge und nahm ihr ohne Federlesen die Gitarre aus der Hand.

»Merde, c'est ça! Issa grosse Mist, was du gelerrnte«, knurrte er, und Fritzi wurde rot vor Scham. Am liebsten hätte sie ihre Gitarre aus dem Fenster geworfen und wäre gleich hinterhergesprungen. Doch Bertino wollte sie nicht beschämen, sondern im Gegenteil: Er betrachtete es als eine persönliche Beleidigung, was man den Schülern auf »diesa Mistaschul!« beibrachte, und er nahm von diesem Tag an Fritzis Gitarrenunterricht in die Hand.

Als Erstes warf er sämtliche Noten, die Fritzi ihm mitbrachte, mit einer verächtlichen Geste in den Papierkorb und verbot ihr, das Instrument mit einem Stimmgerät zu stimmen. »Musst du höre! Écouter, capisch?« Er wedelte mit seiner Zigarette herum, trank von Großmutters Kirschlikör und erklärte ihr Dinge, von denen sie noch nie etwas gehört hatte. Dann begann der eigentliche Unterricht. Er spielte ihr kurze Melodieabschnitte und Akkorde vor, die sie dann nach Gehör nachspielen musste. Sie tat es mit einem Gefühl von befremdlicher Faszination, denn diese Art von Unterricht unterschied sich so fundamental von dem, was sie in der Musikschule gemacht hatten, dass es eigentlich gar kein richtiger Unterricht sein konnte.

Trotzdem gefiel es ihr, sie begann wieder zu üben, erst leise in ihrem Zimmer, dann packte sie der Ehrgeiz, sie wollte bei ihrem nächsten Treffen die Aufgaben beherrschen, wollte Bertino lächeln sehen, ihn sagen hören:

»Brava« oder schlicht »C'est bon, eh?«. Irgendwann, sie hatte mittlerweile ganz ohne ermüdende Fingerübungen die kompliziertesten Akkorde gelernt, konnte einen harten, rhythmischen Begleitschlag spielen und hörte von selbst, wann eine Saite verstimmt war, beschloss Bertino, dass es Zeit war, ein Lied gemeinsam zu spielen. Mit einem feierlichen Gesichtsausdruck, der dem ihrer Mutter, wenn sie von Wagners »Jahrhundertring« sprach, ziemlich nahe kam, brachte Bertino bei ihrem nächsten Treffen seine eigene Gitarre mit. In Fritzis Augen sah sie seltsam aus, sie hatte eine ganz andere Form als ihre klassische Gitarre, und das Klangloch war nicht rund, sondern oval, wie zusammengedrückt. Bertino wies Fritzi an, einen bestimmten Begleitrhythmus zu spielen, den er ihr beigebracht hatte, zählte mit wippendem Fuß an: »Un, deux, trois, un …«, und begann dann, dazu eine Melodie zu spielen.

Fritzi starrte ihn mit offenem Mund an und musste sich beherrschen, nicht einfach mit ihrer Begleitung aufzuhören, so fasziniert war sie. Bertinos Gitarrenspiel klang anders als alles, was sie je zuvor gehört hatte. Die Musik fühlte sich an, als würde sie direkt aus ihren Körpern kommen, ohne Umwege über ihren Verstand. Sie dachte nicht mehr an Noten, Pausen, Takte und Tonarten, sie spielte, ohne nachzudenken, und es gab nichts, was mit dem Glücksgefühl zu vergleichen war, das sie dabei verspürte.

Sie spielten den ganzen Nachmittag, Fritzi vergaß ihre Hausaufgaben, sie vergaß, dass sie versprochen hatte, für ihre Mutter einzukaufen, sie vergaß, dass sie am nächsten

Tag ein Deutschreferat halten musste, sie spielte und spielte, und es gab nichts anderes mehr auf der Welt. Als sie am Abend nach Hause kam, viel zu spät, um noch irgendetwas zu erledigen, empfing sie eisiges Schweigen. Man hatte schon ohne sie gegessen, und ihre Eltern waren gerade dabei auszugehen. Schweigen war die Art ihrer Eltern, ihr zu zeigen, dass sie einen groben Fehler gemacht hatte. In ihrer Familie wurde nie die Stimme erhoben, alles wurde vernünftig erläutert, und wenn man der Meinung war, eine Erläuterung sei sinnlos, dann schwieg man. Unter den vorwurfsvollen Augen ihrer Eltern schlich Fritzi scheinbar reuig auf ihr Zimmer. Doch sie war keineswegs reuig und noch nicht einmal ein winziges bisschen schuldbewusst. Im Gegenteil: Sie glühte vor Glück, und als sie hörte, wie die Tür unten ins Schloss fiel, und wusste, dass sie allein war, ließ sie sich auf ihr Bett fallen, strampelte mit den Beinen und schrie vor Freude, bis die Wände der ehrwürdigen Professorenwohnung zu wackeln begannen.

Es sollte jedoch bei einem einzigen gemeinsamen Spiel von Fritzi und Bertino bleiben. In der nächsten Woche schaffte es Fritzi nicht, ihre Großmutter zu besuchen, da sie in der Schule zu viel zu tun hatte, und dann rief eines Morgens ihre Großmutter an und teilte ihr mit, dass Bertino einen Unfall gehabt hatte. Er war spätnachts mit dem Fahrrad auf der Leopoldstraße unterwegs gewesen, und ein Auto hatte ihn in voller Fahrt erfasst und über die Straße geschleudert. Er war noch an der Unfallstelle gestorben. Der Unfallverursacher, ein junger Mann, war betrunken gewesen, ebenso wie Bertino selbst. Ein tragisches Unglück, doch in Fritzis Familie sorgte es nicht für größere Aufregung. Man hatte »diesen Menschen« schließlich nicht näher gekannt.

Für die siebzehnjährige Fritzi allerdings brach eine Welt zusammen. Sie hatte Bertino fast so geliebt, wie sie ihre Großmutter liebte. Für sie gehörte er zur Familie. Und er hatte ihr einen der glücklichsten Nachmittage ihrer Teenagerjahre geschenkt.

Die Beerdigung fand vier Tage später statt. Es war ein trüber Vormittag im November, und Fritzi hatte dafür die Unterschrift ihrer Mutter gefälscht und die Schule geschwänzt, weil ihre Eltern ihr keine Entschuldigung hatten schreiben wollen. Es waren nur sehr wenige Leute zum Friedhof gekommen, die Fritzi alle nicht kannte. Offenbar hatte Bertino keine eigene Familie gehabt. Am Ende stand Fritzi neben ihrer Großmutter und drei Freunden von Bertino allein am Grab, und als sie zu dem billigen Sarg hinuntersah, hatte sie das Gefühl, jemand habe ihr ein Stück von der Sonne weggenommen. Nach der Beerdigung gingen sie in ein Café am Johannisplatz, das damals schon aussah, als wäre darin vor fünfzig Jahren die Zeit stehengeblieben. Dort klammerte Fritzi sich an ein Glas Tee und versuchte, die Kälte in ihrem Inneren zu vertreiben.

Die drei anderen Trauergäste kannten Bertino und ihre Großmutter noch aus ihren gemeinsamen Musikerzeiten. Gerda, eine etwa fünfzigjährige Frau in einem viel zu engen Kleid, mit knallrot geschminkten Lippen und mächtigem Busen, die allerbreitestes Münchnerisch sprach, sich immer wieder die verschmierte Wimperntusche aus den Augenwinkeln tupfte und dabei murmelte: »Mei, unser Bertl, des hat er ned verdient, naa wirklich ned!« Dann Slatko, ein vierschrötiger Mann mit Schnauzbart, der, wie er Fritzi umständlich erklärte, aus Sarajevo stammte und zusammen mit Bertino Musik gemacht hatte. »Kontrabass«, murmelte er mit ebenfalls basstiefer Stimme, und sein kohlschwarzer Seehundschnauzer zitterte bekümmert.

Der Letzte im Bunde, ein Mann mit Spitzbärtchen und dichtem eisgrauen Pferdeschwanz, der einen vor zwanzig Jahren modernen, aber immer noch eleganten Anzug trug, wurde von allen nur Sepperl genannt. Fritzi erfuhr, dass er gelernter Friseur und Perückenmacher war und in dieser Funktion ebenfalls eine Zeitlang am Theater gearbeitet hatte. Im Übrigen spielte er Klarinette. Jetzt war er in Rente und verbrachte seine Zeit damit, im Hofgarten Boule zu spielen. Man trank Mokka, dann Sekt und Kirschlikör, und auch Fritzi bekam jeweils ein Glas vorgesetzt. In Gedenken an Bertino stürzte sie den Likör mit Todesverachtung hinunter und fand, dass er wie Hustensaft schmeckte. Auch der Sekt schmeckte ihr nicht, obwohl es bei weitem nicht das erste Glas war, das sie in ihrem siebzehnjährigen Leben getrunken hatte. So blieb sie beim Tee, schlang ihre kalten Finger um das heiße Glas und wartete vergeblich darauf, dass ihr warm wurde.

Der Nachmittag dauerte lange, es gab mehr Kirschlikör, eine weitere Flasche Sekt wurde geöffnet, und irgendwann lagen sich Gerda und Slatko weinend in den Armen. Als Sepperl, eingehüllt in den Rauch seines Zigarillos, »Blue Moon« zu singen begann, beschloss Fritzis Großmutter, dass es für heute genug war.

Als sie wenig später zu zweit vor dem Lokal standen, war es bereits dunkel, und der Wind blies ihnen kalt ins Gesicht. Schweigend gingen sie die Straße entlang, und Fritzis Großmutter hielt mit einer Hand ihren Hut und mit der anderen Fritzis klamme Finger fest, als sei sie eine Dreijährige, die man daran hindern musste, unvermittelt über die Straße zu laufen. Vor der Haustür wollte sich Fritzi schon verabschieden, doch ihre Großmutter schüttelte den Kopf. »Ich hab noch was für dich«, sagte sie und sperrte die Tür auf.

Fritzi folgte ihr die Treppe hinauf in die winzige Dachgeschosswohnung, die ihr jetzt, wo Bertino nie mehr kommen würde, plötzlich unerträglich leer und trostlos vorkam. Auf dem Tisch in der Wohnküche lagen noch Bertinos Zigaretten. Als ihr Blick darauf fiel, schluchzte sie auf, und plötzlich konnte sie nicht mehr aufhören zu weinen. Ihre Großmutter nahm sie in den Arm und tröstete sie, doch Fritzi wusste, dass sie am liebsten mitgeweint hätte. Nach einer Weile ließ sie Fritzi los, strich ihr mit einem traurigen Lächeln über die Haare und ging ins Schlafzimmer.

Sie kam mit einem angeschlagenen dunkelbraunen Gitarrenkoffer zurück. »Bertino hätte gewollt, dass du sie bekommst.«

Und so kam Fritzi zu Bertinos Gitarre. Damals hatte sie keine Ahnung, dass es sich um eine sehr teure und seltene französische Jazzgitarre handelte, ebenso wenig wie sie wusste, dass die Art des Gitarrenspiels, die Bertino ihr beigebracht hatte, Manouche genannt wurde und französischer Gypsy-Jazz war. Sie wusste auch nicht, dass Bertino in jungen Jahren für seinen Stil berühmt gewesen und in vielen renommierten Jazzclubs aufgetreten war. Das erfuhr sie erst viel später. Doch selbst wenn sie es gewusst hätte, hätte es sie in dem Augenblick nicht interessiert. Sie nahm den Koffer mit all der Selbstbeherrschung, die sie aufzubringen imstande war, und trug ihn zitternd vor Kälte nach Hause. Dort schob sie ihn unter ihr Bett und beschloss, niemals auf dieser Gitarre zu spielen. Diesem Vorsatz war sie treu geblieben. Sie hatte den Gitarrenkoffer bei all ihren Umzügen mitgeschleppt, auch jetzt wusste sie noch genau, wo er sich befand, nämlich auf dem Speicher neben der Kiste mit der Weihnachtsdekoration und Esthers altem Schaukelpferd. Warum hatte sie sich eigentlich nie überwinden können, die Gitarre auch nur in die Hand zu nehmen?

Vielleicht, weil ihr jedes Mal, wenn sie daran gedacht hatte und sie den Koffer geöffnet und das Instrument betrachtet hatte, jener rauschhafte, glückselige Nachmittag wieder vor Augen stand und sie ein schier unerträgliches Gefühl von Verlust überkam. Jener veranlasste sie dazu, schnell den Deckel wieder zuzuschlagen und den Koffer wieder an seinen Platz zurückzustellen. Und obwohl sie im Windschatten der Hochkultur ihrer Familie weiter Gitarre gespielt und sich, ganz ohne Musikschule, in Anlehnung an Bertinos einzigartigen Unterricht eine ganze Menge selbst beigebracht hatte, hatte sie sich nie mehr daran gewagt, die Musik, die er ihr beigebracht hatte, noch einmal zu spielen.

Als das Vorspiel in das Hauptlied überging und die Nonnen mit ihrem Gesang einsetzten, kehrte Fritzi unvermittelt in die Realität zurück. Nach einem verstohlenen Blick auf das Gesangbuch der Ordensschwester vor ihr fand sie die Stelle, an der sie begonnen hatten, und erkannte, dass es ein Psalm war. Die Nonnen sangen abwechselnd. Wie bei einem Frage- und Antwortspiel gingen die Stimmen zwischen dem Chorgestühl hin und her. Fritzi öffnete den Mund, um mit einzustimmen. Doch dann schloss sie ihn wieder. Sie spürte, wie ihre Hände feucht wurden und ihr Herz schneller zu schlagen begann. Es ist nur Singen, nichts weiter, versuchte sie in Gedanken die aufkeimende Panikattacke niederzureden. Niemand wird dich hören und außerdem, wie hatte Schwester Rautgundis gesagt: »Singen kann jeder a bissle.«

Als dann endlich ein eingerosteter Ton aus ihrer Kehle drang, erschrak sie, so laut und durchdringend kam er ihr vor. Aber niemand drehte sich nach ihr um, nichts geschah. Die Nonnen sangen unbeirrt weiter. Fritzi schloss die Augen und vergegenwärtigte sich das Musikbild, das sie heute Nachmittag im Kurs gemalt hatte, und begann schließlich nach und nach auch den Gesang der Schwestern zu sehen. Hier ein dunkles Rot, dort sanfte, toffeefarbene Wellen, ein zartes Grün darüber ... Und mit den Bildern der Töne vor Augen wagte sie es noch einmal, suchte die Noten im Gesangbuch und begann, vorsichtig tastend, Ton für Ton zu singen. Mit jeder richtig getroffenen Note wurde sie mutiger, ihr Herzschlag beruhigte sich, und sie hatte nicht mehr das Gefühl, ein Fremdkörper zu sein. Als die Schwestern einen neuen Psalm anstimmten, musste Fritzi nicht mehr auf die Noten sehen, ihr Gesang fügte sich wie von selbst in das Auf und Ab der Melodie ein, die verschiedenfarbigen Töne verbanden sich zu einem schwebenden Ganzen, und es spielte keine Rolle mehr, warum sie hier war, ob die Nonnen alt oder jung waren und ob sie selbst dazugehörte oder nicht.

Fast eine Stunde lang sang Fritzi zusammen mit den Frauen im weichen Dämmerlicht des Altarraums, und als die Stimmen um sie herum schließlich verklangen, bemerkte sie peinlich berührt, dass ihr Gesicht tränennass war. Hastig stand sie auf und folgte den Schwestern, die nach und nach aufstanden und den Altarraum so ruhig und still verließen, wie sie gekommen waren. Schwester Rautgundis erwartete sie an der Tür und brachte sie zurück zum Gästetrakt.

An der Glastür meinte sie: »Hat Ihnen guatgetan, gell?«

Fritzi nickte glücklich und wischte sich dann verlegen über die Augen. »Wer war denn die junge Schwester am Harmonium?«, fragte sie dann schnell, teils aus Neugier, teils, um von sich und ihren Tränen abzulenken.

»Des war die Schwester Francesca. Sie wohnt in unserer Gemeinschaft in München und is a bissle zu Bsuach da. Sie studiert Kirchenmusik.«

»Oh. Sie studiert …« Fritzi nickte langsam und kam sich ein bisschen einfältig vor, weil sie völlig selbstverständlich davon ausgegangen war, dass sich Studium und Eintritt in ein Kloster von vornherein ausschlossen.

Schwester Rautgundis wünschte ihr noch einen gesegneten Abend, und Fritzi wurde ganz eigentümlich zumute angesichts der aufrichtigen Herzlichkeit, mit der die alte Frau ihr zum Abschied zulächelte. Langsam ging sie hinunter in den Speisesaal, und dabei fiel ihr auf, dass ihre Stimme während des gesamten Singens kein bisschen heiser gewesen war.

Als sie noch immer leicht schwebend vor Glück in den Speisesaal kam, saß Juli allein am Tisch. Sie hob den Kopf und fragte stirnrunzelnd: »Wo wart ihr beide denn?«

»Wieso? War Constanze auch nicht bei der Meditation?«, wunderte sich Fritzi.

»Nein. Und Nelly auch nicht!«, sagte Juli vorwurfsvoll. »Ihr habt mich ganz allein die Wand anstarren lassen.«

»Ich ... äh ... Ich war in der Kapelle, eine Schwester hat mich eingeladen, mit ihnen zu singen«, sagte Fritzi und bemühte sich dabei um einen leichten, fast nebensächlichen Ton.

»Singen?«, fragte Juli verblüfft.

»Ja, wieso? Darf man jetzt nicht mehr singen?«, gab Fritzi abwehrend zurück.

»Doch ... doch, es ist nur ein wenig überraschend.« Juli sah sie forschend an.

Fritzi wich ihrem Blick aus. »Wir haben uns nach dem Frühstück ein bisschen über den Gesang unterhalten, den ich am Morgen gehört habe, und die Schwester hat gemeint, ich könnte am Abend mit ihr in die Kirche kommen und mitsingen.«

Juli goss ihr Kräutertee in die Tasse. »Und? Wie war's?«

Fritzi antwortete nicht, sondern sah nachdenklich zum Fenster hinaus. Der Regen von heute Nachmittag hatte aufgehört, doch der Wind war noch unvermindert stark, und die Äste der Bäume bogen sich schwarz vor einem unruhigen, von Wolkenfetzen durchzogenen Abendhimmel. »Ich habe seit fast zwanzig Jahren nicht mehr gesungen«, sagte sie dann unvermittelt.

»Ich auch nicht«, antwortete Juli prompt. »Und meine Flöte haben wahrscheinlich schon die Holzwürmer gefressen. Ich habe sie nie wieder in die Hand genommen ... seitdem.«

Sie sahen sich an.

»*As the birds fly in the air* ...«, flüsterte Fritzi leise »Erinnerst du dich?«

Juli nickte heftig, und ihre Augen röteten sich. »Natürlich. Wie könnte ich das vergessen?«

Bevor Fritzi noch etwas hinzufügen konnte, öffnete sich die Tür zum Speisesaal, und Constanze kam herein. Sie sah merkwürdig aus. Sonst immer wie aus dem Ei gepellt, wirkte sie jetzt reichlich derangiert. Sie trug noch den Pullover vom Nachmittag, den zwei rote Farbspritzer zierten, und ihre Jeans waren am Saum nass und schmutzig. Offenbar war sie eine Weile im Regen herumgelaufen, denn auch ihre Haare waren feucht. Ihr sonst immer so perfekt aufgetragenes Make-up hatte sich im Laufe des Tages weitgehend verabschiedet. Ohne Lidstrich, Wimperntusche und Rouge war ihre Haut blass, und ihre großen grauen Augen wirkten nackt. Sie sah verändert aus, jünger und verletzlicher.

Ihre Blicke trafen sich, und Fritzi hatte das Gefühl, als wolle sie etwas sagen, doch nach einem Moment des Schwankens biss sie sich auf die Lippen, winkte ihnen nur schwach zu und nahm sich Käse und Brot vom Büfett. Fritzi meinte zu sehen, dass ihr Kinn verdächtig zitterte, und sie fragte sich mit wachsender Besorgnis, was zum Teufel mit ihrer alten Freundin los sein mochte. Als sich Constanze zu ihnen setzte, legte Fritzi die Hand auf ihren Arm.

»Ist alles in Ordnung mit dir?«

»Was?« Constanze zuckte so heftig zusammen, dass Fritzi ihre Hand rasch wieder zurückzog.

»Äh ... geht es dir gut?«, fragte sie.

»Ja, klar, wieso nicht?«, fragte Constanze zurück und begann, so energisch Butter auf ihrem Brot zu verteilen, dass das Brot in zwei Teile zerfiel. Unwirsch warf sie das Messer auf den Tisch.

»Du warst nicht bei der Meditation ...«, begann nun Juli, doch Constanze unterbrach sie barsch: »Und? Bekomme ich jetzt einen Verweis?«

Juli schüttelte den Kopf und sagte nichts mehr. Fritzi hob die Augenbrauen und warf Juli einen bedeutungsvollen Blick zu. Beide wussten, dass dies eine von Constanzes gefährlichen Stimmungen war, bei denen man besser nicht mit ihr zu diskutieren begann, wenn man nicht wollte, dass sie explodierte. Auch wenn sie keine Ahnung hatten, was diese gereizte Stimmung zu bedeuten hatte, war es nicht angebracht, Constanze jetzt danach zu fragen.

Kommentarlos schenkte Fritzi ihrerseits Constanze

eine Tasse heißen Kräutertee ein, und sie begannen schweigend zu essen.

Als Nelly und Elisabeth hereinkamen, winkte Juli ihnen erleichtert zu: »Bei uns sind noch zwei Plätze frei.«

Constanze hob abrupt den Kopf, als Nelly sich neben sie setzte, und ihre blassen Wangen färbten sich rosa.

»Hallo zusammen«, sagte Nelly, doch sie sah nur Constanze an, deren Röte sich noch vertiefte.

Wie versteinert saß sie auf ihrem Platz, ihre Hand, die eben noch nach ihrer Tasse hatte greifen wollen, verharrte mitten in der Bewegung, und alle spürten einen kurzen Moment lang die Spannung, die vibrierend wie eine elektrisch aufgeladene Wolke in der Luft lag. Juli runzelte irritiert die Stirn, und Fritzi musterte ihre Freundin verwundert. Dann sah sie Constanzes Blick, ihre verlegene Röte, und sie glaubte zu begreifen, oder besser gesagt, sie hätte vielleicht begreifen können, wenn es sich nicht um Constanze gehandelt hätte. Die Constanze, die ihre Handlungen jederzeit unter Kontrolle hatte und deren Gefühle wie unter einem Eispanzer verborgen waren. Es konnte doch nicht sein, dass sich genau diese Constanze in eine junge Frau mit kurzgeschorenen Haaren und abgewetzten Jeans verliebte, oder?

Fritzi lehnte sich zurück und dachte an Constanzes seltsames Verhalten und ihre Wutzeichnung heute Nachmittag. Sie musste zugeben, dass die Constanze, die hier mit ihnen das Wochenende verbrachte, meilenweit von der unnahbaren, kontrollierten Frau entfernt war, in die sich ihre alte Studienfreundin nach dem Studium verwandelt hatte. Es wirkte längst nicht mehr so, als habe sie die Dinge im Griff. Fritzi sah zu Nelly und meinte so etwas wie Schuldbewusstsein in ihrem Blick zu erkennen – eine trotzige Bitte um Nachsicht, und gleichzeitig war darin eine Zärtlichkeit, die Fritzi schnell den Blick abwenden ließ, so als habe sie etwas gesehen, was nicht für ihre Augen bestimmt war.

Siebzehntes Kapitel

Sie begannen über Belangloses zu reden, und bald plätscherte das Gespräch der fünf Frauen freundlich dahin und mischte sich mit all den anderen leisen Geräuschen, die zu hören sind, wenn mehrere Menschen, die sich nicht besonders gut kennen, miteinander essen: das metallische Klappern von Messern auf den Tellern und Löffeln in den Teetassen, gedämpftes Lachen, höfliche Gespräche, hie und da ein behutsames Stühlerücken. Draußen rüttelte der Wind an den alten Klosterfenstern und drückte hin und wieder einen Ast gegen die Scheibe, was ein schabendes Geräusch verursachte.

»Warum machst du eigentlich diesen Kurs?«, wollte Juli von Nelly wissen, als diese gerade über eine Bemerkung von Elisabeth so herzhaft und laut lachte, dass sich die anderen Kursteilnehmer, die am Nebentisch saßen, zu ihnen umdrehten. »Du scheinst doch nicht so der meditative Typ zu sein, oder?«

»Nicht meditativ?« Nelly riss die Augen auf und griff sich anklagend an die Brust. »Das trifft mich jetzt echt hart, Juli, dass du so über mich denkst.«

»Entschuldige«, stotterte Juli verlegen und wurde rot. »Ich wollte nicht …«

Nelly grinste und schob sich den Rest ihres Brotes in den Mund. »Quatsch, war doch nur Spaß«, sagte sie kauend und zuckte dann vage mit den Schultern. »Ich studiere Kunst und bin … nun ja … sagen wir … ein bisschen ins Stocken geraten. Da dachte ich wohl, ein bisschen göttlicher Trost kann nie schaden.«

Ihre Stimme klang locker und harmlos, doch irgendetwas irritierte Fritzi, die dem Gespräch zwischen Juli und Nelly amüsiert gefolgt war. Vielleicht die Tatsache, dass Nelly, obwohl sie gerade noch einen lockeren Scherz gemacht hatte, bei ihrer Antwort keinen von ihnen ansah, sondern ihre Augen stur auf den Teller gerichtet hielt. Sie lügt, dachte Fritzi. Es gibt einen anderen Grund, warum sie hier ist, und sie will ihn uns nicht verraten. Aber warum?

Ihr Blick fiel auf Constanze, und sie sah, dass sich ihre ohnehin schon angespannte Miene verhärtet hatte. Sie sah jetzt so finster drein, dass man fast Angst bekam. Sie weiß es, fuhr es Fritzi irritiert durch den Kopf. Sie kennt Nellys wahren Grund.

Nelly dagegen achtete nicht auf Constanzes Gesichtsausdruck, sondern nahm sich ein zweites Brot, begann es sorgfältig zu belegen und fragte dann in die Runde: »Und was ist mit euch? Braucht ihr auch göttlichen Trost?«

»Es war eigentlich ein Geschenk für Fritzi …«, sagte Juli.

Nelly wandte sich Fritzi zu. »Stimmt, du hast ja morgen Geburtstag!«

»Ja …«, sagte Fritzi und stellte verwundert fest, dass sie den ganzen Tag noch nicht an ihren bevorstehenden Geburtstag gedacht hatte. Auch gestern nicht. So viele andere Dinge hatten Platz in ihrem Kopf beansprucht, dass für ihren Geburtstag, der bis dahin wie ein großes schwarzes Ungeheuer in einer Ecke gelauert hatte, kein Raum mehr geblieben war.

»Was ist geplant, um dieses Ereignis zu feiern?«, wollte Nelly wissen.

»Eigentlich nichts.« Fritzi zuckte mit den Schultern. »Mir war eigentlich nicht so nach Feiern zumute, weil ich …«

In diesem Moment wurde sie ziemlich rüde von Constanze unterbrochen. »Blödsinn!«, schnauzte sie Fritzi an. »Natürlich feiern wir. Wär ja noch schöner.«

Alle am Tisch sahen Constanze überrascht an. Ihre Augen blitzten gefährlich, und sie wirkte so wild entschlossen, als ginge es nicht um eine Geburtstagsfeier, sondern um eine Sache auf Leben und Tod. Als Fritzi anhob, etwas zu entgegnen, warf ihr Juli einen warnenden Blick zu, doch Fritzi hatte gar nicht vorgehabt, Constanze zu widersprechen. Denn eigentlich hatte sie ja recht. Irgendetwas mussten sie wohl oder übel unternehmen. Den Vorabend ihres vierzigsten Geburtstages allein in ihrem kargen Gästezimmer zu verbringen war auch keine Lösung.

»Sollen wir vielleicht wieder in die Dorfwirtschaft hinuntergehen?«, schlug sie zögernd vor und fand dabei die Aussicht, bis zwölf in der trostlosen Wirtschaft zu sitzen und zu warten, fast noch trauriger, als allein im

Gästezimmer zu hocken. Wahrscheinlich hatte das Wirtshaus ohnehin nicht so lange geöffnet. Sie würden alle um zehn ins Bett gehen müssen. Mit ein paar Schlucken lauwarmen Prosecco im Magen.

Fritzi seufzte schwer. Da meldete sich die bedächtige Elisabeth zu Wort. »Es gibt hier, unten im Keller, ein Stüberl für Gäste. Da sitzt man ganz nett. Und etwas zu trinken gibt es auch.«

»Oh, das ist doch super!«, rief Juli erleichtert.

Fritzi nickte ergeben und sah auf die Uhr. »Sagen wir in einer halben Stunde?«

Der Kellerraum lag dunkel und verlassen vor ihnen, als die drei Frauen vorsichtig die Tür öffneten. Mit seinen kahlen, fensterlosen Steinwänden und den niedrigen Gewölbebögen an der Decke hatte er große Ähnlichkeit mit einer Gruft, zumal er auch ziemlich kalt war und einen leichten, aber unverkennbaren Geruch nach feuchter Erde und Moder verströmte. Mäßig begeistert schaltete Fritzi das Deckenlicht ein. Immerhin gab es einen großen, runden Holztisch, eine Eckbank und Stühle mit rotweiß karierten Kissen darauf, eine Bar und einen Kühlschrank mit Getränken. Dort verstaute Fritzi als Erstes ihren Prosecco und stellte zufrieden fest, dass er, wie Elisabeth gesagt hatte, ausreichend mit Bier und Weißwein gefüllt war, so dass sie wenigstens nicht auf dem Trockenen saßen. Außerdem standen auch noch mehrere Flaschen Rotwein auf der Theke bereit.

Constanze hatte sich in der kurzen Zeit nach dem Abendessen wieder perfekt restauriert, und nichts erinnerte mehr an die blasse, unsichere Frau vom Abendessen. Ihre Haare waren frisch gewaschen und geföhnt, die Wangen rosig, die Wimpern getuscht. Sie trug eine lässige dunkelblaue Jeans und einen hellgrauen Wollpullover mit V-Ausschnitt, der sehr teuer und edel aussah.

Juli strich bewundernd über einen Ärmel und rief: »Oh, ist der weich, da möchte man ja am liebsten mit reinschlüpfen. So etwas muss man bei einem Rendezvous anziehen, dann wird man den ganzen Abend gestreichelt.«

»Ich kann mir nichts Schöneres vorstellen …«, kommentierte Fritzi ironisch, »… wenn man eine Katze ist.«

»Wieso? Seit wann hast du etwas dagegen, gestreichelt zu werden?«, fragte Juli prompt nach.

Fritzi verdrehte die Augen. »Stell dir vor, du gehst mit … sagen wir mal, Orlando Bloom aus, und er sitzt die ganze Zeit da und streichelt deinen Pullover. Also wenn schon, dann könnte ich mir das höchstens *ohne* Pullover vorstellen …«

Juli kicherte. »Orlando Bloom müsste bei mir überhaupt nichts tun. Es würde schon reichen, wenn er nur mit mir redet. Dieses wahnsinnige, superenglische Englisch, das der spricht …«

»Er ist aus Kaschmir.«

Die beiden Frauen wandten sich erstaunt zu Constanze um, die bisher noch kein Wort gesagt hatte.

»Äh, wie? Ich dachte, der wäre aus England …«, murmelte Juli verwirrt.

»Nicht Orlando Bloom, der Pullover, du Dummi!« Fritzi warf einen prüfenden Blick auf Constanze. »Ist wirklich alles in Ordnung mit dir? Du hast beim Abendessen etwas ... äh ... merkwürdig gewirkt.«

Constanze schüttelte den Kopf. »Alles in bester Ordnung. Ich war nach dem Malkurs spazieren und habe mich total mit der Zeit verschätzt. Daher bin ich viel zu spät zurückgekommen, habe die Meditation verpasst und konnte mich nicht einmal mehr umziehen. Ich war einfach etwas gereizt, das ist alles.«

Fritzi nickte, wenn auch noch nicht ganz überzeugt. »Du würdest es uns doch sagen, wenn etwas wäre?«

»Was soll denn sein?«

Fritzi zögerte. »Ich weiß nicht, ich meine, wenn du Sorgen hast oder so?«

Constanze lachte auf. »Warum sollte ich denn Sorgen haben? Mir geht's prima!« Sie klopfte Fritzi auf die Schulter. »Mach dir nicht immer so viele Gedanken um andere Leute. Heute ist dein letzter Tag mit einer Drei vorne dran. Das wird jetzt richtig gefeiert. Ab morgen bist du eine alte Schachtel.«

Fritzi warf ihr einen vorwurfsvollen Blick zu. »Super Ansage, echt. Baut mich richtig auf.«

»Mensch, Constanze!«, rief Juli empört. »Musst du auch noch Öl ins Feuer gießen?«

Constanze machte ein unschuldiges Gesicht. »Wieso denn? Stimmt doch. Außerdem bin ich im Gegensatz zu euch schon eine Weile vierzig und lebe noch ganz gut ohne Stützstrümpfe und Zahnprothese, wie ihr seht.« Sie fletschte ihre makellos weißen Zähne zu einem Haifischlächeln. Dann musterte sie Juli. »Nur du, Julchen, bist halt noch ein neununddreißigjähriges Küken. Wird Zeit, dass sich das mal ändert. Damit du auch zu den Erwachsenen gehörst.«

Juli streckte ihr die Zunge raus und wechselte dann das Thema. »Ist euch eigentlich schon aufgefallen, wie still es hier unten ist? Man hört nicht mal den Sturm draußen, kein Geräusch, gar nichts.«

»Du sagst es«, seufzte Constanze. »Wie in einem Grab.«

Juli sah ihre Freundin ein wenig neidisch an »Das kann nur jemand sagen, der allein lebt. Ich finde es schön. Niemand will etwas von einem, keine Kinder krähen, kein Telefon, das andauernd klingelt, und auch keine Bügelwäsche, die nebenan nach mir schreit!«

»Sagt diejenige, die an sich halten muss, um nicht dreimal am Tag zu Hause anzurufen«, spottete Constanze. »Ich wusste außerdem gar nicht, dass Bügelwäsche schreien kann? Meine hat das noch nie gemacht.«

»Das liegt wahrscheinlich daran, dass sie bei dir nicht so lange herumliegt wie bei mir«, vermutete Juli zerknirscht.

»Und du bist dir sicher, dass es deine Bügelwäsche ist, die mit dir spricht, und nicht vielleicht deine Mutter?«, fragte Constanze grinsend nach.

Doch bevor Juli antworten konnte, entdeckte Fritzi hinter der Theke eine große Kiste voller Kerzen und schob sie nach vorne in den Raum. »Kann mir mal jemand helfen? Dieses Deckenlicht ist so grausam, vielleicht können wir es schummriger machen«, rief sie ihren Freundinnen zu und hielt eine dicke, halb heruntergebrannte Stumpenkerze hoch.

»Oh, ja, natürlich! Wir brauchen es schummrig!«, stimmte ihr Constanze zu. »Ganz besonders schummrig. Damit man diese grausigen Falten nicht so sieht, die sich bei Frauen in der Nacht zum vierzigsten Geburtstag so unvermittelt auftun wie Erdbebenkrater ... Au! Spinnst du?«

Fritzi hatte einen der herumliegenden Korken nach ihr geworfen. »Was ist denn? Ist dir was auf den Kopf gefallen? Deine Bosheit vielleicht?«, fragte sie scheinheilig.

Sie verteilten die Kerzen auf der Theke und dem Tisch und zündeten sie mit Julis Feuerzeug an. Als sie die Deckenbeleuchtung ausschalteten, war der ganze Raum in warmes, leicht flackerndes Licht gehüllt.

Entzückt sah Juli sich um. »Wisst ihr was? Jetzt sieht es aus wie in unserer Kneipe an der Uni.«

Fritzi folgte ihrem Blick, sah die Schatten an den Wänden und an der Decke und meinte tatsächlich für einen Moment die rußgeschwärzten Gewölbe der Studentenkneipe wieder vor sich zu sehen. Juli hatte recht. Jetzt, wo das Neonlicht aus war, war die Ähnlichkeit tatsächlich verblüffend. »Schon lustig, dass wir zwanzig Jahre nach unserem gemeinsamen ersten Semester wieder in einem Kloster gelandet sind, oder?«

»Unsere ersten Vorlesungen waren schließlich auch in dem alten Klostergebäude der Uni«, sagte Juli und nahm sich Bier aus dem Kühlschrank.

»Nur dass wir selten anwesend waren«, merkte Constanze trocken an und machte sich daran, für sich und Fritzi eine Flasche Rotwein zu öffnen.

»Weil die Vorlesung schon um Viertel nach acht losging«, ergänzte Fritzi. »Das kann man doch jungen Menschen, die gerade das Joch der Schule hinter sich gelassen haben, nicht zumuten.« Sie lächelte in der Erinnerung daran, wie sie sich meist erst um neun in der Cafeteria getroffen hatten, um noch zu frühstücken, bevor die zweite Vorlesung startete.

»Ich wundere mich heute noch, wie wir mit diesem geringen Arbeitsaufwand überhaupt je den Abschluss schaffen konnten«, sagte Constanze nachdenklich. »Wahrscheinlich waren wir einfach Naturtalente.«

Fritzi lachte. »Ja, genau! BWL-Genies …« Ein lautes Klirren ließ sie zusammenzucken. Juli hatte Fritzis und Constanzes Weingläser von der Theke gestoßen.

»Mist!« Juli sah die beiden erschrocken an. »Tut mir leid, ich muss irgendwie mit dem Ellbogen drangekommen sein …«

»Ist doch nicht schlimm«, beruhigte sie Fritzi und sah sich nach Handfeger und Schaufel um. »War ja noch nicht einmal Wein drin.« Sie fand das Gesuchte unter der Spüle und kehrte rasch die Scherben zusammen.

»Ich bin sonst nicht so schusselig …«, sagte Juli zerknirscht, und Constanze verdrehte die Augen.

»Es waren nur zwei einfache Weingläser, Juli. Deswegen musst du nicht gleich zu heulen anfangen.«

Fritzi kicherte, dann kletterte sie auf die Eckbank und schraubte an einem altertümlichen Radio herum, das in der Ecke stand. »Wenn schon Kneipe, dann wäre ein bisschen Musik auch nicht schlecht, oder?«, sagte sie.

»Ich dachte, ihr liebt die Stille so?« Constanze rutschte mit der Weinflasche und zwei neuen Gläsern zu Fritzi auf die Bank und schenkte ihnen großzügig ein.

»*Ich* habe das nie gesagt«, betonte Fritzi. »Es ist Juli, die das Geschrei ihrer Bügelwäsche nicht mehr hören kann.«

Sie drehte so behutsam an dem Radioknopf, als gelte es, die Zahlenkombination eines Tresors zu knacken, und presste ihr Ohr an den Lautsprecher. Nur sphärisches Pfeifen und Knacksen antwortete ihr. Vergeblich bog sie die Antenne des kleinen Gerätes noch eine Weile hin und her und schaltete es dann wieder aus.

»Durch die dicken Klostermauern dringt nur das ewige Rauschen des Weltalls«, sagte sie seufzend und nahm das Weinglas, das Constanze ihr reichte. »Ein Geburtstag ganz ohne Musik. Das ist echt hart.« Sie betrachtete das Glas in ihrer Hand und fügte nachdenklich hinzu: »Erinnert ihr euch noch an unsere Partys?«

Constanze nickte versonnen. »Wie könnte man die jemals vergessen?«

Fritzi nippte an ihrem Wein. »Rückblickend kommt es mir so vor, als wäre jede Woche irgendwo eine Fete gewesen.«

»Das war auch fast so«, sagte Juli wehmütig und setzte sich ebenfalls zu ihnen an den Tisch. »Ständig gab es etwas zu feiern.«

»Am schönsten waren die Feste am Fluss«, sagte Fritzi. »Wisst ihr noch? Wir haben die ganze Nacht getanzt …«

»Und gegen Morgen hat Juli meistens mit Ecki rumgeknutscht …«, fügte Constanze süffisant hinzu.

»Hab ich nicht!«, widersprach Juli empört.

»Hast du doch! Ich hab's gesehen.«

»Ach, tatsächlich? Du konntest doch auf diesen Festen selten geradeaus sehen«, konterte Juli giftig.

»Aber *das* habe ich gesehen«, insistierte Constanze ungerührt.

»Ich hab's auch gesehen«, pflichtete ihr Fritzi bei.

Juli zögerte und zuckte dann mit den Schultern. »Muss ich wohl vergessen haben.«

Fritzi lachte. »Ecki ist jetzt Staatsanwalt. Beim Oberlandesgericht.«

»Echt?« Juli machte große Augen. »Ich dachte, der kriegt sein Studium nie gebacken. Bist du sicher?«

»Ich hab ihn mal getroffen. Einen Doktor hat er auch.«

»Du liebe Güte. Dann hat er sicher keinen Pferdeschwanz mehr.«

»Auch keinen Ziegenbart und keinen Ohrring. Dafür Brille und Krawatte und einen Schmerbauch.«

»Oh«, sagte Juli geschockt. »Wenn ich das gewusst hätte …«

»Ich glaube nicht, dass eure Knutscherei daran schuld war, dass er sich die Haare abgeschnitten und eine Krawatte umgebunden hat«, tröstete sie Fritzi kichernd.

»Es war eine so schöne Zeit«, sagte Juli plötzlich. »Ich glaube, die beste in meinem Leben.« Sie stockte und begann, an dem Etikett ihrer Bierflasche herumzuknibbeln. »Wenn ich gewusst hätte, wie schnell sie vorbeigeht …« Sie schüttelte den Kopf und verstummte.

»Wie konnte das eigentlich passieren?«, fragte Fritzi und brach damit die Stille, die plötzlich eingetreten war. »Wir waren so stark damals. Mutig, frei und unbekümmert. Die Welt gehörte uns. Und was ist davon übrig geblieben? Panikattacken vor einem runden Geburtstag, Magenkrämpfe morgens vor der Arbeit, Kaffeekochen für Kotz-Double-Zero-Änna ...«

»... schreiende Bügelwäsche und schreiende Kinder«, ergänzte Juli bitter, »und Eltern, die ungefragt *meinen* Rotwein austrinken ...«

»Echt?«, wunderte sich Fritzi. »So was machen die?«

»Echt.« Juli nickte, und ihr grimmiger Ton wurde traurig, als sie weitersprach: »Und Scherben und Streit ... und das Gefühl, ein falsches Leben zu leben ...«

»Hast du das? Dieses Gefühl?«, fragte Fritzi erschrocken.

Juli wurde rot und senkte den Kopf. »Manchmal ... ich ...«

»Dann musst du es ändern!«, mischte sich Constanze ein, und ihr Ton war drängend. »Verlier keine Zeit mehr.«

»Das sagt sich leicht.« Juli seufzte, schwieg einen Augenblick und gab sich dann einen Ruck. »Ich habe es euch nie gesagt, aber es gibt einen Grund, warum ich damals nach dem Studium nicht bei meinen Eltern eingestiegen bin.« Sie nestelte nervös in ihrer Tasche herum. »Darf man hier rauchen?«

Constanze stand auf und holte ihr eine Untertasse, das Schild *Bitte nicht rauchen,* das neben der Tür an der Wand hing, geflissentlich ignorierend.

Juli zündete sich eine Zigarette an und sah ihre Freundinnen unsicher an. »Ich hab's versaut. Ich hab das Studium nicht geschafft.«

»Wie ... was ...«, begann Fritzi verwirrt.

»Ich bin durch die Abschlussprüfung gefallen. Komplett und für immer. Zwangsexmatrikuliert. Aus. Äpfel. Amen.«

Fritzi erinnerte sich, dass Juli nach ihrer Rückkehr aus Passau nach München zwei Semester pausiert hatte, um ihre Buchhändlerlehre abzuschließen, und daher erst später als sie ihren Abschluss gemacht hatte. Damals hatten sie sich schon ziemlich aus den Augen verloren. Fritzi hatte Georg kennengelernt, Constanze war für ein Semester nach England gegangen …

»Du hast nie einen Ton gesagt!« Fritzi hörte, wie vorwurfsvoll ihre Stimme klang.

»Ich wollte nicht darüber reden. Du hattest diese tolle Arbeit bei X-Music gefunden, Constanze war gerade in London … Ich konnte nicht!« Juli zog heftig an ihrer Zigarette. »Ich bin in ein ganz, ganz tiefes Loch gefallen, wollte von dem Studium und allem Drumrum nichts mehr wissen. All die Jahre Anstrengung waren umsonst, nichts als sinnlos verschwendete Zeit.« Juli sah die beiden traurig an: »Ich habe das Studium nie gemocht. Die Zeit dort, mit euch, ja. Aber dieser ganz Mist, den ich lernen sollte, hat mich null interessiert. Eigentlich wollte ich Germanistik studieren, aber mein Vater meinte, betriebswirtschaftliche Kenntnisse wären wichtiger als Literatur.«

Juli schnaubte und drückte die Zigarette aus. »In dieser schlimmen Zeit, als ich verzweifelt inmitten der Scherben meines Studiums in München hockte, habe ich Tom kennengelernt. Und mich sofort verliebt. Es interessierte ihn nicht, ob ich studiert hatte, ob ich einen Abschluss und einen Plan für die Zukunft hatte oder nicht.

Er war Koch und liebte seine Arbeit. Und mich. Mehr war nicht wichtig. Das Leben war so leicht mit ihm. Mit ihm zusammen zu sein war so ähnlich, wie am Fluss zu tanzen, am Stausee in der Sonne zu liegen und das ganze Leben noch vor sich zu haben. Ich habe in jener Zeit in unserer alten, der allerersten Buchhandlung meines Vaters im Lehel gejobbt. Nach Feierabend, bevor Tom in die Arbeit musste, haben wir uns immer auf ein Glas Wein in einer kleinen Bar in der Nähe getroffen, und wenn er spätnachts Schluss hatte, sind wir oft noch durch die Kneipen gezogen oder runter zur Isar gegangen und im Dunkeln dagesessen, nur um zu reden.« Juli zündete sich noch eine Zigarette an. »Nach einer Weile fing ich an zu glauben, es vielleicht doch noch hinzukriegen. Ohne Studienabschluss. Ich meine, es ist die Firma meiner Eltern, ich bin mit Büchern groß geworden, ich habe eine Buchhändlerlehre gemacht ... Ich begann, darauf zu vertrauen, dass ich es schaffen würde. Tom hat mich unterstützt, er meinte, ich solle endlich aus meinem beleidigten Schneckenhaus rauskommen und mit meinen Eltern reden ...« Sie verstummte.

»Und?«, fragte Fritzi. »Hast du?«

Julis Gesichtsausdruck war bitter geworden. »Ich wollte, aber es war nicht mehr nötig. Meine Eltern hatten zwischenzeitlich einen Geschäftsführer eingestellt. Mit BWL-Abschluss und hervorragenden Referenzen. Ohne es mir auch nur zu sagen. Und dann bin ich mit Leonie schwanger geworden, und die Frage hat sich nicht mehr gestellt.« Sie nahm ihr Bier und trank es in großen Schlucken zur Hälfte aus.

Constanze sah Juli lange an, dann sagte sie leise: »Ich kann sehr gut verstehen, wie du dich gefühlt hast, als du nicht wusstest, wie es weitergeht. Es ist wie im freien Fall. Man möchte nur noch die Augen schließen und schreien ...«

Juli nickte nachdenklich, dann setzte sie sich plötzlich aufrecht hin und sagte: »Wieso du? Du wusstest doch immer genau, wie es weitergeht. Du hast immer alles richtig gemacht und hast doch schon an deiner Karriere gebastelt, als wir noch faul am Stausee rumgelegen haben ...«

Constanze lachte auf, doch in ihren Augen standen Tränen. »Ich? Alles richtig gemacht? Das ist der Witz des Jahrhunderts. Ich ...«

Doch sie kam nicht dazu weiterzusprechen, denn die Tür ging auf, und Nelly und Elisabeth kamen herein. Constanze wischte sich hastig über die Augen und verstummte.

Achtzehntes Kapitel

»Hey, ihr drei!« Nelly blieb am Eingang stehen, ihre schmalen Hände in die Taschen ihrer Jeans gesteckt und sah sich um. »Schaut ja schon recht gemütlich aus. Fast wie ein echter Geburtstag.« Sie zwinkerte Elisabeth zu, die über das ganze breite, braungebrannte Gesicht strahlte.

»Ja, aber nur fast. Etwas fehlt noch …«, sagte Elisabeth, ging noch einmal vor die Tür und kam mit einer großen, mit einer Haube abgedeckten Platte zurück. »Eigentlich gibt's Geschenke ja erst zu Mitternacht, aber wir dachten, wir können genauso gut auch gleich damit anfangen.« Sie balancierte die Platte vorsichtig zum Tisch und hob die Haube. Darunter befand sich ein großer, mit Schokolade überzogener Gugelhupf mit einer Kerze in der Mitte.

»Wir haben ihn von den Schwestern spendiert bekommen«, erklärte Nelly. »Er war eigentlich als Sonntagskuchen für morgen gedacht, aber wir konnten sie überzeugen, dass es gottgefälliger ist, ihn für deinen Geburtstag zu verwenden.«

Fritzi war gerührt. »Also das ist … das ist …« Sie zwinkerte heftig.

Constanze tätschelte ihren Arm und meinte entschuldigend zu Nelly und Elisabeth gewandt: »Unsere Fritzi ist ein wenig nah am Wasser gebaut. Sie weint auch bei Sissi-Filmen …«

»… und bei Mamma Mia …«, ergänzte Juli.

»… und bei Bambi …«

Fritzi stand auf und umarmte abwechselnd Nelly und Elisabeth. »Vielen Dank«, flüsterte sie mit belegter Stimme, und jetzt rannen ihr tatsächlich Tränen über das Gesicht.

Als sich Nelly und Elisabeth mit Getränken versorgt hatten und alle um den Tisch saßen, fragte Fritzi unschlüssig: »Soll ich ihn gleich anschneiden, oder wollen wir bis Mitternacht warten?«

»Also ich wäre dafür, ihn gleich zu essen«, meinte Nelly. »Wer weiß, ob wir in ein paar Stunden noch am Leben sind.«

Alle lachten, außer Constanze, die Nelly wütend anfunkelte. »Das ist nicht lustig«, sagte sie.

Nellys Lachen verstummte. »Du hast recht«, sagte sie leise. »Ich bin manchmal etwas … unbedacht.«

Constanze wurde knallrot und wandte den Blick ab.

Fritzi musterte die beiden irritiert. Sie hatte sich beim Abendessen offenbar nicht getäuscht. Etwas war da, doch sie konnte nicht sagen, was.

»Ich bin auch dafür, den Kuchen gleich zu essen«, sagte Juli. Während sie aufstand, um Teller und ein Messer zu suchen, zündete Constanze die Kerze an. Sie aßen den

Kuchen bis zum letzten Krümel auf und lehnten sich anschließend zufrieden und satt zurück. Die Temperatur in dem kleinen, vormals kühlen Raum war mittlerweile um ein paar Grad angestiegen, und die vielen Kerzen verbreiteten zusätzliche Wärme. Alle hatten sich schon mit Nachschub an Bier und Wein versorgt, nur Elisabeth blieb bei ihrem Glas Mineralwasser.

»Trinkst du keinen Alkohol?«, wollte Juli schließlich wissen.

»Nein. Nicht mehr. Das verträgt sich nicht mit den Medikamenten.«

»Welche Medikamente?«, fragte Nelly. »Bist du krank?«

»Ich nehme Psychopharmaka. Ich bin schizophren.« Elisabeth sagte es in einem so beiläufigen Ton, als handele es sich dabei um einen Schnupfen.

»Oh.« Alle schauten einigermaßen schockiert.

Juli war es schließlich, die nachfragte: »So ... äh, echt schizophren? Du meinst, so ... so richtig medizinisch ...?«

»Ja, so richtig medizinisch, mit Diagnose und Stempel.« Elisabeth lächelte. »Aber es ist schon viel besser geworden. Seit ich akzeptiert habe, dass es eben Wesen gibt, die mich immer wieder besuchen und begleiten, habe ich kein Problem mehr damit. Ich nehme die Tabletten eigentlich nur noch, damit das schwarze Loch nicht größer wird. Man braucht ja auch mal seine Ruhe.«

Fritzi fielen die unheimlichen Gestalten auf Elisabeths Bildern wieder ein, und sie betrachtete die große, kräftige, ausnehmend gesund wirkende Frau mit neuem

Interesse. Wie Juli war sie bisher immer der Meinung gewesen, Schizophrenie sei eine Krankheit, die nur »die anderen« hatten, jene, die man nicht sah, nicht kannte, denen man nie begegnete.

»Du kannst damit ganz normal leben?«, hakte Juli ungläubig nach. »Man glaubt ja immer, wenn jemand so etwas hat, muss er in eine ... äh ...« Sie kam ins Stottern und verstummte verlegen.

»In die Klapse, meinst du?«, half Elisabeth ihr auf die Sprünge. »Ja, da war ich auch schon, aber das ist schon viele Jahre her. Da konnte ich noch nicht damit umgehen.« Sie nippte an ihrem Wasser. »Und was heißt das schon, normal leben? Ich habe jedenfalls eine normale Wohnung, ich kann normal arbeiten und verdiene mein eigenes Geld, wenn du das meinst. Außerdem habe ich eine ganze Menge Freunde: sichtbare und unsichtbare.« Sie lachte herzhaft und entblößte dabei eine Reihe beeindruckend großer weißer Zähne.

Juli sah sie fast ehrfürchtig an. »Ja, dann ...«, sagte sie unbestimmt und hob das Glas: »Trinken wir auf unsere Freunde. Auf die sichtbaren und die unsichtbaren.«

Alle stießen an und tranken.

Nach einer Weile sah Nelly in die Runde. »Worüber habt ihr eigentlich geredet, als wir gekommen sind? Ihr habt so verdammt ernst ausgesehen. Oder darf ich das nicht fragen?«

Die Freundinnen sahen sich an, und Juli sagte: »Wir haben über das Erwachsenwerden geredet.« Fritzi wollte etwas einwenden, doch Juli winkte ab. »Ist doch so. Man nennt es Erwachsenwerden, wenn Träume sich in Luft auflösen und an die Stelle von Tanzen am Fluss und Knutschen mit ziegenbärtigen Kerlen die Bügelwäsche und die Doppelhaushälfte am Stadtrand tritt.«

»So, wie du das sagst, klingt es ziemlich traurig«, sagte Nelly.

Juli zuckte mit den Schultern und schwieg.

Fritzi fragte leise: »Aber wann hat es angefangen? Wann haben wir damit begonnen, so furchtbar erwachsen zu werden?«

»Ich weiß noch genau, wann ich erwachsen geworden bin, und das war nicht traurig, sondern grandios«, sagte Elisabeth plötzlich. »Ich war zweiundvierzig und gerade aus der Klinik entlassen worden. Bevor ich ging, bin ich zum Friseur gegangen. Zum ersten Mal in meinem Leben.«

»Du warst bis dahin nie beim Friseur?« Fritzi sah Elisabeth erstaunt an.

Elisabeth schüttelte den Kopf. »Ich hatte Haare bis zum Po. Und immer einen Zopf.«

»Hattest du nie Lust, sie dir abzuschneiden?«

»Doch. Schon. Aber meine Eltern haben es nicht erlaubt. Alle Mädchen in dem Dorf in der Schwäbischen Alb, in dem ich aufgewachsen bin, hatten damals lange Haare. Bubikopf war nur was für Frauen aus der Stadt. Und später ... später habe ich einfach nicht mehr darüber nachgedacht. Da gab es andere Dinge, um die ich mir Sorgen machen musste.« Sie sah in die Runde, lächelte etwas verträumt und fuhr dann fort: »An dem Tag, an dem ich entlassen wurde, bin ich endlich zum Friseur gegangen. Es gab in der Klinik eine Friseurin, die einmal in der Woche kam. An diesem Tag packte sie meinen vierzig Jahre alten Zopf, säbelte ihn im Nacken ab und machte mir einen Kurzhaarschnitt. Meine Haare reichten kaum mehr über die Ohren. Als ich damit nach fast sechs Monaten geschlossener Anstalt endlich wieder hinaus auf die Straße trat und mit dem Koffer in der Hand zum Bahnhof ging, konnte ich den Wind in meinem Nacken spüren, und ich fühlte mich zum ersten Mal in meinem Leben wirklich frei.«

»Schön!« Juli lächelte.

Fritzi nickte zustimmend und fuhr sich unwillkürlich über ihre eigenen kurzen Haare. Sie hatte schon seit Jahren einen trendigen Kurzhaarschnitt und konnte sich gar nicht mehr richtig erinnern, wie sich lange Haare anfühlten. Eigentlich waren ihre Haare sehr lockig und widerspenstig, und wenn sie sie nicht jeden Morgen mit einem Glätteisen bearbeiten würde, ständen sie in alle Himmelsrichtungen ab.

Frei hatte sie sich wegen ihrer Frisur allerdings nie gefühlt. Eher angepasst. An das, was *man* so trug. Mochte sie ihren Haarschnitt eigentlich?, fragte sie sich plötzlich. Mochte sie es, jeden Morgen mit diesem Gerät vor dem Spiegel zu stehen und ihre Haare damit zu quälen? Ihr fiel auf, dass ihr lockige Haare an anderen Leuten immer ausnehmend gut gefielen. Wenn man bei einem Haarschnitt überhaupt von einem Gefühl der Freiheit sprechen konnte, dann waren es doch wohl am ehesten ungebändigte, wilde Locken, die einem so ein Gefühl vermittelten? Genau die Haare, die sie hätte, wenn sie sie einfach wachsen lassen würde. Nachdenklich zwirbelte Fritzi eine kurze Strähne ihres Ponys um ihren Finger. Sie hatte zwar ihr Glätteisen ins Kloster mitgenommen, war aber nicht zuletzt wegen der gottlos frühen Morgenmeditation noch nicht dazu gekommen, es auch zu benutzen, und so ringelten sich ihre Haare schon wieder ein wenig, allerdings noch immer weit entfernt von den dichten Locken ihrer Jugend und Studentenzeit. Sie könnte ja ihren Friseurtermin nächste Woche absagen und schauen, was mit ihren Haaren passierte, wenn sie ihnen ein wenig mehr Freiheit gönnte.

Es war Constanzes Stimme, die Fritzi aus ihren Überlegungen riss.

»Freiheit kann aber auch grausam sein«, sagte sie so laut, dass Fritzi unwillkürlich ihren Pony wieder glatt strich.

»Wie meinst du das?«, fragte sie dann, überrascht über den bitteren Ton in Constanzes Stimme, doch Constanze beachtete sie gar nicht. Ihr Blick war einzig auf Nelly gerichtet, und Nelly schien auch genau zu wissen, wovon Constanze sprach.

Sie nickte und sagte dann ruhig: »Es bleibt trotzdem Freiheit, oder?«

Niemand antwortete. Alle hatten das Gefühl, dass das keine Frage war, die an sie gerichtet war.

Constanze erwiderte Nellys Blick, doch auch sie schwieg.

Nach einer Weile ratloser Stille stand Juli auf.

»Ich könnte jetzt ein bisschen frische Luft gebrauchen.«

»Ich auch.« Nelly sah auf die Uhr. »Es ist schon kurz

nach elf. Lasst uns doch alle rausgehen. Was haltet ihr davon, Fritzis neues Jahrzehnt unten am See zu begrüßen?«

Fritzi zögerte. »Ich weiß nicht so recht ...«

Noch immer hatte sie keine Lust, ihrem Geburtstag mehr Beachtung als notwendig zu schenken. Doch die anderen stimmten Nelly begeistert zu, und schließlich gab sie nach. Gemeinsam räumten sie den Tisch ab und packten Kerzen, Wein und den Prosecco in ihre Taschen und in Nellys großen Rucksack. Nelly kochte noch eine Kanne Tee, goss ihn in eine der Thermosflaschen, die neben dem Wasserkocher bereitstanden, und packte einen Stapel Pappbecher mit ein. Elisabeth wusste von einem Schrank auf dem Gang, in dem Wolldecken aufbewahrt wurden, dort nahm sich jede der Frauen eine heraus, und flüsternd und kichernd wie Schülerinnen auf einer Klassenfahrt schlichen sie vollbepackt durch das dunkle, stille Kloster zum Ausgang.

Draußen war es ruhig und klar. Der wütende Sturm und Regen vom Nachmittag hatte sich vollständig verzogen und einem sternenübersäten Nachthimmel Platz gemacht. Über dem See hing die blasse Sichel des Mondes. Die Frauen liefen im flackernden Licht von Julis und Elisabeths Feuerzeugen zum See hinunter und stolperten dann auf einem Trampelpfad im Gänsemarsch durch das raschelnde Schilf in die Richtung, wo sie den langen Steg bei den Bootshäusern vermuteten, an dem Constanze und Nelly bei ihrer Zeichenstunde schon einmal gewesen waren. Sie hatten sich jedoch verlaufen, denn mitten im hohen Schilf endete der feste Boden, und der See begann so unvermittelt, dass Juli, die vorausging, fast hineingefallen wäre. Sie kreischte auf und blieb so abrupt stehen, dass die anderen in sie hineinliefen.

»Spinnst du?«
»Geht's noch?«
»Was ist los?«

Die Frauen murmelten, flüsterten und schimpften leise hinter Juli, die versuchte, herauszufinden, wo sie gelandet waren. Tatsächlich lag ein Steg direkt vor ihnen, doch er schien alt und unbenutzt, und die ersten Querbretter waren im feuchten Schilf bereits abgefault, so dass nur die beiden stabileren Längsbalken hinaus zum Rest des Stegs führten. Von einem Bootshaus war nichts zu sehen.

»Wir sind falsch gelaufen«, sagte Juli. »Hier geht's nicht weiter.«

Sie spähte durch die Dunkelheit. »Ich glaube, die Bootshäuser sind viel weiter da drüben.« Sie deutete vage Richtung Westen. »Wir müssen umkehren.«

Die anderen stöhnten.

»Bis wir den ganzen Weg zurückgegangen sind, ist es längst zwölf«, wandte Constanze ein, die jetzt, gefolgt von Fritzi, nach vorne kam. »Warum bleiben wir nicht einfach auf diesem Steg? Es sind nur ein paar Meter. Wir könnten versuchen, hinüber zu balancieren.«

»Und wenn wir ins Wasser fallen?« Juli schüttelte sich. »Wir haben Anfang Mai. Weißt du eigentlich, wie saukalt das Wasser noch ist?«

»Ja. Da kann man sich leicht eine Lungenentzündung

holen«, unkte Fritzi und stellte sich schaudernd vor, wie sie nur wenige Tage nach ihrem vierzigsten Geburtstag glühend vor Fieber in den Armen ihres erschütterten Mannes ihr Leben aushauchte.

»Quatsch. Das Wasser ist hier doch höchstens knietief«, gab Constanze zurück. »Da holst nicht mal du dir eine Lungenentzündung.«

»Ich probier's!«, sagte Nelly und setzte einen Fuß auf den Balken. Constanze streckte ihre Hand aus, um sie zu stützen. Unter den wachsamen Augen der anderen balancierte sie die wenigen Schritte zum Steg hinüber und sprang dann auf die heilen Holzbretter. »Ist ganz leicht!«, rief sie und winkte.

Nach einigem Zögern warfen die Frauen Nelly die Wolldecken und den Proviant zu und machten es ihr eine nach der anderen nach, bis sie alle glücklich auf der anderen Seite gelandet waren. Es war fast wie ein kleines festes Floß, auf dem sie nun standen. Umgeben vom Wasser, das schützende Schilf im Rücken und der Mond über ihnen. Stolz, es geschafft zu haben, ohne ins Wasser zu fallen, ließ sich Fritzi im Schneidersitz auf den feuchten Holzplanken nieder, und die anderen taten es ihr nach. Sie verteilten die Wolldecken, wickelten sich fest darin ein und rückten so nahe zusammen wie möglich. Gerade in dem Moment, als Nelly die mitgebrachten Kerzen ausgepackt und angezündet hatte, wehte der Glockenklang der Klosterkirche zu ihnen herüber.

Fritzi lächelte zaghaft, als alle laut die Glockenschläge mitzählten und nach dem zwölften Schlag in einen Jubel ausbrachen, der weit über den See hallte. Jetzt war sie vierzig! Nichts konnte mehr daran geändert werden. Doch so erschreckend dieser Gedanke für Fritzi bisher gewesen war, in diesem Moment konnte er ihr gar nichts anhaben. All ihre Sinne waren auf das Hier und Jetzt gerichtet: Der verwehte Klang der Glocken über dem See tönte in ihren Ohren noch nach, gleichzeitig hörte sie das leise Plätschern des Wassers, wie es gegen die Pfosten schlug, das Flüstern des Schilfs am Ufer, und über allem lag das vergnügte Lachen ihrer alten sowie ihrer neu dazugewonnenen Freundinnen, die jetzt den Prosecco knallen ließen und ein Geburtstagslied anstimmten. Sie nahm das flackernde Licht der Kerzen wahr, das ihre Gesichter erhellte und ihnen einen seltsamen Glanz verlieh, sah die Schatten, die hin und her sprangen und lebendig schienen. Sie spürte die Wärme der Decke um ihre Schultern und gleichzeitig die Kühle, die vom Wasser zwischen den Bretterritzen nach oben stieg und ihren Atem in weißen Rauch verwandelte.

All das war plötzlich so viel wichtiger als die trüben Gedanken, und sie war davon so überwältigt, dass ihr erneut die Tränen kamen. Jemand legte einen Arm um sie. Es war Juli. Sie hörte, wie Constanze sagte: »Immer. Sie weint wirklich *immer*, wahrscheinlich sogar beim Sandmännchen.« Aber es klang nicht spöttisch, sondern liebevoll, und Fritzi musste unter Tränen lachen, einfach nur deswegen, weil Constanze so war, wie sie war.

Sie gratulierten Fritzi der Reihe nach, und dann überreichten Juli und Constanze ihr ein gemeinsames Geschenk. Als Fritzi es auspackte, fühlte es sich wie ein Buch an, aber zu ihrer Überraschung war es ein Fotoalbum. Auf dem Cover prangte das Bild einer wilden, blauen Rose. Darunter stand in Constanzes ausdrucksstarker, großer Schrift: *As wild roses grow on stony ground...*

»Die Blue Roses.« Fritzi schluckte und sah ihre Freundinnen an.

»Bis Juli gestern die Rose gemalt hat, dachte ich immer, ihr beide hättet es längst vergessen und nur ich ...« Sie konnte nicht weitersprechen.

Juli drückte ihre Hand. »Wie bist du denn darauf gekommen, dass wir das vergessen haben könnten?«

»Weil ... weil wir nie wieder darüber gesprochen haben. Ich dachte, ihr fandet es nicht so wichtig, wie es für mich war. Ich dachte, vielleicht habe ich mich getäuscht und für euch war es nur so eine alberne Studentensache, die man abhakt und vergisst.«

»Alberne Studentensache? Bist du bescheuert?«, widersprach Constanze heftig. »Es war toll! Verrückt, schräg, ganz wunderbar.«

»Klärt uns mal jemand auf?«, sagte Elisabeth. »Worum geht es denn?«

Die drei Freundinnen sahen Nelly und Elisabeth schuldbewusst an. »Entschuldigt«, sagte Fritzi. »Ich hab euch für einen Augenblick ganz vergessen.«

»Es war so«, fing Juli an. »Zu unserer Studienzeit in Passau waren wir nämlich eine Band, wir drei ...«

»Die Blue Roses«, ergänzte Fritzi verlegen, und Constanze fuhr fort: »Wir haben anfangs nur so rumgespielt, ein bisschen Irish Folk und so ...«

»... doch dann hat Fritzi irgendwann angefangen,

selbst Songtexte zu schreiben, und wir haben sie zusammen vertont, ganz schräge Sachen haben wir gemacht ...«
Juli lächelte, und Fritzi nickte eifrig.

»Wir hatten so einen Spaß dabei.«

»Juli hat Flöte gespielt, und wir haben uns immer weggeworfen vor Lachen, weil sie dabei abgegangen ist wie Jimi Hendrix an der E-Gitarre«, ergänzte Constanze und ahmte eine äußerst engagierte Flötenspielerin nach, so dass Nelly und Elisabeth laut auflachten.

Juli lachte mit. »Ja, genau, so habe ich ausgesehen. Was hatten wir für eine Gaudi! Und dabei brauchten wir gar kein Publikum. Wir konnten den ganzen Tag lang nur für uns spielen.«

»Seid ihr denn auch aufgetreten?«, fragte Nelly.

»Ja, ab und zu, aber nur im kleinen Kreis«, nickte Constanze. »Bei Geburtstagsfeiern oder manchmal in unserer Stammkneipe an der Uni. Meistens waren vor allem Freunde und Bekannte da.«

»Und dann?«, hakte Nelly nach. »Was ist passiert?«

Die drei Freundinnen sahen sich an. »Tja ...«, sagte Fritzi und zögerte kurz, »... dann sind wir wohl erwachsen geworden.«

»Nein«, rief Constanze und sah sie fast wütend an. »Das war nicht der Grund. Sag schon, wie es war.«

»Also gut«, sagte Fritzi und atmete tief ein. »Zu Pfingsten gab es oberhalb der Stadt immer ein großes Open-Air-Musikfestival. Viele bekannte Bands aus der Gegend sind dort aufgetreten.« Sie zögerte, räusperte sich und sprach dann weiter: »Wir waren im vierten Semester, als uns ein Freund am Abend vor dem ersten Festivaltag erzählte, dass eine Vorgruppe ausgefallen war und sie eine Band suchten, die einspringen konnte ...«

»Das war kein Freund«, zischte Constanze, »das war ein Volltrottel.«

Fritzis Mundwinkel zuckten. »Ja, du hast recht. Ein Volltrottel. Aber das ändert nichts.« Sie warf einen Blick zu Elisabeth und Nelly, die gespannt zuhörten. »Er hat uns überredet, ihm zu erlauben, uns bei den Veranstaltern als Ersatz zu melden. Er meinte, das wäre unsere einmalige Chance, ganz groß rauszukommen ...« Sie lachte kurz und bitter auf und verstummte dann. Die Erinnerung schmerzte noch immer.

»Wir wissen nicht, wie das zugegangen ist, aber jedenfalls haben die uns tatsächlich genommen«, erzählte Juli weiter. »Wir waren total platt, damit hätten wir niemals gerechnet.«

»Und dann? Habt ihr gespielt?«, fragte Elisabeth.

Fritzi warf Juli und Constanze einen kurzen Blick zu, bevor sie nickte. »Haben wir. Zumindest haben wir es versucht.« Sie hob die Hände, wie um sich nach all den Jahren immer noch zu rechtfertigen. »Wir waren tatsächlich so dumm zu glauben, die Leute würden gut finden, was wir machen. Wir waren dumm genug, zu glauben, wir wären echte Musiker. Eine echte Band ...«

»Wir waren eine echte Band!«, widersprach Constanze heftig. »Du hast tolle Lieder geschrieben, wir waren gut.«

»Was ist passiert?«, wollte Nelly wissen.

»Was passiert ist?« Constanze lächelte grimmig. »Die Vorgruppe, für die wir eingesprungen sind, wäre eine

Rockband gewesen, und der Hauptevent an diesem Abend war astreines Heavy Metal.«

»Oje!« Nelly machte ein betroffenes Gesicht. »Ich verstehe. Die Leute hatten etwas ganz anderes erwartet ...«

Juli nickte. »Wir haben keine Ahnung, was unser Freund denen über uns erzählt hat, und wir selbst haben uns auch nicht erkundigt. Wir dachten, das passt schon. Es war ja auch kaum mehr Zeit, wir haben den ganzen nächsten Tag geübt ...«

»Wir waren total naiv!«, fiel ihr Fritzi ins Wort. »Wir haben uns so gefreut, einmal vor vielen Leuten spielen zu dürfen, wir fanden das toll und dachten, die anderen würden uns auch toll finden.« Fritzi zog sich ihre Decke fester um die Schultern. »Erst beim Soundcheck ist uns aufgegangen, worauf wir uns eingelassen hatten. Der Tontechniker hat uns ausgelacht, als er unsere Instrumente sah.«

»Vielleicht hätten wir einfach gehen sollen«, sagte Constanze. »Aber wir dachten, das wäre unprofessionell.«

»Also haben wir es durchgezogen und gespielt.« Juli verzog schmerzhaft das Gesicht.

»Anfangs hat uns niemand zugehört. Die dachten alle, wir sind nur so etwas wie die Vorgruppe der Vorgruppe. Als ihnen jedoch klar wurde, dass wir der Ersatz für die Rockband sein sollten, ging das Gepfeife los«, sagte Fritzi.

»Wir haben trotzdem noch eine Weile weitergemacht, waren ganz tapfer, doch dann ... Dann ist Fritzi die Stimme weggeblieben ...«, erzählte Juli weiter, und Fritzi nickte, und der Schrecken dieses Augenblicks stand ihr wieder ins Gesicht geschrieben. »Ich habe plötzlich keinen Ton mehr herausgebracht. Leider hat *das* dann die ganze Meute mitbekommen.«

Constanze nickte. »Sie haben uns ausgelacht, und einige haben damit begonnen, Sachen auf die Bühne zu werfen. Leere Zigarettenschachteln, Müll, Getränkebecher. Am Ende haben alle mitgemacht.«

Elisabeths Hand flog zum Mund. »Wie furchtbar! Wie habt ihr reagiert?«

Fritzi senkte den Kopf. »Ich bin davongelaufen.«

»Und wir hinterher«, ergänzte Juli. »Hals über Kopf.«

»Und dann?«, fragte Elisabeth.

Juli sah sie gequält an. »Die Veranstalter haben uns zur Minna gemacht. Am Ende haben sie noch gemeint, wir sollten Musik den großen Jungs überlassen und es lieber mal mit Stricken versuchen. Gage haben wir natürlich auch keine bekommen. Doch das war nicht einmal das Schlimmste.«

Constanze nickte. »Das Schlimmste war der Streit danach. Wir haben uns gegenseitig Vorwürfe gemacht, und das war das Ende der Blue Roses. Wir haben nie wieder zusammen gespielt.«

Juli ergänzte traurig: »Danach war es überhaupt nicht mehr so wie vorher. Wir haben nicht mehr darüber gesprochen und sind uns zunehmend aus dem Weg gegangen. Und der Zauber unserer Anfangszeit war damit auch verflogen. Am Ende des Semesters sind wir nach München gegangen, und unsere gemeinsame Studienzeit war vorbei.«

»Es war allein meine Schuld«, sagte Fritzi leise. »Ich

habe alles kaputt gemacht, die Blue Roses und unsere Freundschaft, weil ich zu ehrgeizig war, ich habe mich überschätzt, ich dachte, ich wäre gut genug ...«

»Aber du warst gut genug!« Constanze sah sie überrascht an. »Wie kommst du denn auf so einen Blödsinn? Wenn überhaupt, dann war es die Schuld von uns allen, weil wir uns auf diesen Idioten verlassen haben ...«, sie hielt kurz inne, überlegte, »... wie hieß der noch mal? Ich habe seinen Namen vergessen.«

»Volltrottel«, sagte Juli und lächelte. Dann legte sie ihre Arme um Fritzi und Constanze und sagte: »Wir waren gut. Alle drei!«

Constanze nickte. »Aber hallo! Wir waren einzigartig!«

Fritzi musste lachen und hatte mit einem Mal das Gefühl, dass ihr eine schwere Last von der Brust genommen wurde. Bis sie es heute ausgesprochen hatte, war ihr nie wirklich klar gewesen, dass sie sich die ganzen Jahre die Schuld für diesen desaströsen Auftritt und damit das Scheitern ihrer Freundschaft gegeben hatte. Und während sie jetzt nacheinander ihre beiden Freundinnen und gleich noch Elisabeth und Nelly mit umarmte, begriff sie endgültig, dass es gar nicht stimmte. Sie war nicht schuld. Niemand war schuld. Alles war gut.

Nach einer Weile lösten sie sich wieder voneinander, und Fritzi griff nach ihrem Geschenk. Vorsichtig schlug sie das Album auf, sie rückten alle noch ein wenig enger zusammen, um sich im Kerzenschein die alten, oft unscharfen und unterbelichteten Fotos anzusehen, die von den Blue Roses in Partykellern, auf Gartenfesten, am

Fluss und in dem verrußten Gewölbe ihrer alten Stammkneipe geschossen worden waren.

Als sie das Album bis zur letzten Seite durchgesehen hatten und Fritzi es behutsam wie eine Schatztruhe wieder zuklappte, deutete Nelly auf den Einband.

»Was bedeutet der Satz?«, wollte sie wissen.

»Das ist eine Zeile aus einem Lied. Aus unserem Lied«, erwiderte Fritzi. »Der Blue-Roses-Song. Er hat unserer Band den Namen gegeben.«

»Und Fritzi hat ihn selbst geschrieben«, ergänzte Juli.

Fritzi nickte etwas verlegen. »Es war mein erstes eigenes Lied.«

»Wie geht es? Könnt ihr es noch?«, fragte Elisabeth.

Alle drei nickten, ohne zu zögern, dann sahen sie sich verwundert an.

»Ihr könnt es auch noch?«, sagte Fritzi. »Das ganze Lied? Nach all den Jahren?«

»Was dachtest du denn?«, gab Constanze empört zurück. »So etwas vergisst man doch nicht.«

»Es ist mein Lebensrettungslied. Hilft sogar, wenn Schokoriegel nichts mehr ausrichten können«, ergänzte Juli.

Sie schwiegen, und jede der drei Frauen hatte plötzlich das Gefühl, dass *all die Jahre,* die sie in den letzten Tagen immer wieder so deutlich zwischen sich gefühlt hatten, zusammenschmolzen wie der letzte schmutzige Schneerest am Straßenrand, wenn es Frühling wurde. Es war plötzlich nicht mehr wichtig, was sie versäumt, unterlassen, falsch gemacht oder vergessen hatten, sie spürten, dass ihre Freundschaft dennoch überdauert hatte. Im

Verborgenen, überdeckt von der Scham über ihre damalige Niederlage und all den vernünftigen, wichtigen Dingen, von denen sie sich langsam, aber sicher hatten unterkriegen lassen.

Nach einigen Augenblicken fast feierlicher Stille schälte sich Nelly aus ihrer Decke und stand auf. Für einen Augenblick fiel ein Schatten über ihr Gesicht, so als hätte sie Schmerzen, doch dann lächelte sie schon wieder und begann damit, sich auszuziehen.

»Ich weiß nicht, was ihr jetzt tun wollt, um die Wiederauferstehung der Blue Roses zu feiern, aber ich geh schwimmen.«

»Jetzt? Hier?« Fritzi riss die Augen auf.

»Aber das ist doch furchtbar kalt!«, meinte Juli besorgt. »Du wirst dich erkälten.«

»Und wenn schon. Ist doch egal, oder?« Nelly schlüpfte aus ihrer Unterhose und stand splitternackt vor ihnen. Sie war erschreckend dünn, die Rippen zeichneten sich unter ihren kleinen, spitzen Brüsten einzeln ab, und ihre Hüftknochen und die Schlüsselbeine staken hervor. Sie drehte sich um und sprang ohne Zögern ins Wasser. Es spritzte hoch, und zwei der Kerzen verlöschten.

»Ein bisschen frisch ist es schon!«, rief sie japsend herauf und lachte.

Fritzi schüttelte sich und zog die Decke enger um ihre Schultern. »Da kann man eine Blasenentzündung bekommen, mindestens, wenn nicht sogar eine Lungen… Was machst du um Himmels willen?« Überrascht starrte sie Constanze an, die ebenfalls ihre Decke abgeworfen hatte und aufgestanden war.

»Ich geh auch schwimmen«, sagte sie mit grimmig entschlossenem Gesichtsausdruck und zog sich die Hose aus. »Noch nie, wirklich noch niemals in meinem ganzen scheißkontrollierten, superkorrekten Leben bin ich mitten in der Nacht in einen See gesprungen. Jetzt ist der richtige Zeitpunkt dafür!«

»Aber ...«, begann Fritzi, doch Constanze hörte nicht mehr zu, sie streifte sich ihren Pulli samt BH über den Kopf, warf ihn zu dem Rest ihrer Kleidung und sprang mit einem spitzen Schrei und lautem Platschen ins Wasser.

»Um Gottes willen«, murmelte Juli erschüttert. »Sind die beiden total verrückt geworden?«

»Klingt nicht so«, sagte Elisabeth beruhigend.

Kichern drang zu ihnen herauf, dann lautes Plätschern und entrüstetes Prusten von Constanze. Elisabeth stand auf und zog sich ebenfalls aus. »Ich glaube, ich habe auch Lust darauf«, sprach sie und sprang ihnen nach.

Fritzi und Juli sahen sich an. »Du meinst ...«, fragte Fritzi zögernd, und Juli nickte entschlossen. »Früher wären wir gesprungen.«

»Du hast recht«, sagte Fritzi, legte die Decke weg und zog sich ihre Schuhe aus. »Früher wären wir gesprungen.«

Und während vom dunklen Wasser Applaus und aufmunternde Rufe erklangen, streiften die beiden schaudernd ihre Kleidung ab. Dann fassten sie sich an den Händen, nahmen Anlauf und sprangen schrill kreischend und unter lautem Johlen der anderen ins eiskalte Wasser.

Als Fritzi untertauchte, nahm ihr die Kälte für einen

Moment den Atem. Einige Sekunden lang ließ sie sich still ins tiefe Wasser sinken. Sie öffnete die Augen, sah fast blicklos ins schwarze Dunkel, ein Schemen bewegte sich schräg vor ihr, vielleicht Juli, Luftbläschen stiegen auf, und dumpf war ein Geräusch von irgendwoher zu hören. Dann begann sie nach oben zu schwimmen, durch die Kälte erschienen ihr ihre Bewegungen quälend langsam wie in Zeitlupe, doch dann tauchte sie prustend inmitten ihrer Freundinnen auf. Sie atmete tief ein, ihr ganzer Körper brannte vor Kälte, und ein befreites, überschäumendes Lachen kribbelte ihr in der Kehle. Sie tauchte noch einmal unter, schwamm einige beherzte Züge in den stillen See hinaus, wo schon nach wenigen Metern das Kichern und Plantschen der anderen weit entfernt klang, drehte eine kleine Runde und kehrte schließlich mit einem Gefühl tiefer, unerschütterlicher Lebendigkeit zu den anderen zurück. Sie war vierzig und um Mitternacht in einen See gesprungen. Sie hatte nach über fünfzehn Jahren wieder gesungen, hatte ein Bild über die Musik in ihrem Kopf gemalt und ihre Freundinnen wiedergefunden. Während sie den anderen zum Steg hinterherschwamm, überkam sie ein großes Gefühl von Dankbarkeit gegenüber ihrem Mann, der in seiner verschrobenen Denkweise offenbar genau das Richtige für ihren Geburtstag ausgesucht hatte. Sie sah ihn vor sich, wie er am Frühstückstisch saß und ihr mit einer Mischung aus Verzweiflung und Resignation dabei zusah, wie sie wie üblich Hektik verbreitete, im Stehen einmal von ihrem Toast abbiss, den Kaffee hinunterstürzte und nebenbei nervös auf ihrem Smartphone herumwischte.

»Caudipteryx« nannte er sie bei solchen Gelegenheiten immer, und Fritzi hatte das für eine seiner gelehrten Umschreibungen eines Spatzes betreffend ihres Appetits gehalten.

Nun, während sie im Wasser mit ihren Beinen auf der Stelle trat und den anderen dabei zusah, wie sie mehr oder weniger elegant zurück auf den Steg kletterten, kam ihr der Gedanke, dass es vielleicht auch anders gemeint sein könnte. Er hatte ihr schon öfter erzählt, dass dieser kleine Saurier ein seltsames Mischwesen sei, ein unentschlossener Zwitter zwischen Flugwesen und Erdentier, und die Forscher seit seiner Entdeckung um die Zuordnung zu der einen oder anderen Art stritten. Fritzi streckte ihre Arme aus, ihre Schwimmbewegungen wurden kräftiger, inzwischen war ihr warm geworden, und sie beschloss, noch eine Runde zu schwimmen. Hatte Georg ihr damit vielleicht sagen wollen, dass das auch auf sie zutraf? War sie auch so etwas wie ein Caudipteryx, ein unentschlossenes Wesen, das sich nicht entscheidet, oder nein, das sich womöglich sogar *verbiegt,* um in eine Welt zu gehören, die gar nicht die seine war?

Sie schwamm schneller. Vielleicht war sie gar kein Stadtmensch? Vielleicht hasste sie Fliegen, Hotels, Smalltalk mit arroganten Musikproduzenten, die keine Ahnung hatten? Vielleicht mochte sie nicht mehr das Organisationstalent ihrer chaotischen Musikfirma sein? Vielleicht … wollte sie lieber eine alte Villa in der Provinz, eine Kräuterschnecke, Stille am Morgen, frische Croissants zum Frühstück …? Vielleicht … wollte sie selbst Musikerin sein, anstatt die Musik anderer zu verkaufen …? Der Gedanke verhakte sich in ihrem Kopf, und ihr wurde klar, dass sie in diesem Moment etwas begriffen, einen Schatz gehoben hatte, den ihr niemand mehr nehmen konnte. Lautes Rufen ertönte hinter ihr, und sie drehte verwundert den Kopf. Alle vier Frauen standen in ihre Decken gewickelt auf dem Steg, winkten und riefen nach ihr. Sie war weit auf den See hinausgeschwommen, weiter, als ihr bewusst gewesen war. Noch nie hatte sie es gewagt, so weit vom Ufer wegzuschwimmen. Eigentlich hatte sie Angst vor der Tiefe und hielt sich im Urlaub oder bei Ausflügen an einen See immer parallel zur Uferlinie. Lächelnd winkte sie zum Steg hinüber und schwamm langsam zurück.

Keine zehn Minuten später stand Fritzi krebsrot und vor Kälte schlotternd wieder bei den anderen auf dem Steg, rubbelte sich mit ihrer Wolldecke ab und schlüpfte dann, noch feucht, in ihre Kleider. Fest in die Decken gewickelt, rückten sie alle fünf wieder eng zusammen um das flackernde Licht der Kerzen.

»Du meine Güte! Das war echt scheißkalt!«, stöhnte Constanze und versuchte, mit einem Zipfel der Decke ihre langen Haare trockenzureiben.

Fritzi musterte Constanze nachdenklich. Trotz kälteblauer Lippen, wieder einmal ruinierten Make-ups und völlig zerzauster Haare saß sie im Schneidersitz vollkommen entspannt und mit strahlendem Lächeln zwischen ihr und Nelly, kicherte, machte Witze und redete wie ein Wasserfall. Wie früher, dachte Fritzi plötzlich, und der Gedanke machte sie glücklicher, als sie es je für möglich gehalten hatte. Offenbar war sie nicht die

Einzige, bei der dieser Klosteraufenthalt etwas in Bewegung gesetzt hatte.

Nelly kramte aus ihrem Rucksack die Thermoskanne mit dem heißen Tee heraus und goss ihn für alle in die Pappbecher. Dann begann sie, sich eine Zigarette zu drehen.

Als sich süßlicher Rauch verbreitete, schnupperte Fritzi erstaunt. »Das ist doch ...«, begann sie, wurde aber von Constanze mit einem schnellen »Magst du noch Tee?« unterbrochen. Zudem rempelte sie Fritzi an und warf ihr einen unmissverständlich warnenden Blick zu. Fritzi schüttelte verblüfft den Kopf. »Äh, nein danke, ich hab noch.«

Juli, die offenbar weder den Geruch des Marihuanas noch Constanzes Reaktion bemerkt hatte, wandte sich an Nelly. »War das eigentlich auch ein Gedichtanfang, den du heute Nachmittag zu deinem Bild zitiert hast?«

Nelly nickte. »Aber es war nicht der Anfang, sondern das Ende. Es fängt so an: *Wer hat die Welt erschaffen, den Schwan und den Schwarzbär? Wer den Grashüpfer ...*«

Während sie das Gedicht bis zum Ende zitierte, ließ sie sich langsam zurückfallen und sah in den Himmel. »Es ist ein Gedicht über das Leben und wie schön es ist.« Ihre Stimme wurde leiser. »Man muss nur genau hinsehen.«

Als sie nicht weitersprach, wandte Constanze sich ihr in plötzlichem Erschrecken zu. »Nelly?«, fragte sie besorgt. »Geht es dir gut?«

»Aber ja.« Nelly lächelte, und ihr Blick folgte dem Rauch, der sich von ihrer Zigarette in die kalte Nachtluft kräuselte. »Es geht mir wunderbar. Ich warte nur.«

»Worauf denn?«

Nelly richtete sich halb auf und blinzelte verschmitzt in die Runde. In ihren dunklen Pupillen spiegelte sich das Licht der Kerzen. »Auf ein Gutenachtlied der Blue Roses.«

Die drei Freundinnen sahen sich an. »Du meinst jetzt, einfach so ...?«, sagte Juli nervös. »Ich weiß nicht. Was meint ihr? Fritzi? Constanze?«

Constanze antwortete nicht. Sie öffnete stattdessen den Mund und begann leise mit rauher, eingerosteter Stimme zu singen:

> »*Old town floating in shimmering lights*
> *Three girls singing in stormy nights* ...«

Juli schluckte einen Augenblick und fiel dann mit ihrer unverwechselbaren hohen, klaren Stimme, der die Jahre nichts hatten anhaben können, mit ein:

> »*Catch the moon's face, yellow sweet lime*
> *Life's a drop in the desert of time* ...«

Fritzi biss sich auf die Lippen, und während die anderen weitersangen, befand sie sich plötzlich wieder auf der Bühne, stumm, mit aufgerissenen Augen, sah in verächtliche Gesichter, hörte die schrillen Pfiffe und das schadenfrohe Gewieher der Konzertbesucher, und ihr Herz klopfte ihr bis zum Hals. Doch dann wechselte die Szene vor ihren Augen, und sie saß stattdessen am Ufer des grünen Flusses, an dem sie, Constanze und Juli einst so viele Sommernächte zusammen gefeiert hatten. Bunte

Windlichter flackerten und warfen ihre Schemen an die Mauern des alten Klosters, in dem die Universität untergebracht war. Irgendwo war leises Lachen zu hören, eine Weinflasche machte die Runde, und in ihren Gesichtern spiegelte sich das Licht und der Fluss. Sie sangen zur Musik aus einem Kassettenrekorder, und jemand begann zu tanzen.

> »*River's song, golden and green*
> *Paper crowns for the king and the queen*
> *Dream a dream out in the blue*
> *For all wishes will become true ...*«

Fritzi lauschte den gesungenen Worten und stellte fest, dass ihr Lied, das sie vor so vielen Jahren geschrieben hatte, noch immer die Farbe des Flusses hatte und genauso ruhig und grün dahinfloss, wie es ihr damals vor Augen gestanden hatte. Auch Pfiffe und Gegröle und ihre verloren geglaubte Stimme hatten dieser Farbe nichts anhaben können. Und da fasste sie sich ein Herz und sang zum ersten Mal seit fünfzehn Jahren wieder zusammen mit ihren Freundinnen den Refrain, den sie früher so geliebt hatten und der den Blue Roses ihren Namen gegeben hatte:

> »*As the birds fly in the air*
> *We are wandering without any care*
> *As wild roses grow on stony ground*
> *Freedom is for what we are bound!*«

Und wie schon beim Gesang heute Abend mit den Nonnen war auch jetzt ihre Stimme weder heiser noch musste sie sich anstrengen. Im Gegenteil, seit langem hatte sie zum ersten Mal wieder das Gefühl, ihre eigene Stimme zu hören, so, wie sie wirklich klang, weder gehetzt noch zu leise, sondern tief und voll. Ihr Gesang hallte über den See, wurde kräftiger, und sie wiederholten, als sie am Ende angelangt waren, das Lied gleich noch einmal. Dann versuchten sie ein anderes ihrer alten Lieder, suchten nach den richtigen Worten oder erfanden neue und sangen schließlich alle Lieder, die ihnen einfielen. Erst als sich im Osten der Himmel langsam zu färben begann und aus Schwarz schimmerndes Grau wurde, wurde es still. Die fünf Frauen lagen wie große unförmige Schmetterlingsraupen in ihre Decken eingewickelt um die restlichen, noch nicht heruntergebrannten Kerzen. Aus der Ferne schienen sie alle zu schlafen. Doch das stimmte nicht. Nur Nelly und Elisabeth hatten die Augen geschlossen.

Juli beobachtete, wie mit einem leisen Zischen eine weitere Kerze verlosch und der Docht in die übrig gebliebene Wachspfütze auf dem Holz sank. Vor ihren Augen erwachte ein Büchercafé zum Leben, bunte, leuchtende Stoffe, der Duft nach Kaffee und Gebäck, Regale voll mit Büchern an den Wänden, Menschen, die sich unterhielten oder einfach nur still in einer Ecke saßen und lasen. Sie begann fast unmerklich mit dem Finger Linien über das verwitterte Holz des Steges zu ziehen und zu planen, wie die Cafés am besten in ihre Läden integriert werden konnten.

Fritzi lag auf dem Rücken und betrachtete mit aufmerksamen Blick den heller werdenden Himmel. Sie war, wie Juli auch, von einer seltsamen Unruhe erfasst, die sie innerlich vibrieren ließ und alle Müdigkeit fernhielt. Die Lieder, die sie gesungen hatten, klangen in ihr nach, und sie hatte noch immer das Gefühl, als seien ihre Sinne wacher als sonst. Sie konnte das Wasser, das unter dem Steg in stärker werdenden Wellen gegen die Pfosten schlug, als leiser Wind aufkam, nicht nur hören, sondern spürte auch die Feuchtigkeit, die nach oben drang, und nahm den leicht modrigen Geruch längst abgestorbener Pflanzen wahr, die auf den Grund des Sees gesunken waren. Sie lauschte dem trockenen Rascheln des Schilfes am Ufer und dem klagenden Ruf eines Vogels im Ried. Der Luftzug, der über ihr Gesicht strich, ließ sie erschauern, doch sie fror nicht wirklich. In ihrem wollenen Kokon war es noch immer warm.

Weder Juli noch Fritzi achteten auf Constanze, die ebenfalls wach lag. Wenn sie es getan hätten, wären sie verwundert darüber gewesen, dass ihre Freundin nicht mehr bei ihnen lag, sondern etwas abseits, zusammen mit Nelly, so nah beieinander, dass man bei flüchtiger Betrachtung glauben konnte, es handelte sich um eine einzige Person. Constanze hatte ihre Arme fest um Nelly geschlungen, die, um einiges kleiner und zarter als sie selbst, zusammengerollt wie ein Kätzchen vor ihr lag, ihre schmalen Finger unentwirrbar mit Constanzes kräftigen Händen verknotet.

Constanze hatte wie Juli und Fritzi ebenfalls die Augen

geöffnet, doch sie sah weder den Himmel, der sich jetzt langsam, fast unmerklich, rosa verfärbte, noch spürte sie den Wind oder hörte den Vogelruf. Sie lag mit schmerzhaft brennenden Augen da, fühlte nichts, hörte nichts und sah nichts. Nichts außer Nellys dunklen, feinen Haarschopf, der so leicht an ihrer Brust ruhte wie ein schlafender Vogel.

Die Kirchturmglocken schlugen fünf, als Fritzi aus ihrer Decke kroch und sich stöhnend streckte. »Oje, meine Knochen sind total eingerostet. Vierzig Jahre sind ihnen wohl zu viel.«

»Das sind nicht die vierzig Jahre, sondern eine Nacht auf einem feuchten Steg. Meinen noch jugendlichen, neununddreißigjährigen Knochen behagt das auch nicht.« Juli krabbelte schwerfällig wie eine Schildkröte aus ihrer Decke und gähnte.

Elisabeth war ebenfalls aufgestanden und sah auf den morgendlich glatten See hinaus. »Manchmal braucht es so etwas«, sagte sie in ihrer bedächtigen, leicht verschmitzten Art. »Den Abend werden wir jedenfalls so schnell nicht vergessen.«

»Du hast recht. Ich glaube, das war der schönste Geburtstag seit hundert Jahren«, stimmte Fritzi glücklich zu. Sie kniete auf den Planken und rollte ihre Decke zu einer Wurst zusammen. Dann erst bemerkte sie Nelly und Constanze, die etwas von ihnen entfernt eng aneinandergeschmiegt dalagen und sich nicht rührten. Überrascht hob sie die Augenbrauen und stieß Juli an. Juli folgte Fritzis Blick und machte große Augen. »Oh«, sagte sie leise.

»Soll ich sie wecken?«, flüsterte Fritzi.

Juli nickte. »Ich frag mich sowieso, warum sie noch nicht aufgewacht sind. So tief kann man hier draußen doch gar nicht schlafen.«

Fritzi stand auf und ging zu den beiden hinüber. Als sie sah, dass Constanze nicht schlief, sondern starr ins Leere blickte, blieb sie abrupt stehen. Hier stimmte etwas nicht. Juli und Elisabeth, die gerade eben noch über etwas gelacht hatten, verstummten, als sie Fritzis alarmierten Gesichtsausdruck bemerkten.

»Was ist?«, fragte Juli beunruhigt, doch Fritzi gab keine Antwort. Sie kniete neben Constanze nieder und tippte ihr sanft auf die Schulter: »Constanze?«

Constanze drehte den Kopf, wie betäubt blinzelte sie Fritzi an. »Sie ist tot«, sagte sie, und ihre Stimme klang ungläubig.

»Was?« Juli war schon aufgesprungen und zu ihnen gelaufen. »Wie, tot? Warum denn tot?«

Fritzi nahm Constanze behutsam am Arm. »Komm, steh erst einmal auf.«

Langsam und fast gegen ihren Willen ließ Constanze die reglose Nelly los, wand ihre Finger aus ihrer Umklammerung, blieb aber neben ihr sitzen. Sie sah auf ihre Hände und dann ihre Freundinnen mit einem Blick verzweifelter Fassungslosigkeit an. »Sie ist einfach gestorben.«

»Das kann nicht sein!« Juli drängte sich an Constanze vorbei und versuchte, Nelly zu wecken, doch sie rührte sich nicht. Ihre Augen blieben geschlossen, und ihre dunklen Wimpern lagen wie schwarze Schatten auf ihrem Gesicht, das jetzt so weiß war, dass es im frühen

Morgenlicht fast bläulich schimmerte. Dennoch fasste Juli sie an den Schultern und schüttelte sie. »Wach auf! Nelly, wach bitte auf! Das ist nicht lustig!«

»Das hat keinen Sinn.« Elisabeth, die ebenfalls herangetreten war, schüttelte den Kopf. »Schau doch, sie ist nicht mehr da.«

»Aber ... wie kann sie tot sein?« Julis Stimme bekam einen leichten Beiklang von Hysterie. »Man stirbt doch nicht einfach so!«

»Vielleicht ist sie ja nur bewusstlos?«, vermutete Fritzi ohne rechte Überzeugung. Trotzdem beugte sie sich vor und tastete nach Nellys Halsschlagader. Ihre helle, zarte Haut war kalt und leblos, kein Pulsschlag war zu fühlen. Elisabeth hatte recht. Nelly war nicht mehr da. Fritzi zog die Hand zurück und schüttelte den Kopf. »Nichts. Sie atmet nicht mehr.«

Die Frauen starrten auf Nellys schmalen Hals, der in seiner Reglosigkeit unerträglich verletzlich wirkte. Jemand schluchzte auf. Es war Juli.

»Wie kann sie einfach sterben und wir bemerken es nicht?«, fragte sie noch einmal fassungslos und warf einen fast vorwurfsvollen Blick auf Elisabeth, so als hätte sie von ihr, die mit Dämonen und Ahnengeistern auf so vertrautem Fuß stand, am ehesten erwartet, davon etwas mitbekommen zu haben. »Das gibt es doch nicht. Das kann nicht sein!« Sie schüttelte trotzig den Kopf.

Constanze, die noch immer reglos neben der toten, jungen Frau saß, sagte mit brüchiger Stimme: »Sie hat mich gebeten, sie festzuhalten. Und da wusste ich, dass ...«

»Du wusstest es?« Juli sah Constanze ungläubig an. »Wie kann man so etwas denn wissen? Warum ...«

»Sie hatte Krebs«, sagte Constanze. »Das hat sie mir am Nachmittag gesagt.«

Juli klappte den Mund zu und versuchte, das Gehörte zu verdauen. »Aber ... aber«, stammelte sie verwirrt. »Wie konntest du das zulassen? Wie ... konntest du einfach neben ihr liegen bleiben, so als ob nichts wäre? Sie einfach sterben lassen! Wir hätten einen Arzt rufen müssen ... Wir hätten sie ins Krankenhaus bringen lassen müssen ...«

Constanze warf ihr einen verzweifelten Blick zu. »Sie hatte sich doch entschieden! Sie hat die Behandlung abgebrochen, als ihr klar wurde, dass sie nicht mehr helfen würde. Sie wollte nicht mehr in Krankenhäusern herumliegen.«

»Und das war dir alles in dem Moment klar? Du konntest sie doch überhaupt nicht«, sagte Juli, und in ihrer Stimme klangen Vorwurf und Zweifel mit.

Constanze nickte gequält. »Ja«, sagte sie. »Das war mir klar. Absolut.« Sie sah ihre Freundinnen an, und ihre Lippen zitterten.

Fritzi hatte schweigend dem Gespräch der beiden gelauscht. Jetzt legte sie den Arm um Constanze, und wenig später streichelte auch Juli hilflos ihren Rücken.

Nach einer Weile sagte Elisabeth: »Ich finde, es war richtig, was du gemacht hast, Constanze.«

Als Constanze schwieg, hob Juli den Kopf. »Hast du etwa auch gewusst, dass Nelly Krebs hatte?«

Elisabeth schüttelte den Kopf. »Gewusst nicht. Aber

ich habe mir gedacht, dass sie vielleicht krank ist. Sie war so ... durchsichtig.«

Fritzi schüttelte langsam den Kopf. »Mir kam sie unglaublich lebendig vor.«

Juli nickte zustimmend, und Constanze sagte leise: »Das war sie auch.«

Epilog

Sie hatten verabredet, sich auf halbem Weg am Bahnhof in Landshut zu treffen. Fritzi war mit dem Bus gekommen, zwanzig Minuten durch Mais- und Weizenfelder geschaukelt, vorbei an von hohen Bäumen eingerahmten Pferdekoppeln und einem grün leuchtenden Baggersee. Jetzt wartete sie am Bahnsteig auf den Regionalexpress aus München, der in zwei Minuten kommen sollte, und biss nebenbei in eine Käsesemmel, die sie sich von zu Hause mitgebracht hatte. Als der Zug langsam einfuhr, sah sie Juli schon von weitem. Es war noch einer dieser altmodischen Züge, bei dem man die Fenster öffnen konnte, und Juli hing mit dem halben Oberkörper heraus und winkte. Fritzi winkte zurück, stopfte sich den Rest Semmel in den Mund und schulterte ihre kleine Reisetasche. Kaum war der Zug mit quietschenden Bremsen zum Stehen gekommen, hob sie den alten, angeschlagenen Gitarrenkoffer hoch, den sie neben sich abgestellt hatte, und lief zu der Tür, die der winkenden Juli am nächsten war.

Als sie in Julis Abteil trat und sie sich ansahen, mussten

beide lachen. Juli trug wieder den leuchtend blauen Cordminirock mit grünen Blumen, den sie schon bei ihrem Klosterausflug die meiste Zeit angehabt hatte, und auch Fritzi hatte in Erinnerung an diese Tage den bunten Kaftan angezogen, den sie damals extra ausgegraben hatte. Juli half ihr, ihr Gepäck zu verstauen, und warf dabei einen Blick auf Fritzis Gitarrenkoffer.

»Ist der neu?«, fragte sie. »Sieht ziemlich nach Vintage aus.«

Fritzi strich mit der Hand über den dunkelbraunen Bezug in Schlangenleder-Optik, der an vielen Stellen schon abgewetzt war, und lächelte. »Er ist auch Vintage. Original aus den Sechzigern. Hat Bertino gehört.«

Juli machte große Augen. »Du hast Bertinos Gitarre dabei? Wow!«

Fritzi nickte. »Ich habe vor einer Weile angefangen, tatsächlich darauf zu spielen, und da dachte ich, wenn wir schon als Blue Roses bei Constanze eingeladen sind, könnte ich damit mal mein Debüt geben ...«

Juli grinste. »Das Gleiche habe ich auch gedacht.« Sie wühlte in ihrer Tasche und präsentierte Fritzi mit feierlicher Miene eine edle schwarze Flötentasche. »Zwar hatten die Holzwürmer meine alte Flöte doch noch nicht ganz gefressen, wie ich befürchtet hatte, aber ich dachte trotzdem, es wäre Zeit für eine neue.«

Fritzi bewunderte Julis Flöte gebührend und zeigte ihr dann Bertinos Gitarre, die, wie ein wertvolles Juwel, in leuchtend rotem Plüsch eingeschlagen in dem Koffer lag. Dann fuhr der Zug los, und sie ließen sich auf ihre Plätze plumpsen.

Im letzten halben Jahr hatten sich die beiden häufig gesehen, und anders als früher war es nicht nur bei einem schnellen Cappuccino und belanglosen Gesprächen geblieben. Fritzi hatte Juli den Rücken gestärkt, als diese sich entschied, mit ihren Eltern zu reden, um endlich ihr Erbe bei Bücher-Schatz anzutreten, sie hatte ihr und Tom beim Umzug zurück in die Stadt geholfen, bei Bedarf auf die Kinder aufgepasst und zusammen mit ihnen auf dem Balkon in ihrer neuen Wohnung im Lehel gegrillt. Sie hatte mit Tom den Champagner geköpft, als Juli nach ihrem ersten Arbeitstag als neue Geschäftsinhaberin erschöpft, aber stolz nach Hause gekommen war, und hatte mitgeschlemmt, als Tom in dem Restaurant seines Freundes, in dem er früher schon gekocht hatte, wieder angefangen und an seinem ersten Abend ein »Blue-Roses-Menü« für Juli und Fritzi gezaubert hatte.

Juli und Tom wiederum hatten an vielen Wochenenden den ganzen Sommer über tatkräftig mitgeholfen, als es darum gegangen war, Georgs alte Villa zu renovieren. Gemeinsam hatten sie Böden herausgerissen, Wände gestrichen, Leitungen verlegt und waren abends zusammen im Garten bei einem Glas Wein gesessen und hatten Pizza aus der dörflichen Pizzeria Adria aus Pappschachteln gegessen. Als Fritzi mit Georg und Esther dann endgültig aufs Land gezogen war, hatten sie ebenfalls beim Umzug geholfen.

Juli war mit Fritzi auf den Friedhof gegangen und hatte die Gräber von ihrer Oma und Bertino besucht und zusammen mit ihr ein bisschen geweint. Sie hatte auf

Fritzi an dem Tag, als sie Double-Zero-Änna ihre Kündigung vor die Nase hielt, vor dem X-Music-Gebäude gewartet und war mit ihr danach in eine Bar gegangen, um die neue Freiheit zu feiern. Sie hatte sich Fritzis neue Liedtexte am Telefon vorsingen lassen und sie um Rat gefragt, als die Pläne eines Blue-Roses-Cafés anfingen, konkreter zu werden. Es war fast wie früher. Wenn nicht Constanze gefehlt hätte.

Juli und Fritzi aßen Toms fabelhaftes Blue-Roses-Menü zu zweit, sie strichen Fritzis neues Musikzimmer in der alten Villa in einem leuchtenden Violett ebenfalls zu zweit, und auch bei Julis erstem Arbeitstag war Constanze nicht dabei. Sie hatte nach Nellys Tod darum gebeten, eine Weile in Ruhe gelassen zu werden, und gemeint, es gäbe in ihrem Leben im Augenblick viel zu ordnen, das brauche seine Zeit, sie würde sich wieder melden, wenn sie so weit wäre. Juli und Fritzi hatten ihre Bitte respektiert, auch wenn sie es etwas befremdlich fanden. Eigentlich hatten sie geglaubt, ihr gemeinsames Wochenende hätte sie einander wieder nähergebracht. Andererseits war Nellys Tod natürlich vor allem für Constanze ein schlimmes Erlebnis gewesen, und sie hatten verstanden, dass Constanze Zeit brauchte, um darüber hinwegzukommen. Die totale Funkstille, die dann allerdings folgte, war für beide überraschend. Nicht einmal telefonisch war Constanze mehr zu erreichen, der Festnetzanschluss war stillgelegt, und auf ihrem Handy antwortete nur die Mailbox. Juli und Fritzi hatten sogar einmal in ihrer Wohnung vorbeigeschaut, weil sie sich Sorgen gemacht hatten, und hatten völlig überrascht festgestellt, dass

Constanze dort offenbar schon eine Weile nicht mehr wohnte.

Sie war wie vom Erdboden verschluckt. Hätte sie nicht ab und zu kurze, einigermaßen beruhigend klingende, mit diversen Smileys versehene WhatsApp-Nachrichten geschickt, hätten Juli und Fritzi wohl eine Vermisstenmeldung aufgegeben. Und dann war vor knapp zwei Wochen aus heiterem Himmel diese Einladung zu Nellys »Geburtstagsfest« gekommen. Das allein war schon sehr erstaunlich gewesen, noch erstaunlicher allerdings war der Ort, an dem dieses Fest stattfinden sollte: Es war eine Adresse in Passau.

Und so war es gekommen, dass die beiden Freundinnen nun wie zu alten Studienzeiten mit dem Regionalexpress nach Passau fuhren, beide fast so aufgeregt wie damals, als sie den Zug zum ersten Mal nahmen und noch nicht wussten, was sie erwarten würde.

»Was Constanze wohl vorhat?«, überlegte Juli wohl schon zum Hundertsten Mal.

Fritzi zuckte mit den Schultern. »Vielleicht hat sie alte Studienfreunde wieder aktiviert, so eine Art Klassentreffen?«, vermutete sie ohne rechte Überzeugung. Es passte nicht zusammen, Nellys Andenken mit alten Freunden aus ihrer Studienzeit feiern zu wollen, die sie gar nicht gekannt hatten.

»Das glaube ich nicht«, sagte Juli deshalb auch und schüttelte nachdenklich den Kopf. »Vielleicht will sie sich einfach nur an die schöne Zeit erinnern? Vielleicht gibt es ein Picknick am Inn?«

Sie spekulierten noch eine ganze Weile, während die

herbstliche Landschaft am Fenster vorüberzog, ohne jedoch zu einem Ergebnis zu gelangen. Sie würden sich einfach überraschen lassen müssen.

Zunächst jedoch sah es nicht nach romantischem Picknick am Fluss aus. Als Juli und Fritzi das Bahnhofsgebäude von Passau verließen, trauten sie ihren Augen nicht. Der Vorplatz und das ganze Gelände um den Bahnhof herum war kaum wiederzuerkennen. Eine Einkaufspassage reihte sich an die nächste, überall Beton und Glas, gesichtslose Billiggeschäfte, Döner-Buden, die üblichen Kaufhausketten. Stumm gingen Fritzi und Juli die Straße entlang zu der Adresse, die auf der Einladung stand.

Sie war nur wenige hundert Meter vom Bahnhof entfernt. Als sie davorstanden, schüttelte Juli den Kopf.

»Das kann doch nicht sein! Was sollen wir hier?«, sagte sie.

Sie standen vor einem Discounter, wie sie überall in diesen rasch hochgezogenen Einkaufszentren zu finden waren. Große orange-gelbe Plakate an den Fenstern verkündeten »dauerhafte Niedrigpreise«, und vor dem Eingang standen die üblichen Regale mit saisonalen Sonderaktionen, Chrysanthemen in großen, bunten Töpfen und Rosenstauden in Plastikcontainern.

Fritzi warf einen Blick auf die Einladung. »Doch. Da steht es, schwarz auf weiß.« Sie sah auf die Uhr. »Und die Uhrzeit stimmt auch. 16.00 Uhr.«

»Vielleicht holt sie uns hier ab?«, vermutete Juli und sah sich um.

Doch von Constanze keine Spur. Fritzi war ein paar Schritte weitergegangen und deutete auf einen Backshop, der zum Supermarkt gehörte und einige Aluminiumtische auf dem Bürgersteig stehen hatte. »Lass uns einen Cappuccino trinken. Sie wird schon kommen.«

Juli nickte, und sie setzten sich an einen der Tische. Während Fritzi vorsichtig ihren Gitarrenkoffer auf den Boden legte, zündete sich Juli eine Zigarette an und wedelte damit herum: »Das ist doch total schräg! Was soll das denn für eine Einladung sein? Hier? Vor einem Supermarkt? Was will Constanze denn hier mit uns anstellen?«

»Vielleicht will sie, dass wir hier ein Konzert geben«, scherzte Fritzi. »Für den Molkereikonzern, für den sie arbeitet.«

»Oh, mein Gott!« Juli kicherte nervös. »Das meinst du nicht ernst, oder?«

Fritzi schüttelte den Kopf. »Natürlich nicht. Das hätte sie uns doch gesagt. Außerdem, stell dir Constanze mal hier vor, im Kaschmirpullover und mit ihren schicken Stiefeln.«

»Das kann ich mir beim besten Willen nicht vorstellen«, sagte Juli halbwegs beruhigt.

Sie holten sich zwei Cappuccino und hielten Ausschau nach Constanze. Nach etwa zehn Minuten kam eine Verkäuferin aus dem Supermarkt auf sie zu. Juli stieß Fritzi so heftig an, dass sie fast ihren Cappuccino verschüttete. »Da! Da! Das ist …« Sie sprach nicht weiter. Die Frau war jetzt bei ihnen angelangt, und Fritzi begriff, was Juli ihr hatte sagen wollen: Die Verkäuferin war Constanze.

Sie war kaum wiederzuerkennen. Eine sehr viel schlankere Constanze, ungeschminkt, mit dunkelblonden kinnlangen Haaren. Keine Spur mehr von wasserstoffblondgesträhnten, schulterlangen Locken, keine lackierten Fingernägel, keine taupegrauen Wildlederstiefel. Stattdessen trug sie Jeans, Turnschuhe und ein Polohemd im schreienden Gelb-Orange des Discounters. Quer über ihrer Brust stand: *Wir sind die kleinen Preise!*

Fritzi blieb der Mund offen stehen, und aus den Augenwinkeln sah sie, dass es ihrer Freundin nicht viel anders ging. Juli, die gerade den Schaum aus ihrer Tasse hatte löffeln wollen, war mitten in der Bewegung erstarrt, und ihre Augen waren rund vor Staunen. Constanze lachte, als sie die beiden so sprachlos sah, doch man merkte ihr an, dass sie nervös war. »Ich bin in fünf Minuten bei euch, muss mich nur noch umziehen.« Sie zupfte etwas verlegen an ihrem Polohemd herum und verschwand dann wieder im Supermarkt.

Juli und Fritzi sahen ihr schweigend nach.

»Was ...«, begann Juli nach einer Weile, doch Fritzi schüttelte den Kopf.

»Ich habe keine Ahnung.«

»Sie wird es uns erzählen, oder?« Juli schaute in ihre leere Tasse.

»Sicher.« Fritzi nickte, alles andere als sicher. »Natürlich wird sie das. Deswegen sind wir ja wohl hier, oder?«

Juli stand abrupt auf. »Ich glaube, für diese Geschichte brauche ich noch einen Cappuccino.« Sie überlegte kurz und fügte dann hinzu: »Und ein Nougatcroissant.«

Als Constanze wenig später zurückkam, hatte sie ihr Polohemd gegen ein T-Shirt und eine leichte Jacke getauscht. Sie lächelte zaghaft, als sie sich zu den beiden an den Tisch setzte.

»Ihr seid jetzt sicher neugierig, was das alles zu bedeuten hat.«

Fritzi und Juli nickten unisono, und Constanze begann ohne Umschweife zu erzählen. Man konnte hören, dass sie sich alles schon längere Zeit zurechtgelegt und nur darauf gewartet hatte, es endlich loszuwerden. Es sprudelte nur so aus ihr heraus. Sie begann mit Marc, ihrem früheren Lebensgefährten, der sie ausgenutzt und betrogen hatte, schimpfte über ihre eigene Dummheit und Naivität, die sie nichts hatte begreifen lassen, schilderte ihren schmachvollen Rauswurf aus der Firma, die Verurteilung vor Gericht, die Verachtung ihrer sogenannten Freunde, die sie hatten fallen lassen wie eine heiße Kartoffel, erzählte von den unübersehbaren Schulden, dem Verkauf der Wohnung und ihrem Umzug, ihrer nachtschwarzen Verzweiflung und dem schrecklichen Gefühl der Lähmung, das sie bis zuletzt immer wieder überfallen und sie dazu gebracht hatte, stundenlang, tagelang einfach nur dazusitzen und aus dem Fenster zu schauen. Die Freundinnen hörten erschüttert zu. Juli vergaß ihr Nougatcroissant, und ihr Cappuccino wurde kalt. Als Constanze schließlich verstummte, saßen sie betroffen da und schwiegen.

Irgendwann sagte Juli leise: »Und dann? Wie ist es weitergegangen?«

»Dann saß ich Tag für Tag in meinem Hartz-IV-finanzierten traurigen Einzimmerappartement und schaute mir Talkshows und Kochsendungen an. Bevor wir uns zu Fritzis Geburtstag getroffen hatten, hatte ich bereits unzählige Bewerbungen geschrieben. Niemand hat mich genommen. Als ich dann aus dem Kloster zurückkam, war alles noch schlimmer. Ich hatte keine Kraft mehr und konnte nur noch an Nelly denken und dass ...« Sie zögerte und sagte dann leise: »... dass es besser gewesen wäre, ich wäre an ihrer Stelle gestorben.«

»Warum hast du dich nur nicht bei uns gemeldet!«, rief Juli erschrocken. »Wir hätten dir doch beistehen können! Das hätten wir gern gemacht! Zu dritt wäre uns schon etwas eingefallen.«

Constanze schüttelte den Kopf. »Ich konnte nicht. Alles in mir war wie aus Eis. Ich war von innen heraus wie erfroren. Es hat mich schon unendliche Mühe gekostet, morgens überhaupt aufzustehen. Nach einigen Wochen dann wurde mir klar, dass es so auch nicht weitergehen konnte und dass Nelly mit Sicherheit nicht gewollt hätte, dass ich mein Leben auf dem Sofa vergeude. Da habe ich mir nach Wochen wieder einmal eine Zeitung gekauft und dann ...« Sie hob den Kopf und sah ihre Freundinnen mit einem kleinen Lächeln um die Mundwinkel an. »... ganz zufällig ...« Ihr Lächeln wurde breiter, und Fritzi drängte sie gespannt: »Was?«

»Dann stand da auf der Seite mit den überregionalen Stellenanzeigen *Passau*. Es wurde eine Filialleiterin für diesen Supermarkt hier gesucht.« Sie deutete nach hinten zu dem Gebäude. »Es war mir egal, auch wenn sie nur eine Kassiererin oder jemanden zum Lagereinräumen gesucht hätten: Ich habe nur Passau gelesen. Das ist ein Zeichen, sagte ich mir und hatte plötzlich nicht den geringsten Zweifel daran. Es konnte gar nicht anders sein. Und da habe ich meine Bewerbungsunterlagen eingepackt und bin einfach hergefahren. Ohne mich anzumelden oder vorher etwas zu schreiben. Sie wollten mich anfangs nicht nehmen, waren misstrauisch und meinten, ich sei ja wohl absolut überqualifiziert für diese Stelle. Aber ich habe nicht lockergelassen, und irgendwann habe ich sie wohl überzeugt.« Constanze lachte jetzt. »Ich glaube, ich hätte sogar vor dem Laden kampiert, wenn es notwendig gewesen wäre. Aber ich hatte auch Glück. Die anderen Bewerber waren wohl nicht so das Gelbe vom Ei, und so haben sie es schließlich doch mit mir versucht. Zuerst auf Probe, und seit einem Monat habe ich eine feste Anstellung.«

Sie strahlte vor Stolz, und Fritzi warf ihr einen nachdenklichen Blick zu. Nie hätte sie es für möglich gehalten, dass ihre alte, immer durchgestylte, luxusverwöhnte und karrierebewusste Freundin einmal stolz darauf sein würde, mit einem Polohemd herumzulaufen, auf dem *Wir sind die kleinen Preise!* stand. Doch dann erinnerte sie sich, wie Constanze ganz früher gewesen war, als sie gemeinsam studiert hatten, und prompt fiel ihr eine Eigenschaft ein, die sie an Constanze früher neben ihrem überschäumenden Temperament immer am liebsten gemocht hatte: ihre bodenständige Schnörkellosigkeit, die Art, die Dinge ehrlich beim Namen zu nennen. Mit den Jahren hatte sich diese Eigenschaft jedoch immer mehr in Zynismus verwandelt, hatte etwas Arrogantes,

Verletzendes und Aufgesetztes bekommen, und Fritzi hatte sich manchmal sogar vor ihrer scharfen Zunge gefürchtet.

Jetzt war davon nichts mehr zu spüren. Im Gegenteil. Hier war ein Stück der alten Constanze zurückgekehrt. Spontan nahm sie Constanzes Hand und drückte sie. »Das ist toll! Ganz, ganz toll.«

Juli nickte heftig, und ihre Augen waren ganz rot vor Rührung. Constanze lächelte etwas verlegen in die Runde und warf dann einen Blick auf Julis halb getrunkenen Cappuccino und das nahezu unberührte Nougatcroissant.

»Seid ihr fertig?«, fragte sie, und als Juli nickte, stand sie auf. »Wir haben nämlich noch etwas vor. Ihr seid schließlich nicht nur hierhergekommen, um in unserem Backshop Cappuccino zu trinken. Obwohl er gar nicht schlecht ist.«

Zusammen gingen sie in die Tiefgarage des Einkaufszentrums, wo Constanzes neues Auto stand, wie sie grinsend verkündete. Das neue Auto entpuppte sich als leicht verbeulter, spinatgrüner Uralt-Renault. »Hat mir Franz besorgt, und der Sohn von Herrn Krasnici hat ihn hergerichtet. Er ist gerade durch den TÜV gekommen.«

»Wer ist Herr Krasnici?«, wollte Juli wissen, während sie das Gepäck verstauten und in den Wagen kletterten, und Fritzi ergänzte: »Und wer ist Franz?«

»Das sind meine neuen Nachbarn. Familie Krasnici kommt aus dem Kosovo und Franz … Ihr werdet ihn gleich kennenlernen.«

Sie zuckelten im Schneckentempo durch die wie früher schon überfüllten Straßen rund um die Altstadt, und Juli und Fritzi schauten aufgeregt aus dem Fenster und machten sich gegenseitig auf alle Dinge aufmerksam, die sich, anders als die zubetonierte Bahnhofsmeile, nicht verändert hatten.

»Da, die Kneipe! Da haben wir oft Backgammon gespielt!« Juli deutete auf ein Lokal, auf dessen großen, schattigen Balkon wie früher Trauben von Studenten saßen.

Dann fuhren sie über die Marienbrücke zur Innstadt hinüber, und unter ihnen floss, grün und golden wie ehedem, der Inn. Fritzi und Juli wurden stumm, und als Constanze in eine kleine Gasse direkt am Fluss einbog und vor einem Haus parkte, sagte Fritzi ungläubig: »Wohnst du hier etwa? Direkt am Fluss?«

Constanze nickte.

»Davon haben wir früher immer geträumt. Von einer Wohnung direkt am Wasser«, sagte Juli sehnsüchtig, während sie ausstiegen und sich umsahen.

»Wisst ihr noch, mein Zimmer damals war zwar auch in der Innstadt, aber eher in der dritten Reihe. Aussicht hatte ich nur auf die Mauer des Nachbarhauses«, sagte Fritzi.

»Erwartet nicht so viel, es ist eine ganz, ganz kleine Wohnung. Eigentlich nicht viel mehr als ein Zimmer …«, sagte Constanze bescheiden, doch als sie Fritzis Gitarrenkoffer aus dem Kofferraum hob, leuchtete ihr Gesicht.

Fritzi und Juli folgten Constanze in das alte, etwas schiefe und schmalbrüstige Haus, das typisch für diesen

Stadtteil, ein ehemaliges Handwerkerviertel, war. Im Treppenhaus roch es durchdringend nach Moder und Schimmel. Doch selbst das löste bei Juli und Fritzi nur nostalgische Gefühle aus. So war das eben, wenn man an einem Fluss lebte, der bei Hochwasser schon mal den Keller überflutete. Niemand, der bei Verstand war, lagerte in dieser Stadt Dinge von Wert in seinem Keller.

Hintereinander stiegen sie die knarzende Holztreppe höher, und im ersten Stock deutete Constanze auf die beiden geschlossenen Türen.

»Da wohnt Franz. Und dort ist eine Studenten-WG.«

Sie gingen weiter. Im zweiten Stock, sie befanden sich direkt unter dem Dach, gab es nur noch eine Tür. Constanze sperrte auf und ließ Juli und Fritzi vorangehen.

»Voilà!«

Die Wohnung war tatsächlich winzig. Ein Bad mit Dusche, in dem man sich kaum umdrehen konnte, ein kleines Wohnzimmer mit Kochgelegenheit und eine winzige Kammer, in der ein schmales Doppelbett gerade so zwischen Schrank und Fenster Platz fand.

»Knapp zwanzig Quadratmeter. Dreihundertfünfzig Euro, warm!«, verkündete Constanze. »So groß war früher mein Bad.« Sie lachte. »Na ja, fast.«

Fritzi und Juli sahen sich staunend um. Das Appartement war einfach, aber sehr gemütlich eingerichtet. Schlichte weiße Vorhänge hingen an den kleinen Sprossenfenstern, die aufgrund der dicken Mauern tiefe Fensterbretter hatten und auf die Constanze Kissen gelegt hatte, um mehr Sitzgelegenheiten zu haben. Ein cremefarbenes Sofa mit bunten Kissen stand unter den Fenstern. Gegenüber, neben der schlichten Küchenzeile, die Constanze mit einem Bord voller bunter Keramikteller und Tassen etwas aufgepeppt hatte, standen ein Ikeatisch und zwei Stühle. In der Mitte des Raumes, auf einem weißen Wollteppich, der auf dem rohen, unebenen Holzboden lag, stand ein etwas ungewöhnlich aussehender Couchtisch: eine dicke Scheibe eines großen Baumstamms, sorgfältig geschliffen und geölt.

»Hat Franz gemacht«, sagte Constanze, als Fritzis Blick darauf fiel. Sie ließ ihr aber keine Zeit, noch einmal nach dem ominösen Franz zu fragen, sondern winkte die beiden zu der kleinen Balkontür, die neben der Küchenzeile nach draußen führte. »Das ist das Beste!«, verkündete sie und öffnete die Tür.

Der Balkon war so schmal, dass nur ein winziger Klapptisch samt Stuhl darauf Platz hatte, doch die sagenhafte Aussicht entschädigte für die Enge. Der Balkon ging direkt auf den Inn hinaus, der majestätisch ruhig dahinfloss, um nur wenige hundert Meter weiter, an der Ortsspitze von Passau, in die Donau zu münden, die von dort aus, noch breiter und mächtiger geworden, nach Wien, Budapest und schließlich ins Schwarze Meer führte. Am anderen Flussufer lag die Altstadt in all ihrer Pracht, mit dem Dom, den zahllosen Kirchtürmen und Giebeln, den bunten Häusern und, etwas weiter entfernt, der Universität, die sich mit der Mischung aus alten und modernen Gebäuden weit am flachen Ufer flussaufwärts erstreckte.

Fritzi und Juli sahen sich sprachlos um und hörten zunächst gar nicht zu, als Constanze begann weiterzuerzählen. Sie deutete auf das Nachbarhaus, das noch älter zu sein schien als das Haus, in dem sich Constanzes Wohnung befand.

»Dort drüben wohnt die ganze Familie Krasnici. Herr und Frau Krasnici haben drei erwachsene Kinder, zwei Töchter und einen Sohn, und alle drei sind verheiratet. Zusammen haben sie eine etwas unübersichtliche Schar von äh, acht Kindern und schon zwei Enkelkindern, ach ja, und eine Oma Krasnici gibt es auch noch. Das ist unsere gemeinsame Terrasse.« Sie deutete nach unten, wo sich ein mit Blumentöpfen und Hängepflanzen überwucherter Garten befand, der mit einer Mauer und einem rostigen, fast zur Gänze zugewachsenen Gitter vom Flussufer abgegrenzt war, das unmittelbar dahinter begann.

In dem Garten hatte man Vorbereitungen für ein Fest getroffen: Eine lange Tafel aus Biertischen und Bänken stand bereit, sie war gedeckt mit unterschiedlich gemustertem Geschirr, Gläsern, Windlichtern und bunten Servietten, und voll beladen mit Salaten und diversen Leckereien, die man von oben nicht erkennen konnte. Darüber schaukelte eine Lichterkette aus farbigen Glühbirnen. In einer Ecke des Gartens saß auf einem Küchenstuhl eine steinalte, runzelige Frau mit einem Kopftuch und häkelte irgendetwas. Nebenbei unterhielt sie sich mit einem Mann, der an einem großen Grill stand, von dem bereits ein verführerischer Duft nach gebratenem Fleisch nach oben stieg. Er trug abgewetzte Jeans, Bikerboots und ein verblichenes, kariertes Hemd über einem weißen T-Shirt. Zwei kleine Jungs von etwa sieben, acht Jahren spielten um die beiden herum Fußball.

»Das sind die beiden jüngsten Krasnici-Jungs, außerdem Oma Krasnici und Franz«, klärte Constanze ihre Freundinnen auf.

Fritzi und Juli beugten sich etwas weiter vor, um vor allem Franz genauer unter die Lupe nehmen zu können. Er war groß und schlank, hatte einen dunkelbraunen, schon leicht grau melierten Pferdeschwanz und war auf eine etwas zerfurchte, hagere Art recht gutaussehend.

Juli schnalzte mit der Zunge. »Nicht übel ...«

»Und wer ist jetzt dieser Franz?«, fragte Fritzi Constanze direkt. »Nur dein Nachbar oder was?«

Eine zarte Röte überzog Constanzes Wangen. »Ja, ich denke ... also eigentlich ist er nur mein Nachbar ...«

»Und uneigentlich?«, bohrte Juli grinsend nach.

Die Röte in Constanzes Gesicht vertiefte sich. »Er hat meine Scheibe repariert, nachdem die Krasnici-Jungs sie gleich nach meinem Einzug mit ihrem Fußball kaputtgeschossen haben ... Ist doch Wahnsinn, oder, dass so kleine Jungs schon so einen Mordsschuss draufhaben, um bis in den zweiten Stock ...«

»Lenk nicht ab!«, lachte Juli. »Er hat also deine Scheibe repariert und dann?«

Constanze zögerte. »Ich weiß nicht«, sagte sie und sah ihre Freundinnen offen an. »Er hat wohl irgendwie gespürt, dass ich ... nun ... dass ... mein Leben gerade den Bach runtergegangen ist ... Vielleicht, weil er so etwas auch schon mal erlebt hat, und er hat sich einfach auf meinen Küchenstuhl gesetzt und ist dageblieben. Wir haben den ganzen Abend und die ganze Nacht Tee getrunken und geredet ...«

»Nur Tee getrunken und geredet?«, fragte Fritzi zur Sicherheit noch einmal nach.

»Und das die ganze Nacht?«, kam es ungläubig von Juli.

»Nur Tee getrunken und geredet. Die ganze Nacht.« Constanze nickte. »Am nächsten Morgen habe ich dann Frühstück gemacht. Seitdem sind wir ... äh ... befreundet.«

Wieder wurde sie rot.

»Den muss ich kennenlernen«, rief Fritzi. »Ein Mann, der aussieht wie Clint Eastwood in seinen besten Jahren, die ganze Nacht Tee trinken und reden kann und trotzdem keine Birkenstocksandalen trägt, ist ein sehr seltenes Exemplar seiner Spezies!«

Constanze lachte laut auf. »Da hast du recht! Lass uns runtergehen.«

Sie verließen die Wohnung und traten wenig später durch ein kleines Tor in den Garten. Constanze stellte Franz und Oma Krasnici ihren Freundinnen vor und rief dann laut in Richtung Nachbarhaus: »Sie sind da!«

Oma Krasnici überschüttete Fritzi und Juli augenblicklich mit einem Schwall unverständlicher Worte aus ihrem zahnlosen Mund, der frauenverstehende Franz hingegen gab sich eher wortkarg. Er schenkte ihnen nur ein kurzes Lächeln aus sehr dunklen Augen und sagte knapp: »Griaß eich.« Dann drückte er ihnen jeweils eine Flasche Bier in die Hand und widmete sich wieder dem Grill.

Während Fritzi und Juli an ihrem Bier nippten und

sich mit einem verstohlenen Augenzwinkern stumm darüber verständigten, dass dieser Typ tatsächlich recht ansehnlich war, trudelten nach und nach die weiteren Gäste ein. Wobei eintrudeln nicht das richtige Wort war. Das Auftauchen der Familie Krasnici kam einem Überfall gleich. Juli und Fritzi wurden in den Arm genommen, in die Wange gezwickt, geküsst, Hände wurden exzessiv geschüttelt, ein Baby landete auf dem Arm der vollkommen geplätteten Fritzi, und Juli wurde kurzerhand von Herrn Krasnici junior dazu abkommandiert zu helfen, noch mehr Getränke und Speisen in den Garten zu tragen.

Später saßen sie dann alle zusammen an der langen Tafel, aßen Grillfleisch und Würste, mit Hackfleisch gefüllte Pasteten, Oliven, eingelegtes Gemüse, Schafskäse und Scheiben scharfer Paprikawurst, Gurkensalat, Tomaten, überbackene Kartoffeln, Maiskolben und geröstetes Brot. Dazu gab es Wein, Bier und einen ganz offenbar in einem dubiosen Keller weiß Gott wo selbst gebrannten Schnaps, den Juli nach dem dritten Glas triumphierend als Sliwowitz identifizierte, was ihr ein anerkennendes Nicken von Herrn Krasnici senior und ein weiteres Glas einbrachte.

Juli musterte die klare Flüssigkeit schaudernd. »Wenn das so weitergeht, kann ich aber nicht mehr Flöte spielen ...«, murmelte sie, dann stieß sie mit Herrn Krasnici senior an und stürzte das Glas mit Todesverachtung hinunter.

Constanze lachte, und Fritzi, die ihr zuhörte, entdeckte noch etwas anderes, was sie an die Constanze von früher erinnerte und was sie schon seit Ewigkeiten nicht mehr gehört hatte: ihr lautes, zu Studienzeiten geradezu sprichwörtlich gewordenes, unglaublich ansteckendes Lachen.

Nach dem Essen, als es etwas ruhiger geworden war, setzte sich Constanze, die bis dahin immer wieder aufgestanden und sich mit allen Gästen unterhalten, die Kinder geneckt und Franz hin und wieder ein Lächeln geschenkt hatte, mit einem Glas Wein zwischen Juli und Fritzi. Inzwischen brannte die Lichterkette über ihnen, und die Windlichter flackerten in der kühlen Abendluft, die vom Fluss heraufgezogen war. Franz hatte den Grill näher zum Tisch herangezogen, und die langsam verglühende Holzkohle spendete noch etwas Wärme.

»Gibt's in eurem Leben auch was Neues?«, fragte sie die beiden.

»Eine Menge. Du wirst staunen«, sagte Fritzi und begann zu erzählen: »Zum Beispiel habe ich wieder angefangen, zu singen und Gitarre zu spielen. Bertinos Gitarre, erinnerst du dich? Und Lieder schreibe ich auch wieder. Für mich selbst und für eine Band, die ich aus der Arbeit kenne.« Sie korrigierte sich. »Aus meiner früheren Arbeit.«

Constanze riss die Augen auf. »Ich glaub es nicht. Muss Double-Zero-Änna jetzt tatsächlich ihren Kaffee selbst kochen?«

Fritzi nickte. »Ich arbeite jetzt stattdessen bei der Landshuter Zeitung. Als freie Mitarbeiterin im Kulturteil. Ich schreibe Artikel über Schulkonzerte, Theaterveranstaltungen, Lesungen, hin und wieder ist auch mal ein größeres Konzert oder Kabarett dabei. Da verdient man nicht besonders viel, aber mit Georgs Gehalt und seinen Dinosauriern reicht es schon. Ich habe mein Auto verkauft und fahre nun mit dem Bus zweimal die Woche nach Landshut. Und stell dir vor: Zwei der Lieder auf der neuen CD dieser Band sind von mir.« Sie lächelte stolz.

»Wow! Aber wieso Landshuter Zeitung? Wieso Landshut?«, fragte Constanze verwirrt.

»Ach, das weißt du ja auch noch nicht: Aus unserer überzeugten Stadtpflanze ist ein Landei geworden«, klärte Juli sie lachend auf. »Fritzi ist mit ihrer Familie nach Niederbayern gezogen. In die Villa von Georgs Erbtante. Also fast schon ein bisschen in deine Richtung.«

»Wie? Ihr wohnt nicht mehr in der Stadt?«

Fritzi schüttelte den Kopf. »Ich ... vielleicht war die Kräuterschnecke im Kloster schuld ... Oder auch der Caudipteryx ...«

»Was für ein Ding?« Constanze runzelte die Stirn.

Fritzi kicherte angesichts ihrer ratloser Miene und winkte ab. »Egal. Es ist jedenfalls viel billiger und wunderschön dort.« Sie zückte ihr Handy und zeigte Constanze ein Foto, auf dem sie und Georg, beide mit Strohhüten auf dem Kopf, auf wackeligen Gartenstühlen mitten in einer wild wuchernden Wiese saßen und übers ganze Gesicht lachten. Hinter ihnen war eine efeuüberwachsene Hausfassade zu sehen. »Das Foto hat Esther gemacht. Sie meinte, wir sähen darauf aus wie Herr und Frau Igel aus dem Märchen mit dem Hasen. Wir sind noch am Renovieren, Juli und Tom haben uns den Sommer über geholfen, aber sie arbeiten ja jetzt beide, und es ist noch ziemlich viel Arbeit. Wenn wir fertig sind, ist der Garten dran. Ich will auch eine Kräuterschnecke haben. Irgendwann. Wir haben schon mal Erde dafür aufgeschüttet. Da oben ...«, sie deutete auf ein kleines Fenster unter dem Dach, »... da hat Georg seine Werkstatt. Alles ist voll mit Dinsosaurierknochen und Gebissen und so was, und er sitzt stundenlang dort und bastelt und raucht Pfeife ... Und hier hinten, das kannst du auf dem Foto nicht sehen, da ist mein Musikzimmer ...«

Fritzi hob den Kopf und sah ihre Freundinnen an. »Ich habe ein eigenes Musikzimmer mit Blick auf eine riesige endlose Wiese ... Kann man das glauben?«

»Unglaublich!« Constanze grinste. »Was so ein bisschen Unkrautjäten im Klostergarten bewirken kann ...« Sie wandte sich Juli zu. »Habe ich das gerade richtig verstanden? Du arbeitest wieder?«

Juli nickte. »Tom und ich haben unsere Doppelhaushälfte verkauft und sind mit den Kindern zurück in die Stadt gezogen. Stell dir vor, wir wohnen jetzt wieder in unserer alten Wohnung über der allerersten Bücher-Schatz-Buchhandlung im Lehel, unserem Stammhaus. Die Wohnung ist zwar etwas klein für vier Personen, aber ich bin gleich in der Arbeit, was für die Kinder ideal ist, und Tom hat es auch nicht weit. Er arbeitet wieder in dem alten Restaurant, wo er früher schon gekocht hat ...« Sie stockte und wurde rot. »Ich hab's tatsächlich gepackt: Ich bin jetzt die Inhaberin von Bücher-Schatz. Und im nächsten Jahr wird das erste Blue-Roses-Café eröffnet werden.«

Constanze gratulierte ihnen, und man konnte ihr ansehen, dass sie sich aufrichtig für sie freute. Dann schnorrte sie sich von Juli eine Zigarette und warf einen fragenden Blick zu Franz hinüber, der etwas entfernt von den drei Frauen saß und ihr ein warmes, aufmunterndes Lächeln schenkte.

»Wisst ihr, dass Nelly heute dreißig geworden wäre?«, begann Constanze langsam. Sie zog an der Zigarette, und ihr Blick war einen Moment ins Leere gerichtet. Fritzi und Juli nickten schweigend. Sie kannten Nellys Geburtsdaten noch von der Beerdigung. Sie war nur neunundzwanzig Jahre alt geworden. »Ich war vor meinem Umzug hierher noch einmal an ihrem Grab. Mit Elisabeth.«

»Du warst noch einmal dort?«, fragte Fritzi überrascht. Weil ihre Eltern tot waren und Nelly keine anderen nahen Verwandten mehr gehabt hatte, war sie auf dem Klosterfriedhof bestattet worden. Alle Teilnehmer des Malkurses und alle Ordensschwestern hatten an der Beerdigung teilgenommen. Danach jedoch war für Fritzi und Juli das Kloster angesichts der vielen Dinge, die ihnen dort bewusst geworden waren und die nach Nellys Tod noch dringender nach Umsetzung drängten, in weite Ferne gerückt.

Constanze zuckte etwas verlegen mit den Schultern. »Ich wollte … mich irgendwie noch einmal von ihr verabschieden. Und da ist mir etwas eingefallen. Damals, an unserem gemeinsamen Wochenende, bin ich am Morgen einmal rund ums Kloster spazieren gegangen, und da habe ich einen kleinen Rosengarten entdeckt, der offenbar nur den Schwestern vorbehalten war. Die alte Pförtnernonne hat dort die Rosen gegossen, und ich konnte gar nicht glauben, mit welcher Langsamkeit und Achtsamkeit sie das tat. Wenn Nelly schon keine Angehörigen mehr hatte, habe ich mir gedacht, wäre es doch schön, wenn auf ihrem Grab ein Rosenstock aus diesem liebevoll gepflegten Garten gepflanzt werden könnte. Ich habe Schwester Josefa deswegen angerufen. Sie fand die Idee toll, und Elisabeth und ich sind dann hingefahren und haben ihn zusammen mit ihr eingepflanzt.« Sie blickte ihre Freundinnen schuldbewusst an. »Es tut mir leid, dass ich euch nicht Bescheid gesagt habe. Aber dann hätte ich auch alles andere sagen müssen, und so weit war ich noch nicht.« Sie trank von ihrem Wein und fügte leise hinzu: »Ihr seid mir zu nah, wir kennen uns zu lange. Es war leichter, jemand Fremden einzuweihen ...« Sie holte tief Luft, warf Franz noch einen Blick zu und sagte dann mit fester Stimme: »Entschuldigt bitte. Alles. Die Lügen und meine Arroganz, meine ständige Gereiztheit, meine Kritik an euch und meine Abwesenheit ...«

Constanze stockte und sah dann Fritzi an. »... und auch, dass ich nicht zu deiner Hochzeit gekommen bin. Das war unverzeihlich.« Fritzi nahm ihre Hand und drückte sie, so fest sie konnte. »Du musst dich nicht entschuldigen. Für nichts.«

Juli nickte. »Wir sind alle drei ein bisschen ins Straucheln gekommen im Laufe der Jahre. Aber wir sind noch da. Die Blue Roses gibt es noch.«

Fritzi hob ihr Glas. »Auf die Blue Roses. Und auf Nelly!«

Sie stießen an, und alle am Tisch hoben ebenfalls die

Gläser, ohne genau zu wissen, worauf sie eigentlich tranken. Aber das spielte keine Rolle.

»Und jetzt werden wir für Nelly spielen«, verkündete Fritzi und stand auf, um ihre Gitarre, die sie mit nach unten genommen hatte, auszupacken. Constanze lief hinauf in ihre Wohnung, um ihr Akkordeon zu holen. Als sie mit dem großen Koffer über der Schulter zurückkam, waren Juli und Fritzi schon bereit. Fritzi strich mit einem kleinen Lächeln über Bertinos Gitarre und begann dann, sie zu stimmen. Es wurde ruhig um sie herum, die Gespräche verstummten, und alle sahen sie erwartungsvoll an.

Constanze setzte sich neben Fritzi und Juli auf die Bank und schulterte ihr Akkordeon. Sie nickten sich alle drei zu, und Constanze zählte langsam an. Dann begannen sie zu spielen.

Und sie spielten die ganze Nacht.

ENDE

The Summer Day

Who made the world?
Who made the swan, and the black bear?
Who made the grasshopper?
This grasshopper, I mean – –
the one who has flung herself out of the grass,
the one who is eating sugar out of my hand,
who is moving her jaws back and
forth instead of up and down – –
who is gazing around with her enormous and
complicated eyes.
Now she lifts her pale forearms and
thoroughly washes her face.
Now she snaps her wings open, and floats away.
I don't know exactly what a prayer is.
I do know how to pay attention, how to fall down
into the grass, how to kneel in the grass,
how to be idle and blessed,
how to stroll through the fields,
which is what I have been doing all day.
Tell me, what else should I have done?
Doesn't everything die at last, and too soon?
Tell me, what is it you plan to do
with your one wild and precious life?

Mary Oliver

Danksagung

Diesem Buch standen während seiner Entstehung viele helfende Hände zur Seite. Ihnen gebührt mein Dank:

Meinem Agenten Thomas Montasser für seinen Enthusiasmus und den Mut, immer wieder um neue Ecken zu denken.

Frau Dr. Andrea Müller vom Droemer Knaur Verlag für inspirierende Mittagessen und ihre wunderbare Unterstützung und Betreuung.

Martina Vogl für das hervorragende Lektorat, ihren behutsamen Umgang mit Worten und die treffenden, kleinen Anstupser an den richtigen Stellen.

Sr. Margit Bauschke OP von der Ordensgemeinschaft der Missions-Dominikanerinnen im Kloster Schlehdorf dafür, dass ich mit ihr im Rosengarten des Klosters sitzen durfte, sie sich die Zeit genommen hat, alle meine Fragen zu beantworten, und mir ganz nebenbei auch noch etwas für mich selbst mitgegeben hat. Etwaige Fehler, das Klosterleben betreffend, gehen allein auf mein Konto. Auch habe ich mir erlaubt, organisatorische und architektonische Details des Klosters schamlos den Erfordernissen der Geschichte anzupassen.

Meiner Familie für ihre Liebe und Unterstützung und dafür, dass sie mich auch während intensiver Schreibphasen mit stoischer Gelassenheit erträgt.

Und zuletzt und ganz wichtig: meinen beiden besten und längsten Freundinnen, Alex und Häusi, ohne die das Buch nicht hätte entstehen können. Ich freue mich auf viele weitere Stunden, in denen wir miteinander musizieren, lachen, weinen und dabei Unmengen Kaffee trinken. Danke für eure Freundschaft!